U0028493

鋼琴師

BLUE GIANT
藍色巨星
雪祈物語

南波永人

小學館

鋼琴師

目錄

全書插圖／石塚真一＋出月 景
日本版裝幀／新井隼也＋Bay Bridge Studio

序章

澤邊雪祈在學習語言之前，先認識了聲音。

地點在自家的客廳。嬰兒床擺在房間中央，由母親和祖母輪流照顧雪祈。床上掛有懸吊式的玩具，動物、星星與海中生物們總在雪祈的頭上搖曳。

「媽媽要去上課了，你等等呦。」

母親這麼說著並離開客廳後，從隔壁房間便傳來聲音。

是鋼琴的聲音。

連「鋼琴」這個詞都還不知道的小嬰孩，豎耳傾聽著那個旋律。

對於母親不在身邊的事情既沒表現出在意的模樣，也沒感到不開心。

聲音陸續傳入腦中。他那小小的腦袋瓜喜歡著聲音，並嘗試理解聲音。而且他也發現了，這些聲音的排列和昨天是一樣的。

其中有個聲音特別令他喜歡。

——就是這個聲音。

那聲音就宛如媽媽明亮而帶有光澤的髮色。

下一個聲音，像是奶嘴的握把，或者那個有鬃毛的動物的顏色。
這個像是房間地毯或者外面草地的顏色。
再旁邊的聲音，則是奶奶柔軟的雙手……
還不知道Do Re Mi的音階也不認識色彩名稱的嬰兒，就這麼將聲音與視覺連結，並且在小腦袋中進一步讓印象膨大。
當聲音叮叮地變得尖銳，顏色就逐漸明亮……
相反地，咚咚低沉的聲音則像是黑夜一樣……
響亮的聲音顏色也大塊，微弱的聲音就像個小點……
當聲音美妙排列，色彩也就隨之美妙連結。眼前一片寬廣的草原上出現太陽。從一旁冒出色彩眩目的車子，見它融化之後整個景象接著被哺乳瓶的顏色框出外框。然後又被一整面草地的顏色覆蓋，從正中央浮現晴天的雲朵。緊接著有鬃毛的動物跑來，變化為長鼻子動物的顏色。小鳥的顏色變成嬰兒車的顏色，然後又逐漸變成爸爸眼鏡的顏色——
不過最讓雪祈喜歡的，果然還是像媽媽頭髮的聲音。對，好想要聽到更多這個顏色……
「啊～」
然而，自己只會這樣表達。
「啊啊～」

只能夠不斷擺動著自己的手腳。

隔壁房間的演奏聲緩緩增加音量並持續著。

腦海中的色彩也隨之擴大。

現在看見了奶奶襯衫的顏色……它轉化為天花板的顏色後，又變成了床的木頭色，接著冒出嬰兒包巾的顏色。這次是嬰兒車的顏色。出生時那地方的牆壁顏色，還在娘胎時那片明亮的液體顏色展開來。還有太陽躲起來時，以及出來時的顏色。另外這是……什麼呢？連自己不曉得的顏色都有。

色彩不斷出現、混合並擴展。自己至今看過的東西全都在裡面。說不定，還有自己將來會看到的東西。

就算閉起眼睛，只要有聲音就不寂寞。因為它們是如此美麗。

如果能夠一直聽下去就好了——

在意識矇矓之中，雪祈思考著這樣的事情。

第1章

1

「來，會彈嗎？」

在總算學會坐起來的雪祈面前，母親擺了一臺玩具鋼琴。

尺寸雖然相當迷你，不過外觀呈現平臺式大鋼琴的形狀，共有三十二個琴鍵。對象年齡為三歲以上。送這禮物來的親戚可真是性急的人。

才八個月大的小男嬰默默盯著那玩具好一會兒，理解了這是和隔壁房間那個巨大樂器相同種類的東西。

因為上面同樣有好多黑黑白白的細長棒子……這肯定就是能發出美妙聲音、產生美妙色彩的東西。

母親豎起一根細指，「像這樣喔」地按下白鍵。

是聲音！

雖然跟至今聽過的聲音有一點點不同，但同樣有出現那個色彩！

鼻子長長的動物的顏色也是！

草地的顏色也是！

雪祈前後搖擺著身子做出反應。

母親接著抓起他小小的手，放到鍵盤上。

「來，試試看。」

雪祈難忍心中無比的喜悅，把雙手揮落到鍵盤上。雖然從嘴角噴出了唾液，但他一點也沒發現。

聲音，出現了！好多色彩，一口氣冒了出來！

「好棒，好棒，熱情演奏喔！」

看著嬰孩揮舞雙手的模樣，母親與祖母都開心鼓掌起來。

然而，雪祈小小的手驟然停下。

——真不滿意。

不應該是這樣的。

完全不對。

這樣只能看到好奇怪的顏色。

如果是媽媽的手指，明明可以發出那麼美妙的聲音……

可是雪祈的手現在只會張開與握起，所以同時會按下好幾個鍵。當然也就不可能發出單音，讓聲音變得混濁。

「啊！又開始彈了！快點拍影片！」

小寶寶又動起雙手。

只能繼續敲打看看了！

這邊也按按看，那邊也壓壓看。這樣應該全部的地方都按過了……

雪祈就跟其他的嬰兒一樣，什麼都會做，但什麼也做不到。

發不出美妙的色彩。

明明自己如此想靠雙手發出來。

明明自己是如此喜歡眼前這個玩具……！

2

手上有一塊黃色積木。

雪祈緊握著它，觀賞傍晚的卡通節目。

全身黃色的主角今天也在畫面中縱橫無際地飛來飛去。

搭檔是粉紅色，而喜歡捉弄人的兩名角色分別是紅色和水藍色。雖然顏色並沒有錯，但看完這節目之後總會覺得有點不喜歡紅色和水藍色。

開懷笑了一場後，電視上開始播起片尾曲。

螢幕這時忽然被關掉，母親接著坐到雪祈眼前。她臉上的表情看起來好像比平常嚴肅些許。

「怎麼了……？」

「我說，雪祈。有個和你一樣三歲的小孩，下次要來學鋼琴喔。」

「是喔……」

這時候的雪祈已經可以理解，母親在經營一間鋼琴教室。

——每天都會有大概三名學生來家裡彈鋼琴。有人彈得比較棒，也有人比較差。當彈得很棒的學生來時，雪祈就會很開心。因為可以聽到好聽的聲音，可以看見美麗的色彩；當比較差的學生來時，雪祈也會祝福對方可以進步。畢竟那個人肯定也不想看見那樣混濁的色彩才對。

媽媽以前似乎在一個叫「音大」的地方學習過，鋼琴彈得比其他人好，所以會教別人彈鋼琴。雖然她總說希望多收幾個學生，但現在這樣看起來好像也挺快樂的。

原來如此。以後有個跟自己同年紀的小孩要來啊……

「你也快要四歲了，要不要來正式學學看？」

母親歪著頭這麼詢問。

「……什麼叫正式學學看？」

「就是學習彈奏看看旋律囉。雖然可能還有點早，不過你那麼喜歡摸鋼琴，所以媽媽想說這或許是個好機會。」

雪祈總是喜歡摸玩具鋼琴，也喜歡那臺大鋼琴。彈那臺大的鋼琴會發出比玩具更大的色彩。因為聲音很大。由於音色美麗，出現的色彩也很美麗。

「不過……這種事或許還真的太早了。沒關係喔，你不用勉強。」

雪祈發現，母親的表情有一點點黯淡。

那就像是……她第一次嘗試讓雪祈吃苦的東西時的表情。

為什麼她要露出那種表情呢？可以學習發出那些美妙聲音的鋼琴，而且媽媽又很擅長教人，應該沒什麼好擔心的才對呀……

「我，要學。」

見到兒子臉上帶著些許不安的神情如此回答，母親當場綻放笑容，牽起兒子的手，帶著他來到鋼琴室。

「在飯煮好之前，稍微來試試看吧。」

兩人一起坐到鋼琴椅上，掀開鍵盤上的蓋子。

雪祈感到有點緊張。至今媽媽明明也都會任由雪祈高興觸摸鋼琴的，但今天的氣氛卻有些不一樣……

母親把食指輕輕放到鍵盤上。

聲音響起了。

是那個聲音——！

雪祈立刻看向母親。正確來說，是看向母親的秀髮。髮絲接著往一旁搖曳，母親把視線轉過來。

接著，從她口中冒出了難以置信的一句話：

「這個，就是Do喔。」

「……Do？」

雪祈不懂母親在講什麼。

「對，Do Re Mi的Do。接著是Re，再下一個是Mi。」

細長的手指依序按壓三個白鍵。

好怪……感覺好怪——！

「那太奇怪了！」

雪祈忍不住大聲主張。

母親立刻停下手。

「奇怪？你說什麼奇怪？這就是Do Re Mi呀。」

因為，總覺得……很不喜歡這樣。

「因為這個聲音，聽不出什麼Do啊！」

「哦哦，確實啦。不過這個聲音就叫做Do喔。」

「明明聽不出來還那樣叫，太奇怪了……！」

感覺就像小狗明明是「汪汪」叫，卻說那聲音是「嗶啵」……

「其實聲音也是有名字的喔。」

一個月後就是四歲生日的雪祈，當然知道各種東西和人都有各自的名字。

縱然如此，他還是對這聲音的名字感到無法接受。

因為「Do」這個發音本身就很濁。明明那聲音是如此鮮豔……

母親帶著傷腦筋的表情站起來，從架子上拿來另一個樂器。

「這個是叫做電子琴的樂器。」

她說著，按下上面跟鋼琴相同位置的鍵。

「Do」以電子聲響發出來。

在雪祈腦中浮現出和鋼琴那柔和的褐色不同，而是更為堅硬的褐色。

「聽，這和剛剛是同樣的聲音對不對？因為要讓各種不同的樂器都能發出相同的聲音才行，所以大家就把這聲音叫做『Do』囉。」

腦袋都快變得一團混亂了。

「兩個聲音完全不一樣啊。」

「再學一段時間你就可以知道了，它們是同樣的聲音。」

才不一樣。剛才的色彩很溫暖，但現在的色彩好冰冷。

雪祈如此想著，把心中的疑惑說了出來：

「……媽媽，這聲音不是褐色的嗎？」

母親霎時睜大眼睛，注視兒子的臉。

自己是不是說錯了什麼話？——雪祈忍不住這麼想。
「你覺得這個聲音是褐色的？」
然而，母親的語氣中沒有叱責的感覺。
「……嗯。」
彈了三十年、教了六年鋼琴的母親，用平日細心保養的手指摩擦下巴好幾下。
在雪祈眼中，母親那動作看起來似乎在認真思考什麼事情。
「……那你可以告訴媽媽其他聲音是什麼顏色嗎？」
她說著，依序按下一個個琴鍵。
雪祈努力說出那些顏色的名字。
褐色、綠色、水藍色、黃色、橘色，比較像白色的黃色、鞋子的顏色、隔壁家哥哥去幼稚園時穿的制服顏色、對面家那隻狗的顏色、三輪車的顏色、爸爸枕頭的顏色、今天那條毛巾的顏色、電線杆的顏色、草的顏色、雲的顏色……
即使不知道顏色的名字，雪祈也想辦法全部表達。
講到大約二十個顏色時，母親用幾乎聽不見的聲音說道：
「這麼說來，日文也會形容尖叫聲是黃色的呢……」
……感覺就像遇上了什麼很神奇的事情。
雪祈實在搞不懂，為什麼自己需要特別向母親說明這種事情才行。
難道這不是普通的事情……？

「音階越高，顏色就會變得越加明亮嗎……」

高？

「高是好事嗎？」

「也不是說好不好啦。」

母親的手指指向鍵盤右側。

「這邊是高音。」

接著又指向左側。

「然後這邊是低音。就只是這樣而已。」

「可是『低』聽起來就好像壞事一樣。」

雪祈的小小胸口逐漸感到難受，喘不過氣來。

自己聽不懂什麼Do，也搞不清楚什麼高低。

為什麼要用那樣粗暴的方式區別聲音呢？

不然這樣吧！——母親說著，把手伸向放在鋼琴上的書。

接著表示「你看看這個」並翻開書頁。

「這些排列的小蝌蚪裡面，這個是高音，然後這邊是低音。像這樣看起來是不是就比較好懂呢？」

——這些一點都不漂亮！只是一堆黑色的圓！

聲音原來實際上是這樣的東西嗎……

雪祈這次變得心情黯淡下來。
母親則是盡可能用開朗的語調說道：
「總之，雪祈暫時就先不要管什麼Do Re Mi或高音低音的，用顏色的名字彈彈看吧！這樣比較有趣對不對？」
這感覺宛如自己失敗時聽到母親說「沒關係」一樣。
雪祈莫名陷入一種悲傷的心境。
但還是用自己小小的食指按下鍵盤上被稱為Do的鍵。
腦海中展開一片褐色，接著輪廓搖盪，緩緩消失。
Do——用微弱的聲音試著講出口。
這個，叫做Do啊……
「這孩子似乎可以用顏色來感受聲音喔！」
母親一邊把晚餐的菜餚端上桌，一邊如此說著。
「我雖然一開始被嚇到了，但仔細想想看這搞不好是很厲害的感受能力呢！」
剛剛回到家的父親則是喝著啤酒回應：
「顏色啊。畢竟也有『音色』這種說法，或許是類似的東西吧。」
「齁！受不了你這外行人！現在是說全部的聲音都有各自的顏色，也就是說他能夠用聽的分辨聲音呀。」

「畢竟人家說幼兒的腦袋很厲害嘛。像什麼無意識間可以理解其他語言之類的。」

「就說不是那樣了！這孩子在學習語言之前就先認識了聲音呀！但因為不曉得Do Re Mi之類的詞語，所以用自己眼睛看見的情報區別了！真是的，我快受不了了。為什麼當初要嫁給一個這樣沒有品味的人。」

「別這麼說嘛，抱歉抱歉。雪祈的感受性很豐富是吧。這樣啊，顏色……」

拿著啤酒罐的父親用另一邊的手摸摸兒子的頭。

然而此刻在那小腦袋裡充滿的不是色彩，而是小蝌蚪。

蝌蚪們既沒有光澤，也不會動。一點也不可愛。

就只是——黑黑的。

3

失敗了，會不甘心。

對於Do Re Mi Fa So Ra Si Do的叫法，雪祈怎麼也無法習慣。

雖然蝌蚪和鍵盤的位置關係已經搞懂了……

但顏色，只有自己看得見——

每次彈鋼琴時，雪祈總是鼓著腮幫子。

「已經學了一年呀，雪祈……如果你不喜歡，可以不要勉強喔。」
母親對一臉不滿的兒子如此溫柔說道。
然而這位四歲小孩鼓脹的臉頰中，裝的其實不只是不滿。
彈鋼琴很有趣……光用指頭按下去就能發出響亮的聲音，果然還是很厲害的事情。
只要能按照順序好好彈奏就會很愉快，當困難的事情被達成時也會像解開猜謎時一樣感到驕傲。
而且也可以看到媽媽那樣開心的表情。
只要自己彈得好，媽媽就會稱讚，就會拍手。
那是當自己看電視或打電動時都看不到的笑容。
媽媽在看到自己第一次學會走路的影片時，也會露出同樣的笑容。
而鋼琴是能夠讓她臉上出現更多那種表情的樂器。
但如果想彈得好，就必須好好練習才行。
必須讓自己更厲害才行。
黑色的鋼琴表面上，映著自己的臉。
映著一張鼓脹腮幫子的臉。
有一天，雪祈感覺到背後有人而轉回頭，看見一位女孩子。

身上穿著筆挺的裙子，帶有荷葉邊的襯衫上方有張圓圓的臉蛋。一對眼睛又大又圓，直盯著正在彈琴的雪祈。

看起來大約小學二年級的那女孩開口說道：

「啊，對不起喔。你繼續彈。」

這女孩，第一次看到……

穿著那樣整齊體面的衣服，應該是來家裡問候，準備參加鋼琴教室的小孩。此刻兩位媽媽肯定在客廳談話吧。

話說回來，這女孩雙眼睜得眼珠子都快掉出來了。手也靜不下來地一直揉捏著，大概是迫不及待想要摸摸鋼琴。

「我已經彈完了……」

雪祈如此說著，從琴椅上下來後，女孩便立刻跳上椅子。

「那麼，請借我彈一下～」

她話才說完就彈奏起來。

彈得並不算很好。

而且身體有如在盪鞦韆般前前後後地不斷搖擺。

那模樣彷彿是彈奏出聲音讓她感到開心不已。

當演奏到第三曲時，她在雪祈眼中看起來簡直就像在跟什麼大型犬玩耍一樣。

一下抱住對方的身體，用雙手激烈地搔抓體毛，一下又抓起狗腳，摸摸對方的下顎，緊接著又磨蹭起頭部。白色的琴鍵就像毛，而黑色琴鍵是狗掌上的肉球。

她正嘗試著跟這臺鋼琴交朋友……！

雪祈這麼想著，從旁邊探頭一瞧，發現她臉上笑容滿面。

彈了大約十分鐘後，女孩子在琴椅上全身一轉，朝向雪祈。

「這鋼琴好可愛呀。大概是因為經常在彈的關係，聲音聽起來好棒。叫什麼名字呢？」

「我叫雪祈。」

「啊……對欸，對不起對不起。我叫葵。」

真不懂她為何要道歉。

「為什麼要說對不起？」

「因為我不是問你的名字，而是先問了鋼琴的名字。」

「鋼琴的、名字……？」

它才沒有什麼名字。大家都只是叫它鋼琴……

「這鋼琴沒有名字嗎？我給我們家的鋼琴取名叫小黑喔。因為它黑黑的。」

見雪祈沒有回答，小葵繼續說道：

「我覺得用名字稱呼，就可以和對方感情更好了。對吧，小雪？」

小葵如此說著，又開始彈起鋼琴。

直到媽媽們進來房間之前，她這次甚至彈得朝左右都搖擺起來。

比起其他任何一位來鋼琴教室的學生，她看起來都開心許多。
和總是鼓著腮幫子的自己恰恰相反。
那模樣看起來真帥氣。
五歲的雪祈從這天起，便開始對這女孩感到尊敬了。

4

最開始，是過斑馬線時紅綠燈的旋律，接著是電視廣告的配樂。從幼稚園畢業時，雪祈的耳朵已經可以從聲音中聽出Do Re Mi了。
有一天雪祈用電子琴彈著卡通的片尾曲時，本來在廚房的母親忽然探出頭來，臉頰上還泛著紅暈。
「你剛剛在彈戰隊連者的曲子對不對？」
「嗯。」
「你有看過樂譜？」
「沒有啊。」
「咦咦！那難不成是抓歌？好厲害！」
「什麼是抓歌？」
「就是光用聽的就會彈了！哇啊～好厲害！為什麼你可以辦到？」

「因為聽了就知道音符排列啦。」
「那……那個呢？」
母親伸手指向電視，正好在播放綜藝節目的開頭曲。
「呃～……Re Mi Fa、So Si Ra Fa……」
「哦哦～對了！對了！」
那笑臉看起來好開心……
她接著按下電視的遙控器，「這個呢？這個呢？」地一一詢問。
雪祈稍微思考一下後，按壓鍵盤彈奏，結果母親這次開心得甚至拍起手來。
就在這時，從窗外傳來救護車的警笛聲。
母親馬上關閉電視，指向窗外。
雖然以前那聲音還只是「嗶——啵——嗶——啵——」而已，不過……
「……Si So、Si So。」
「哇！絕對音感！」
「什麼是絕對音感？」
「就是光用聽的就能知道音調的高低！全部的聲音都能用Do Re Mi表達！就連用菜刀切高麗菜的聲音也可以！」
母親像個小孩子一樣開心得跳了起來。
反倒是雪祈看著母親那模樣，莫名覺得害臊。

「這種事……很普通啦。」
嘴上雖然這麼說，但內心卻有種第一次真的被誇獎的感覺。
……至今為止，母親的誇獎聽起來都像是為了讓雪祈更喜歡鋼琴而誇獎的。
因為那就跟她對其他學生們露出的是同樣的笑容。
但現在不一樣。
那是真的在為雪祈開心。
自己對鋼琴學了好多好多，也練習了好多好多，才獲得了所謂「絕對音感」的能力。這肯定是像必殺技之類的東西。
「既然這樣，接下來要教什麼好呢？」
媽媽看起來連傷腦筋時都很開心的樣子。
「我去尿尿。」
雪祈覺得讓媽媽看到自己害臊的表情很丟臉，於是跑到廁所去了。
但其實還有另一個原因。
就是不想讓媽媽看到自己寂寞的表情。
因為不知何時開始，自己已經看不見了。
那些褐色、橘色與綠色，都不知消失到哪裡去了——
「小雪，你聽喔——」

每週會來兩次的小葵，到了五年級依然沒變。

即使在大家都會緊張的發表會上，小葵也總是開開心心地，而且每次都得意洋洋地彈奏鋼琴。今天也是，她把能夠和鋼琴一起表演自己新學指法的喜悅都毫不隱藏地寫在臉上。

畢竟雪祈也已經升上小學三年級，非常清楚小葵這個狀況是很特殊的。

至今也看過了各種來學琴的學生。當中有人感到膩而很快就不再來了，也有升上中學後說要參加運動社團而從鋼琴教室畢業的大哥哥，也有學了十年卻說自己沒有「才華」而毅然放棄的高中生。

大家進來鋼琴教室後，又陸續離開。

偶然在路上遇到以前媽媽的學生時，雪祈總會問對方：

「請問你還有彈鋼琴嗎？」

因為內心總希望對方還有持續。

不過得到的回應多半千篇一律：

「完全沒在彈啦。手指都硬了。」

大家總是這樣回答，然後臉上笑一笑。

明明以前學得那麼努力，卻都變得不再彈琴，還會笑。

有一次和那樣的學生道別後，雪祈問過媽媽：

「會一直彈鋼琴的人比較少嗎？」

「嗯~所謂學音樂呀，必須要湊齊各式各樣的條件，否則很難持續的。」

「條件？」

「像是練習時間啦，練習用的樂器啦，還有每個月的學費之類。」

「是喔……」

的確，班上大部分的同學們也都說家裡沒有什麼鋼琴。也有人忙著參加游泳班、空手道班或補習班等等。

「不過真正最重要的，是幹勁呢。」

「幹勁……」

「就是想要讓自己更進步的心情喔。」

意思說，大家都失去幹勁了嗎？

可是為什麼還能那樣笑呢……

現在眼前的小葵正在挑戰很難的曲子，經常會彈錯，可是依然表現得很開心。不會像電視上的戰隊連者遭遇失敗時那樣緊咬牙根，而且她本來就沒有在跟誰打鬥。

她只是一心想要和鋼琴變得感情更好而已……

「怎麼樣，小雪？」

彈奏完一曲後，小葵一如往常地這麼詢問。

雪祈也一如往常地回答：

「很帥喔，小葵。」

總覺得「彈得很棒」這種話並不適合小葵。還是「很帥」才最合適她。

「謝謝。」

小葵用右手大幅一揮，撫過鍵盤。

接著又是老樣子挺起胸膛，露出得意的表情。

隔天晚上，吃完晚餐也洗完澡之後的時間，小葵忽然來訪。和母親在家門玄關講話。

鋼琴課的時間早就結束了。認為或許發生什麼怪事的雪祈決定躲在樓梯上，聽那兩人講話。

雖然知道偷聽別人說話是不對的，但這次總覺得自己必須好好聽才行。

幾個零碎的詞彙傳入雪祈耳中。

跳票。搬家。爸爸。趁夜跑路。親戚。遠方——

每個發音聽起來都有種討厭的感覺。

雪祈從樓梯上偷偷探出頭，想看看小葵的臉。因為總有一種預感，以後搞不好再也見不到面了。

昨天還那樣一臉得意的小葵，現在筆直看著前方講話。

既沒有哭，也沒低下頭。

母親聽完話後，對她說：

「不過……鋼琴，妳要繼續彈喔，小葵。」

這句話深深刺在雪祈的胸口上發燙，熱度蔓延全身。

起初還搞不清楚這究竟是什麼感情，但很快就想到了。

自己在生氣……同時也感到無比的不甘心。

媽媽為什麼要講出那種話？明明不可以講那種話的！明明是發生了壞事，小葵才要離開的！既然發生了壞事就沒辦法再彈鋼琴了。因為那個叫「條件」的東西沒辦法再順利了……可是居然還對學生之中最喜歡鋼琴的小葵說，要繼續彈鋼琴……

她太可憐了。

雪祈緊握的拳頭在發抖。

小葵一定也是同樣的心情——雪祈這麼想著，窺視玄關。

小葵臉上——帶著笑容。

但是和她在彈鋼琴時是完全不同的笑容。本來圓滾滾的雙眼，現在瞇得好細。嘴脣只有邊邊的部分往上翹。那是像以前那些學生們的笑容。而小葵帶著那樣的笑臉對母親回應：

「是。」

她接著忽然往樓梯上跑來。

雪祈趕緊把頭縮回去。因為不知道自己到底應該露出什麼表情，應該對她講什麼話。這時，從頭上聽見了小葵的聲音：

「拜拜喔，小雪。」

從玄關傳來家門關上的聲音，然後是媽媽走回客廳的拖鞋聲。

安靜下來之後，還有聲音殘留在腦中。

雪祈回到房間，把棉被蓋過頭。

即使這樣，還是會聽到。

「拜拜喔，小雪」的聲音不斷在腦中迴盪。

心情變得越來越悲傷。

忍不住在想：如果話語根本沒有什麼意思就好了。

只要話語的意思消失，或許就不會離開了。

或許就可以變得什麼都沒發生過了。

因此，雪祈決定轉換成音階。

把「拜拜囉，小雪」的聲音，轉換成了音階。

5

松本市是個群山圍繞的地方。

春天的櫻花會在古城周圍綻放一片淡淡的粉紅色，夏天的睡蓮葉讓護城河浮現鮮豔的綠色，秋天有楓葉與花楸將山坡染成紅色與黃色，到了寒風刺骨的冬天則有白雪覆蓋飛驒山脈。

世界會隨著季節而改變。

從鋼琴教室雖然也能望見那些風景，不過鋼琴總是帶著漆黑的光澤，不理會什麼四季的變化，彷彿只督促著要人彈奏出更美妙的音色。

一直以來，雪祈總會在半年一次的發表會上呈現自己練習的成果。小學五年級在發表會中恰好是排在正中間的年齡，不過雪祈已經在彈奏適合中學生的曲子，而且適合更高年齡的曲子也已經可以彈奏到一定的水準。

「好厲害喔，居然已經會彈蕭邦的詼諧曲了。」

「跟我一起拍張照吧！」

「簡直是鋼琴的貴公子啊。」

「而且臉蛋越來越帥氣了。」

「不愧是老師的兒子。」

「將來是不是要變得像齊瑪曼一樣？」

「真的好厲害。」

面對學生家長們送上的讚許，雪祈如今已不再會臉紅害臊。只會用成熟大人般的表情回應對方一句：「謝謝您的誇獎。」

「既然彈得這麼好，為什麼不去參加大型比賽看看呢？」

當中也有幾個人問過這樣的問題，但雪祈不知道該如何回應才好，總是「呃……」地露出一臉困惑。

他確實有自覺，自己的技術比其他有在學鋼琴的同年級生來得好。合唱比賽擔任伴奏時也完全不覺得自己有輸給其他小孩們，而且女生們聽到他的演奏也總是會眼神閃亮。也有人問過他是不是將來要當鋼琴家——但雪祈總是答不上來。

頂多只是當別人稱讚「你真的很喜歡鋼琴呢」的時候，勉強回應一句「算是吧」的程度。

自己將來究竟如何打算，雪祈半點頭緒也沒有。

「我說，你被人家那樣稱讚，為什麼都不會開心呢？」

回到家後，母親一臉擔心地如此詢問。

雪祈很清楚，媽媽最近都在為他擔心。同年紀的男孩子們很多會去參加足球或棒球隊，但自己家的兒子卻總是在家彈鋼琴或欣賞鋼琴動畫。雖然也會玩玩遊戲機，可是都不會出去外面玩。明明運動神經也不算壞地說。

「因為我彈得還不夠好啊。」

「已經很好了呀。也沒什麼嚴重的失誤。」

是這樣沒錯，但有三個地方稍微彈錯了……

「上次媽媽帶我去文化中心聽的那位鋼琴家，彈得很厲害。」

「那當然囉。那個人可是世界級的鋼琴家嘛。」

「如果我手掌再大一些，是不是就能彈得像那樣了？」

「……像那樣的意思是？」

「那感覺與其說在彈奏，不如說好像打從最初就決定好會響起那樣的聲音。」

「說得也對，或許是表現太過出色，會讓人有那樣的感覺吧。雪祈也想要演奏得像那樣子嗎？」

雪祈忍不住歪頭疑惑。

當時與交響樂團一同演奏的那位波蘭人是站在鋼琴界頂點的一人。他的演奏可說是完美無缺。接連彈奏莫札特、蕭邦與李斯特，讓喜愛古典樂的大人們都陶醉其中。滿場的聽眾無不起身為他鼓掌喝采。想必他到世界上任何地方都會迎來人們如此熱烈的掌聲吧。

但如果要問自己是否希望變得像他那樣，雪祈答不上來。自己會想要像那樣在世界各地的音樂廳演奏……會想要得到眾人那樣的掌聲嗎？

唯有一點很確定，就是那個人遠比自己更擅長與鋼琴互動。宛如音符就在體內流動著，透過指尖如實傳送到樂器，化為完美的聲音響徹全場。

自己也必須比現在更能夠操縱鋼琴才行。自己必須那麼做，也一直都認為自己不那麼做不行。

為了讓手指更修長一些，雪祈用左手拉著右手的手指並說道：

「嗯……我想要演奏得像那樣子。」

「雪祈～來玩吧！」

門鈴對講機的畫面上映出棒球帽的徽章。

今天是燕子隊啊。看來昨天大概上演了一場精采的比賽吧——雪祈如此想著，並按下通話鈕。

「賢太郎，什麼事？」

「到外面去玩一下吧，雪祈。」

家住附近的加瀨賢太郎是雪祈從幼稚園以來的同窗，不但會打軟式少年棒球，同時還是個在少棒聯盟參加硬式棒球隊的運動少年。和雪祈可說是完全相反的類型。被太陽晒到黝黑的臉映在對講機畫面上，還露出潔白的皓齒。

「好吧，如果只是一下下也好。」只要見到他這張臉，雪祈也難以拒絕。

打開家門，便能看到賢太郎手上拿著球棒與兩副手套。

「我啊，現在加快了球的旋轉速度。你可要好好接住喔。」

走向公園的路上，賢太郎一句「你知道嗎？」地閒聊起來。內容雖然都是同年級的男生女生們不著邊際的八卦謠言，不過對於放學後總是立刻回家的雪祈來說，這位交友廣泛的棒球小子可謂是珍貴的情報來源。

「這麼說來，雪祈，你之前是不是和二班的傢伙吵了一架？」

「哦哦，那件事啊。」

上體育課在打躲避球時，有三位班上的男生跑來揶揄只會坐在一旁看的雪祈。

他們輪番嘲笑說你幹麼那麼寶貝自己的手指，鋼琴不是女人在彈的玩意嗎？居然敢這麼大搖大擺地蹺課，當自己是老幾？——雖然知道對方也沒多少惡意，但放著不理會到後來也會很麻煩，於是雪祈就當場反駁了。

「白～痴，大聯盟的一流投手也不會像你們一樣玩躲避球啦——我這樣跟他們說了。」

「哈哈哈！說得好！你個性可真好強啊。不過棒球的傳接球只要戴好手套就不會讓手指吃蘿蔔，你放心吧。」

賢太郎張嘴大笑的側臉看起來善良溫柔。

他能明白雪祈上體育課時總在一旁休息的意義，也能理解那時候的心情。

兩人到達公園後，開始練習傳接球。

從高高劃出弧線的慢球，逐漸拉開距離並加快球速。剛開始還會閒聊對話的兩人都慢慢變得話少，最後只聽得到手套接球的聲響。

賢太郎的球大致上都會投到胸口的位置，而雪祈也會盡力回投到對方胸口。自己的球又開始變成高高的弧線。賢太郎的球雖然速度快又筆直，但可以知道他還是有大幅放水的。

多到屋外來吧，多跟朋友玩玩吧——從球路中可以感受到他想傳達的這些心意。

好啦，我知道——自己也抱著這樣的想法把球投回去。

像這樣，兩人無言地對話著。

傳接球好一段時間後，換成抓起球棒的賢太郎說了一句「給你看一下喔」，並對空揮棒起來。

「欸？怎麼是左打？賢太郎，你不是右撇子嗎？」

「沒錯！你知不知道哥吉拉松井？」

「我記得好像是左打者吧？」

「聽說那個人本來是右打，但小時候改成了左打。理由好像是因為他打擊太強了，結果被高年級的小孩要求改成左打的樣子。」

「真的假的？那意思說他在大聯盟也沒拿出真正的實力嗎？」

「不是那樣啦！這是說他因為一句話變成了左打者，才能在大聯盟上表現活躍啊。所以我也想說要改成這邊。」

賢太郎一邊用左打動作練習對空揮棒，一邊滔滔不絕地說著因為棒球場上右投手比較多啦，還有左打者距離一壘壘包比較近之類的理論。

在一旁，雪祈則是看著自己戴手套的左手。

這些話聽起來不只是棒球上的道理。假如左手可以變得比右邊還要靈巧，確實能夠一口氣讓自己進步。

賢太郎對空揮棒的動作還很生疏。但他肯定會練得更好。

從這天晚上之後，雪祈除了不打躲避球之外，也開始練習起用左手拿筷子，用左手寫字了。

6

穿著不習慣的制服，唱著不熟悉的校歌。

歌詞完全進不到腦中。

注意力始終只放在音樂老師彈奏的鋼琴音階上。

唱完第二段落時，雪祈已經認為自己可以彈了。

中學的入學典禮結束後，當走出體育館時，忽然有人從後面叫了一聲。

「雪祈，你要參加哪個社團？」

轉回頭，看到的是一套稍嫌大件的學生服上面有顆大光頭。

「不是說上了中學以後就要改用姓氏叫了嗎，賢太郎？不對，加瀨。」

「啊！抱歉，雪祈。」

「我說你啊……」雪祈嘴上嘆著氣，並看向這位友人毫不覺得自己有錯的表情和頭。

「那顆頭，很適合你嘛。」

「我可是為自己灌足了幹勁。而且很幸運的是棒球社的學長們似乎沒那麼恐怖。」

日晒黝黑的肌膚，幾乎剃光的平頭。

賢太郎無論在心境上或外觀上都真誠面對著自己喜愛的棒球。那樣乾脆直爽的態度令人看著都不禁羨慕。

「雪祈你個子這麼高，可以去打籃球或排球……呃，你果然還是不參加球技運動吧。」

「是啊，我不打球技運動。」

「那田徑社也不錯喔。或者乾脆進管樂社。」

「我會考慮看看。」

進入中學的過程中，雪祈實際上也真的苦惱過一番。自己還是老樣子，沒有想要參加鋼琴比賽的念頭。他很清楚如果立志成為職業鋼琴家，那可說是一條困難重重的荊棘之路。假若以後只是把鋼琴當成興趣，也差不多是該做出決定的年紀了。

然而自己心中依然還有想要更加鑽研鋼琴的心情。

而且這心情還相當強烈。

「鋼琴雖然也不錯啦，但那個長大之後也可以彈吧？中學的社團可是只有中學時代才能體驗的喔。」

「我知道啦。」

賢太郎說得沒錯。

但是現在繼續彈鋼琴可以讓自己更加進步。要是停下手指，就會讓自己成為那些說手指已經硬了而露出寂寞笑容的人。

更何況，現在自己是站在可以隨心所欲地盡情彈鋼琴的立場。

「話說，你上了中學要打哪邊？」

「左邊，我下定決心要一直當左打了。」

雪祈也是到現在依然用左手拿筷子，也能感受到這麼做帶來的效果。

「……加瀨，棒球加油啦。」

我也會加油的——

這句話只在心裡說著，沒有講出口。

到頭來，雪祈還是每天坐在自己家的鋼琴前了。

沒有加入管樂社，也沒有參加田徑社。

另外，家裡鋼琴空出來的時間變多也是理由之一。由於附近開了一家全國連鎖的音樂教室，導致鋼琴教室的學生減少了。

變得不太有人彈的鋼琴，不知為何看起來莫名寂寞。因此雪祈每天從學校回來就會馬上換衣服，然後彈奏鍵盤。

只要被樂聲圍繞就不會寂寞。相信鋼琴也是一樣。

「雪祈老弟好像總是穿黑衣服呢。」

某天，一名高中二年級的鋼琴教室學生這麼說道。

「咦？會很奇怪嗎？」

「反正你長得很帥，穿起來很適合就是了。」

這麼說來，自己確實不知從何時開始變得只穿黑白單色的衣服了。也總是拜託母親幫自己買黑色或白色的衣服。

這說不定是受到交響樂團的影響吧。因為樂團從指揮者到團員都是穿黑西裝配白襯衫。樂器總是木紋或金色，沒有紅、綠、藍之類的顏色。從演奏者的角度來看也是，沒有燈光照明的聽眾席只是一片黑暗，想必也看不到那些華麗的洋裝和領帶吧。

「請問那是流行樂團的T恤嗎？」學生身上穿的衣服引起雪祈注意。

「對，去年演場會買的。那次演唱會真的超棒～」

白底上印有紅綠雙搭流行圖案的那件T恤，看在雪祈眼中雖然不覺得有什麼魅力，不過確實色彩鮮豔。

「我下次會聽聽看。」

「嗯，偶爾聽聽古典樂以外的音樂也不錯喔。」

就在這天晚上，母親提出了一項令人意外的邀約：

「既然雪祈也已經是中學生了，要不要跟媽媽一起去看看？」

如果是在松本市舉辦的古典音樂會或獨奏會，雪祈已經去過相當多次了。

「去哪裡？小學生不能去的地方？」

「對，東京最棒的爵士俱樂部。」

母親難得興奮地對雪祈說明起這次要登臺演出的樂手。據說是她從十年前就在關注的爵士鋼琴手，這次要與目前正在竄紅中的小號樂手組團演奏的樣子。

「那位爵士鋼琴手呀，媽媽以前也有給雪祈聽過專輯吧？」

確實，大約在一年前有聽過。印象中對於平常主要都聽古典樂，偶爾聽聽流行樂的自己來說，當時那專輯聽起來簡直支離破碎，沒有勾起什麼興趣。至於爵士樂本身，雪祈在小學生活中有當作娛樂嘗試彈奏過幾次，但怎麼也對不上自己的喜好。

「爵士樂這種東西，我就不用了啦。」

「那當作是去學習音響演出吧。那家店的聲音很棒喔。音響工作人員（PA）都是超一流的，調音師也很厲害呢。」

只是為了爵士樂這種小眾音樂，究竟有什麼必要特地跑一趟東京去聽啊？世界級的鋼琴比賽還會被電視報導，也會播放交響樂團的演奏。著名的小提琴手也上過電視節目。但是爵士樂完全不會出現在螢光幕上。光是古典樂都被那些搖滾樂、流行樂和嘻哈樂曲比下去，班上同學都完全沒聽過地說。

可是現在竟然要去聽更冷門的爵士樂？

不過，去東京一趟倒是不壞。

那裡肯定會有鋼琴製造商的大型展售中心。

而且也想去一個叫御茶之水的地方看看那裡的樂器街。

在指定著要購買什麼東京禮物的父親旁邊，雪祈腦中模模糊糊地想著這些事情。

那間爵士俱樂部位於一處叫青山的地方，外觀簡直有如車庫。

房子沒什麼深度也沒高度，頂多就是像一間設計稍有品味的獨棟透天屋。

在上頭掛有一面「So Blue」的招牌。

「就是這裡？」

是呀——母親這麼回答後，讓雪祈站到門口旁的登臺樂手海報前，拍了張照。

「好啦，我們進去吧。」

母親臉上帶著去聽古典音樂會時未曾有過的興奮表情，將門打開。

門後出現的是一道通往地下的樓梯。各種音樂人的大張黑白照片圍繞在左右兩邊的牆上。

於地下一樓完成入場後，又沿著一道狹窄的樓梯來到地下二樓。

眼前接著忽然出現一間能夠容納兩百人以上的巨大餐廳。

而且裝潢是前所未見地高級。深色木紋桌上有燭火搖曳，搭配看起來就很高價的皮革座椅。服務生們的儀容打扮都整齊得無可挑剔。

高高的天花板上懸掛有好幾十盞舞臺用的照明燈，全部朝著位於大廳中央深處的小型舞臺。聽眾席與舞臺之間只有小小的階梯區隔，距離近得彷彿伸手可及。

演奏環境和古典樂簡直完全不同。

母親在聽眾席中央附近的座位一坐下後，便熟練地向服務生點了兩人份的飲料與餐點。

「居然還喝酒？」

雪祈至今從來沒有一邊聽現場演奏還一邊飲食的經驗。難得到這樣有格調的空間觀賞演奏，喝了酒豈不是會讓耳朵遲鈍嗎？——雪祈不禁有種想勸誡母親的想法。

「聽爵士樂是沒關係的，就是要享受其中呀。」

看看周圍的大人們，大家的確人手一杯啤酒或紅酒。每個人的表情看起來都很放鬆。有下班後的西裝人士，也有身穿夾克的老紳士；有稍微盛裝打扮的女性端著酒杯，也有連帽T配牛仔褲的年輕人。

就在擺盤精緻的餐點上桌後，燈光緊接著轉暗。從後方傳來拍手聲，掌聲隨即擴散全場，還有一位客人站起來迎接表演者。穿過聽眾席中間步向舞臺的四名樂手，身上的服裝毫無一致性。走在最前頭的鋼琴手在T恤外面披一件稍大的紅色襯衫。手拿小號喇叭的黑人穿著紫色襯衫配褐色背心。握著鼓棒的鼓手身穿長袖T恤，而走在最後面的高個子白人則是黑夾克打扮。

現在究竟是要上演什麼——

霎時，在五公尺前方的臺上演奏開始了。

聲音化為一顆顆的珠子，打在臉上。

肌膚在顫抖。

這不是比喻，而是肌膚真的在震動。本以為爵士只是難解的溫和音樂，此刻卻化為巨大的音量震撼著體表與鼓膜。

這是、什麼……？

響亮的旋律發自四種樂器。雪祈還想循探音符，但自己根本不曉得這是在演奏什麼曲子，而且感覺就算知道了也沒有意義。

這旋律就是如此動感、複雜而自由。

才開始演奏三分鐘而已，四名樂手的額頭上已經冒出汗水。鋼琴手用全身上下敲打著鋼琴鍵盤，鼓手的鼓棒快得讓人眼睛都跟不上，低音提琴手激烈地撥盪細弦，小號手吹出震撼天花板的聲音。大家都全力演奏著。

「現在演奏的這段，叫主題喔。」

母親湊到耳邊小聲如此說明。明明在演奏中還可以講話嗎？——雪祈抱著這樣的困惑，小聲回問：

「還有不是主題的部分嗎？」

「聽了就知道囉。還有 Solo 跟 Ad-lib。」

Ad-lib……印象中是「即興」的意思。

站在樂團中央的小號手這時在小小的舞臺上稍微往後退下一步。瞬間，周圍燈光轉暗，唯一強烈的光線照向鋼琴。

鋼琴手用一副彷彿主張此時此刻只有自己才是主角似的態度和動作演奏起來。開始重複彈奏一段與剛才的旋律完全不同的簡短樂句。

他究竟在幹什麼？

這是音樂嗎？

不知不覺間，鼓聲漸小，只保持著基礎的節拍。

突然，鋼琴的聲音變得又快又響亮。鋼琴手專注凝視著一個點，左右雙手宛如被什麼東西附身似地自己動起來。那速度快到用腦袋思考絕對跟不上的程度。鋼琴的一顆顆聲音珠子開始前後連結，化為一陣陣的波浪並提高能量。

「Yeah！」從後方的座位忽然傳來大聲叫好。

雪祈忍不住回頭，看向發出叫聲的人。居然對一個如此極度專注於演奏的樂手發出那麼大的聲音，這樣做對嗎？但發出聲音的聽眾與雪祈對上視線的瞬間，竟還咧嘴笑了一下。

下一剎那，鋼琴的聲音又進一步升溫。那位鋼琴手別說是受到打擾了，反而像是在叫好聲的推波助瀾下變得更加興奮。

聽眾繼續叫喊，而做出反應的鋼琴手在不知不覺間幾乎把眼睛都貼在鍵盤上彈奏著。緊咬牙根，揮灑發亮的汗珠。

他究竟在看著什麼？

此刻，那個人正在舞臺上創作著音樂。

鋼琴手渾身的重量都透過指尖傳遞到鋼琴上，而且還是以快到驚人的速度，持續了好幾分鐘。就連雪祈也可以感受到，他幾乎要到達極限了。不自覺間，雪祈甚至為他擔心起來。這個人究竟要到達什麼境界？究竟要變成什麼樣子？……就在迎來某個高潮的瞬間，鋼琴手抬頭看向舞臺。

粗而厚實的炸裂聲響竄入耳中。

演奏轉移到小號上了。

小號手保持著樂器筆直朝向聽眾的姿勢，開始編織旋律。似乎為了不要讓鋼琴營造出來的氣氛冷卻，吹奏著又快又響亮的聲音。然而，沒有像鋼琴那樣毫無空隙而綿延不絕。對了，因為需要換氣啊。

經歷長年使用的小號喇叭，將吹入的氣息即時轉化為樂聲。大聲主張著自己是為此而存在。

有直接爽快的聲音，有拗曲扭轉的聲音，有響亮變調的聲音，一聲聲都擊打著鼓膜。從聽眾席也發出叫喊聲。演奏者肺中吐出的空氣通過樂器化為音樂，直響至聽眾席上雪祈的身體中心。而且這些都是即興創作出來活生生的音樂。

店內呈現一片不可思議的興奮狀態。聽眾坐在位子上，嚥著喉頭直盯舞臺。當中也有人喝著酒、吃著餐點或放聲叫好。而坐在中心還是個中學一年級生的自己，全身不斷顫動著。

聲音的珠子變得越加緊湊，旋律開始蜿蜒曲折。汗水紛紛灑落舞臺。身體前後左右地不斷搖擺，讓樂器也跟著大幅擺動。已經全力吹奏多少分鐘了？肉體應該已經逼近極限才對。可是樂手卻不停止吹奏。彷彿不惜搞壞身體，也要不斷吹出更新、更厲害的聲音一樣。

他的頭或身體，肯定哪一邊已經要壞了。快停下來吧！——就在雪祈這麼想的瞬間，鋼琴、爵士鼓與低音提琴一起發出響亮的聲音。

四個人一起演奏起相同的旋律。又回到主題了。

雪祈差點從椅子上站起身子。

明明剛才演奏得那樣瘋狂，竟能在同一時間與其他三人完美配合。

「Ｙｅａｈ！」——聲聲叫好與熱烈的掌聲籠罩這個舞臺。

聽眾各個臉上都帶著開心的表情。就是為了這些表情，臺上的樂手們才會那樣賣命演奏到彷彿隨時會倒下的程度。

這點深深打動了雪祈的內心。

和古典樂或流行樂是完全不同的衝擊。

究竟要怎麼做，才能呈現出這樣的演奏？是技術，是精神……但光有這些也僅止於表演的程度。

此刻的自己，是被陣陣宛如嘶吼的連結音符震撼著心靈。

那源頭恐怕是——

一名女孩的身影浮現眼前。

比自己年長的一名小女孩。

在記憶中的她，總是彈奏著鋼琴。總是彈奏出自己的風格。

燈光的顏色從水藍轉為深紫，又變成紅色。

那是在松本從未看過的色彩。

與古典樂不同的節奏、和弦、音調、樂句、速度、樂曲結構和樂曲展開。

四重奏的組成。領頭者所扮演的角色。

主題演奏，以及即興演奏的長度與次數。

這些全部的精采之處，為了不要遺忘任何一項——

在回程的新幹線上，雪祈一路埋頭用手機打著筆記。

隔天開始，他中斷鋼琴練習，把母親蒐集的爵士樂CD全部聽了一遍，又不斷找影片來看。

然後過了半個月，雪祈又開始彈起鋼琴了。但與其說是練習，應該講是研究，也是探險。

雪祈開始學習的爵士樂絕不算什麼古老的音樂，新鮮得令人驚訝，卻又深奧而不見底。

將自己透過眼睛和耳朵輸入腦中的大量旋律，一個一個細心從指頭輸出。明明是完全看不見終點的行為，卻能熱衷到彷彿可以永遠持續下去。

母親則是瞇著眼睛表示「假如遇到不懂的地方，隨時可以來問媽媽喔」，但又補充了一句：「雖然媽媽也沒有正式學過，所以對演奏方法之類的不算懂很多就是了。」

就這麼過了三個月左右，有一天父親回家說道：

「雪祈的臉最近好像變了。」

「啊～講那種話很不好喔。沒禮貌。」

「不是啦，我是說好的方面。」

「因為我現在是成長期也是青春期啦，別管我。」

「嗯～要誇獎小孩還真難。」

父親走回寢室脫西裝的時候，接著換成母親的聲音從廚房傳來：

「我也是這麼覺得喔，雪祈。」

「我就說了……」

「改變是一種好事，無論到了幾歲都一樣。我雖然是從不成氣候的鋼琴家變成了鋼琴教室的老師，但我覺得這樣很好。而你現在也是準備從古典樂轉變成爵士鋼琴手。既然是愉快的改變，有何不可呢？」

確實，自己現在感到很愉快。

但光有愉快是不行的。

「今天晚餐是燉小牛膝喔。來，去洗洗手準備開飯吧。」母親說出了她最近開始研究的義大利料理名稱。

現在的自己就跟她一樣。才剛剛起步學習爵士樂，無論知道什麼新的東西都會感到有趣。感覺就像一直用蠟筆塗鴉的小孩子忽然獲得了一套畫具。即便只是將顏料從鋁管中擠出來、加水溶解或混合調色，做任何嘗試都很愉快。

不過假若說到上美術大學或立志成為職業畫家，那又是兩回事了。

在洗手臺洗手的同時，雪祈不經意看向前方。

鏡子中映出來的，是一直以來都按譜彈琴的自己。

後來的三年間，雪祈在發表會上都是演奏爵士樂。

聽眾席的大人們總惋惜著他是不是已經放棄了古典樂，但同時也誇獎他的表現。

「雪祈同學無論彈什麼都好棒呢。」

「爵士樂聽起來很明亮，不錯喔。」

「要不要叫我家孩子也彈彈看呢？」

「那很複雜的喔。感覺比古典樂更講究才華的樣子。」

「不過聽著是很有趣。」

在家長們的耳中，爵士樂大概聽起來很創新而充滿刺激吧。而且在其他人都演奏沉穩的古典樂之中，雪祈的爵士樂似乎宛如一劑清涼劑。

但相對地，雪祈本身卻是很拚命。

自己的經驗和技術都還不夠。

首先是節奏感。爵士樂和古典樂在節奏感的分配上並不相同，但自己的腦袋與手指還習慣著古典樂的感覺。明明應該讓曲子更搖擺一些，卻總是彈奏得莫名僵硬。

而且——雖然如果是一流的演奏者就能辦到——但是光靠鋼琴想要表現出爵士樂特有的立體感，自己的功力還遠遠不足。不管怎麼彈總會讓聲音顯得單薄。雖然內心期望能有爵士鼓或低音提琴一同演奏，可是在母親的鋼琴教室發表會上實在無法冀望這種事情。

另外，還有一點。

Impro 真的太難了。

Improvisation、Ad-lib，也就是即興演奏。脫離主題，在一段時間內演奏樂譜上不存在的旋律。注重自由發揮，當場聯繫音符。

在這點上，雪祈完全不行。縱然已經學了將近三年，還是一點訣竅都抓不到。難道是因為自己已經被培養成按譜彈奏的體質，所以怎麼也無法自由放鬆嗎？

所以取而代之地，雪祈所表演的是預先準備好的旋律。終究只是演奏得「像」

即興而已。因為現在的自己只能辦到這樣——

演奏結束後，可以聽見響亮的拍手聲。聽眾席上的聽眾臉上都帶著愉快的表情。

然而那並不是雪祈所追求的反應。

自己真正想看到的，是驚訝。

就好像在 So Blue 的自己一樣，希望聽眾表現出驚訝的感覺。

雪祈如此想著，對聽眾席深深鞠躬。

之前在青山看到的那一幕，樂手與夥伴們勾肩搭背接受聽眾熱情歡呼的景象，自己究竟何年何月才有機會親身體驗？

在那之前，只能一個人獨自奮鬥下去了。

走下發表臺後，雪祈為了聆聽其他學生們的演奏而走向聽眾席後方。

這時忽然有一名男孩子靠近過來。對方年約五歲，是雪祈從沒見過的小孩。難道是哪位學生的弟弟嗎？小男孩叫著「大哥哥」並抬頭望向雪祈。

「小弟弟，怎麼啦？」雪祈蹲下身子，讓視線與對方同高。

「剛才那個，是什麼？」

會感到疑問也是當然的。像他這個年紀應該連聽都沒聽過吧。

「那個是叫做『爵士』的音樂。」

「是喔。」少年說著，低下視線。

「你覺得怎麼樣？」

聽起來肯定是很亂不成章的音樂吧——雪祈抱著這樣的想法，詢問對方感想。

結果少年又抬起頭來……

「超級帥氣的喔。」

說罷，他便轉身跑走了。

7

「雪祈，你還是沒打算參加社團嗎？」

轉頭一看，幼稚園以來都沒改變的那張笑臉就在眼前。

「加瀨已經提交入社申請書了？」

「是啊，他們說我明天就可以過去了。」

賢太郎在中學時代直到三年級的夏天都追逐著白球，最終在縣大會的準準決賽落敗。然而退出社團後，他在準備升學考試的同時也不忘到公園練習對空揮棒。

而且每個月會有兩次帶著棒球手套到雪祈家來，找雪祈出去練習傳接球。他總會一下「姿勢很棒！」，一下「你個子高，球速好快！」，又一下「你真有天分！」地吹捧雪祈，並且把球丟回來。

「喂，你幹麼都要找我啊？跟棒球社的人練習不就好了？」

「雪祈，鋼琴是一種個人競技對吧？」賢太郎當時難得露出嚴肅的表情。「我覺得你也應該體驗一下比較好。傳接球好歹也算是團隊運動啊。」

長野縣的高中棒球強校多半都是從外縣市招募新成員，賢太郎並沒有受到那些學校的邀請。而他覺得既然要讀書就到考上成績比較好的學校，還誇口說要從那樣的學校進攻甲子園。

讀書期間的投接球練習一直持續到升學考試前兩週，然後兩人都考上了同一所高中。

比起自己，雪祈更為賢太郎考上學校感到高興。

「話說，如何啊？棒球社的二、三年級生。」

「今年的球隊還算普通，但聽說明年會變得很強。更重要的是，同屆的一年級裡還有來自東中的王牌。他可是連外縣市的球探都會來看的投手，我看我們這一代搞不好**有機會**喔。」

「有機會嗎？這裡可是普通的縣立高中喔？」

「我會帶你去見識看看甲子園的觀賽席。」

「我不抱期待。」

賢太郎緊握的拳頭捶在雪祈肩上。一股熱意頓時傳來，感受得出他是認真相信自己可以到甲子園去的。

「你就等著瞧吧。話說雪祈你呢？」

「在音樂教室有一臺很大的鋼琴。」

這時迎面走來的一群女生紛紛抬頭望向雪祈的臉。雪祈從小期待自己的手指可以變得修長，卻沒想到連身材都變得高䠷了。而且不知為何，這張臉看在別人眼中似乎頗為俊俏，讓自己在一年級新生中顯得受人注目。

「哦～剛才可讓那些女生見到珍貴的一幕啦。看來那臺鋼琴真的很棒，你很少會露出那麼直率的笑容。雖然說，如果被人家知道你是個酷酷的鋼琴家，肯定會更有女人緣就是了。」

「我才不想要什麼女人緣。」

「啊～可惡。我也好想講講看那種臺詞。」

「就算沒女人緣的傢伙也是可以講的喔？」

「吵死了。總之你那張臉長得不差，要多笑啦，雪祈。」

「……你差不多也該叫我澤邊了吧，加瀨？」

「哎呀，各自加油啦。」賢太郎說著，便頂著那顆光頭進教室去了。

要多笑嗎？但願可以那樣啦。

假如有誰從天上觀察高中時代的雪祈，看起來或許就像在三臺鋼琴間一直打轉的貓吧。

畢竟他彈奏鋼琴的時間就是如此多。

第一臺，是家裡的鋼琴。
第二臺，是放在自己房間的數位鋼琴。在這裡可以接著耳機彈奏，把自己的演奏錄音下來，分析之後又再彈奏。另外也有試著模仿過塞隆尼斯・孟克、賀比・漢考克、凱斯・傑瑞等人的演奏，每次都深切體認到自己的運指功力遠遠不及這些傳奇人物。但雪祈依然會繼續坐在鋼琴前直到深夜，讓自己能夠追上個一公厘也好。
至於第三臺，就是學校音樂教室的鋼琴。
那臺鋼琴在平臺式鋼琴中也屬於較大的類型，無論音量或聲音的渾厚程度都不同凡響。儘管只是練習，能夠使用較好的樂器總是好事。雖然音樂教室到了放學後會被管樂社使用，但早上和中午都沒人會來，而且教室也不會上鎖，因此雪祈總會趁著上課前與午休時間到這裡彈琴。
鋼琴男子的傳聞很快便傳開，甚至還出現幾名女生會來送水或飲料。然而雪祈並不認為這是自己的技術或音樂性受到評價，想必只是隔著鋼琴看到一名男生嚴肅練習的表情單純讓人感到稀奇而已。
為了確保能夠集中精神的時間，雪祈改在早上七點半就到學校了。
早晨的操場上，可以看見棒球社員們的身影。
雖然會自主參加晨練的社員通常只有三個人左右，但其中必定會包括賢太郎。
「早安，加瀨。」雪祈上前叫了一聲後，賢太郎便立刻跑過來。
「嗨，雪祈。有帶來嗎？」

「有，上等貨喔。」雪祈說著，將前一天收到的飲料遞出去，於是賢太郎一把轉開瓶蓋。

「謝啦！我開動了。」

大口暢飲的賢太郎臉上布滿汗水，正是他全力揮過球棒的證明。整張臉都變得烏黑，只有戴手套的左手是白的。

「我說，雪祈。晨練是好事，但我總覺得爵士樂和晨練感覺很不搭啊。」

「少管我。話說你們夏季大賽如何？」

「我應該可以拿到二壘的位置。我們這一代列入先發陣容的或許只有兩個人吧。棒次很有可能是第五棒。」

「還不算差嘛。」

「拜託，這哪裡叫不算差，簡直太棒啦。你是不是爵士樂玩太多啦？越來越常用那種講話方式了。」

的確，自己好像不知不覺間變得常會擺出帶有嘲諷而不坦率的態度。也許是因為學習了爵士樂那樣不循規則的演奏法以及爵士樂手特有的講話方式吧。在爵士業界，BAD似乎是「非常好」的意思。就連遣詞用字都好像不是那麼單純的感覺。

正因為如此，賢太郎那身黝黑的肌膚更讓雪祈感到耀眼。

「太棒了，是嗎？真羨慕你能夠講話那麼直率。」雪祈說著，又同時擔心會不會連這種講法聽起來都像嘲諷。

「不，你也很直率吧？」
「呃？我嗎……？」
就在雪祈因為這句意外發言感到困惑的時候，賢太郎已經舉著喝到一半的寶特瓶，「這個，謝啦。」地跑回操場去了。
雪祈本身也有自覺，在這種年紀就彈奏爵士樂的自己看在別人眼中應該是很乖戾的人物。感覺像在耍帥，或者裝成熟……
可是賢太郎卻說自己很直率。
但既然直率，有件事就必須去試試看了。

在松本市有幾間會在店內播放爵士樂的餐廳。例如爵士茶店、爵士咖啡廳，也有現場演奏的爵士酒吧。
雪祈上網調查並幾經考慮後，來到其中最大間的爵士酒吧門前。
雖說最大間，但也僅是一家座位不滿三十個的店家。眼前這扇店門也單薄得令人感到不安，然而握住把手卻感覺沉重無比。
而且現在雪祈是在放學路上，還穿著學校制服。與這地方顯得格格不入。
即便如此，他還是勇敢把門推開。
「打擾一下。」
由於還不到營業時間，店內看不到客人。稍遲一拍後，似乎是店長的人物從吧檯後面探出頭來。一想到自己是初次跟爵士樂界的人物對話，雪祈全身不禁僵硬起來。

「呃……你應該不是鋪貨業者吧？那不是北高的制服嗎？有何貴幹？」店長一頭蓬亂的頭髮底下浮現著感到訝異的表情。

雪祈走向吧檯，說出預先準備好的臺詞：

「不好意思，突然登門拜訪。本人就讀北高一年級，敝姓澤邊。請問可以讓我在這裡打工嗎？我什麼都願意做。」

「呃……我這裡沒在徵人……也沒這計畫啊。」

如此表示的店長身上那件襯衫的衣襟可以看到幾處縫補過的痕跡。這裡確實看起來沒有僱用新店員的餘力。

縱然如此，雪祈也不能輕易打道回府。

他接著說出並非預先準備好的發言：

「……我來這裡是希望學習爵士樂。」

「這樣喔。很高興你來啦，不過……我們這裡主要是到深夜時段人才會多，不可能僱用一個十五、六歲的學生。」

正當雪祈思考著接下來應該講什麼的時候，視線忍不住被擺在店裡深處的一臺木紋直立式鋼琴給吸引過去。它看起來使用多年，留下許多傷痕與潑濺汙漬。

不知為何，那模樣看起來光彩奪目。

「你……彈鋼琴嗎？」一個才剛從中學畢業沒多久的少年難得鼓起勇氣到這裡來，想講的話卻連一半也沒能講完——說不定店長心中是如此想的吧。

「是，我彈鋼琴。」

「雖然我這邊沒辦法收打工，不過你要來店裡沒關係。下次要辦即興合奏會，你就來看看吧。」

不過十點之前要回家，而且一定要先徵得家長許可喔——店長這些話從雪祈的左耳進右耳出。但唯一留在腦中的，只有「即興合奏會」這個詞。

爵士樂手們齊聚一堂，在臺上切磋磨練的演奏方式——

「感謝您。我必定前來。」

這家店的即興合奏會是每逢週六晚上都會固定舉辦的。

雪祈當天在家提早吃完晚餐，在開店時間準時入店。

「呃……你來啦。歡迎光臨。」

「是，我會好好學習。」

向臉上展露些許微笑的店長點了一杯咖啡後，雪祈便坐到距離舞臺最遠的位子。

他打算從這裡學習即興合奏與爵士樂的演奏法。

客人接著陸續來店。大家似乎多半都是熟客，互相輕鬆打聲招呼後總會朝不合店內氣氛的雪祈瞥上一眼。雪祈每次都會向對方輕輕頷首行禮，並喝口咖啡。不知不覺間，手拿樂器的人也越來越多了。

來店的人中約有半數是樂手，其餘似乎是單純的客人。

等到開店過了一個小時，小飲一、兩口酒的樂手們便互邀上臺，簡短討論要合奏的曲子、節拍、獨奏順序與長度後，開始演奏。那音色與之前在 So Blue 聽過的大不相同，真要形容就是比較庶民的爵士樂。然而響徹狹小店內的音樂依然音量十足，相當有魄力。

在舞臺上，鼓手、鋼琴手與低音提琴手是必要成員，而吉他手、薩克斯風手與小號手則是輪流上臺演奏。雪祈雖然嘗試估測大家的實力，但無奈自己是第一次的經驗，聽不太出來。至少可以確定的是，大家對於即興合奏非常熟悉。每個人都認真地配合彼此的聲音，如果演奏得好就會互相露出笑臉，炒熱幾乎座無虛席的店內氣氛。

雪祈喝著加點的咖啡，觀察學習了兩個小時。

就在那位看起來應該是大學生的鋼琴手彈累而伸展筋骨的時候，雪祈從座位起身。

內心有種預感——要是現在不去，就永遠沒機會了。

於是他朝著舞臺踏出步伐。

客人們的視線都聚集到自己身上。

心臟好像快從嘴巴跳出來了。

儘管如此，自己還是非講不可——

雪祈小心著不讓自己聲音發抖，開口詢問：

「那個……請問我也可以彈嗎？」

舞臺上的樂手以及店內的客人們紛紛把臉轉向吧檯。

店長大概也沒料想到雪祈會自己要求參加演奏吧，臉上帶著驚訝的表情愣了好幾拍後，總算回答：

「呃……也行吧。」

大人們聽到他這麼表示，又紛紛轉頭看向雪祈。

令人意外的是，大家的表情看起來很開心。

不過那些視線中也流露出擔心的神情。擔心著這小子真的沒問題嗎——？

自身更是比大家擔心幾百倍的雪祈輕輕頷首後，踏上舞臺。

這是自己第一次踏上爵士樂的舞臺。

明明是木頭鋪的地板，雙腳卻彷彿要沉入其中。

坐上鋼琴椅，更是感覺忐忑難耐。

和鋼琴教室發表會或合唱比賽的伴奏相比，這又是完全不同類型的緊張。明明那些時候的聽眾人數遠比現在還多地說。

三十多歲的低音提琴手說出一首曲名：

「All The Things You Are，會彈嗎？」
那可說是標準曲之一，雪祈已經練習到不看譜也能彈了。
於是緊張地嚥著口水，點頭回應。如果是這首應該沒問題……
不，必須沒問題才行。
「音調用A♭，速度大概這樣。」
四十多歲的鼓手彈起手指。算是比較慢的節拍。雖然知道對方是在客氣，但雪祈連道謝的餘裕都沒有，全神貫注地將節拍記入腦袋。畢竟節拍錯了就不成音樂，當然也絕不能彈錯聲音。
店裡超過三十對眼睛全部集中在雪祈身上。但那不是排擠外人的視線，而是祈禱著這小子不要剛踏入爵士之門就受挫，不要彈到途中哭出來。
就像是鋼琴教室發表會時常見到那些家長們的眼神。
這讓雪祈感到內心很難受。
害得大家如此為自己操心，實在丟臉不已。
如坐針氈，難以忍耐。
必須設法改變這種氣氛才行。
正因為如此，最起碼在開頭的部分，絕對要跟上其他人。
只要辦到這點，後面就——
「那麼，要上囉。ＯＮＥ、ＴＷＯ、ＯＮＥ　ＴＷＯ！」

按下琴鍵。

起步時機抓得恰恰好。

雖然手指明顯硬得發痛，但現在沒餘力放鬆關節了。絕不能拖拍，絕不能彈錯，而且又要彈得夠大聲，不能被其他樂器蓋掉。

無論如何，盡力彈下去。

無論如何——

大約經過兩分鐘時，低音提琴的聲音忽然傳入耳中。也能聽見吉他的聲音。雪祈這才發現自己剛才都緊張得只聽到鼓聲而已。

必須豎耳傾聽才行。自己可是終於等到和其他人一起演奏的機會啊。

如此思考之間，主題部分已將結束……

到這時，雪祈才第一次從鍵盤抬起視線。

和一旁的吉他手對上了眼睛。

滿臉鬍鬚的低音提琴手對著自己點點頭。

最深處的鼓手正帶著笑臉看過來。

他們的表情都說著：你彈得好。

某種東西頓時從喉嚨深處湧上來。

啊啊，可惡——雪祈如此想著，把那東西硬是吞了回去，並望向聽眾，發現每張臉上都帶著鬆了一口氣的笑容。大家正為自己拍著手，面露微笑。

吉他獨奏的部分開始了。
雪祈放下雙手，看向鍵盤。
黑白交錯的琴鍵，無論哪一臺鋼琴都是一樣。
但是今後大概再也嘗不到這樣的心情了吧。
害臊——
感謝——
開心——
以及強忍淚水的感覺——
我的爵士之路，起步成功了。
低音提琴的獨奏傳來。
很快又要進入主題了。

後來每逢舉辦即興合奏會的週六，雪祈都必定到店裡報到。不但有被分配到獨奏的時間，下臺之後又和大人們交流，逐漸瞭解爵士樂的組成構造與現況，以及和爵士樂手的對話方式。

到了高中二年級，雪祈的演奏水準已經到了不輸給鄰近大學的爵士研究社中任何一位鋼琴手的程度。有時也會和大人們組團參加各種小型的爵士音樂祭，讓自己的知名度逐漸滲透到附近縣市的爵士樂社群。因此和外縣市的樂手們合奏的機會也隨之增加。

某天晚上，當雪祈走下舞臺後，一名在關東地區活動的半職業低音提琴手端著酒杯來向他攀談。

「澤邊小弟，你彈得很棒嘛。」

「謝謝，很高興聽到您這麼說。」

雪祈端著一杯可樂，發揮自己最近學會的圓滑口才如此回答。

然而，對於最近受人誇獎的話語中，雪祈也開始有些感到在意的部分。

「那個……請問您說的很棒，是什麼程度的誇獎呢？」

「何謂什麼程度？」

「請問是『以高中生來講』的感覺嗎？還是以一名爵士樂手來看有機會發展的意思？」

「難道說，你立志成為職業樂手？」

這是到現在還沒有被任何人問過的問題。不知為何，雪祈腦中浮現出賢太郎的臉。

如果是那傢伙，肯定會答得很明確吧。

「既然要玩爵士，是的。」

低音提琴手把手放到額頭，忽然沉默。

他停下動作，呆滯地望著吧檯內，似乎在思考些什麼。

「職業樂手」這個詞彷彿帶著重力，深深沉入地面。

經過一段彷彿無限的時間，對方才沉重地開口：

「……你要成為職業樂手沒問題。畢竟只要如此自稱，從那天起你就是職業樂手了。然而，真正的職業樂手，不是只靠技術就能當上。」

他說著，啜印一口波旁威士忌。

「請問您講的，是『才華』嗎？」

威士忌杯中的冰塊已經融化到沒有稜角。

「對，或許可以說才華吧。」

又叫了一杯酒後，年近四十的半職業樂手繼續說道：

「我啊，左邊耳朵聽不太清楚。你知道為什麼嗎？」

很抱歉，我不知道——雪祈如此回答，結果對方恢復原本開朗的態度般表示：

「因為我一直都站在爵士鼓右邊。很多低音提琴手都有這種毛病。」

雪祈頓時驚覺。

此刻在自己眼前的，是一位將身體、時間都奉獻給爵士樂的人物。

「縱然做到這種程度，我依然連個芽都沒發跡。你說為什麼呢？」

直到剛才還在腦中想問的問題，雪祈硬是吞回了肚子中。

請問您覺得我有才華嗎？

這種問題，自己實在問不出口。

「你要多聽。然後多彈。試著作曲。多多和別人演奏。」
對方的眼睛彷彿遙望著遠方。
腦中想必正回想著什麼。
而且肯定是無法講出口的東西。
低音提琴手就這麼看著遠方，用宛如低音提琴般低沉的聲音說道：
「還有，找誰組團是很重要的。」

8

升上三年級後，賢太郎變得不會注意到雪祈從操場旁經過了。
正確來講，應該是他沒有那個餘力注意到這種事。
兩年前只有三個人來晨練的棒球社員，如今增加到了四十人。由於新球隊在春季大會中奪得了縣內前四強的成績，讓進軍甲子園的夢想變得更有現實感了。
賢太郎正在二壘位置練習接球。
和他過去一個人練習揮棒的時候相比，表情截然不同。
跟以前一起到公園傳接球時的表情也完全不一樣。
那是確切鎖定到目標的神情。
一片沙土上，粗野的吶喊聲與高亢的指示聲此起彼落。

但願他們能夠順利，但願賢太郎能夠實現他的目標——雪祈走在操場旁，心中對著某種存在如此祈禱。

三個月後，棒球社在縣立球場的夏季甲子園府縣大賽中晉級到了準決賽。

對手是先發陣容幾乎由外縣市出身者組成的強豪學校，賽前預測都認為賢太郎的球隊幾乎沒有獲勝的機率。

即便如此，期待勝利的在校生與畢業校友們，依然紛紛趕來球場為球隊加油打氣。

對手學校的管樂隊表演了一場精采萬分的演奏。

這邊學校的管樂隊則是用趕工練習出來的演奏勇敢對抗。

對方學校觀賽席上的棒球社員們動作整齊劃一地舞動著。

這邊的棒球社員們則是各自凌亂地賣命吶喊。

雪祈在一旁拿著分發到的喊話筒，觀望賽事。

比賽呈現第一局丟失三分後，我方拚命追趕的局面。

在二壘的賢太郎一直在大聲叫喊。

王牌投手好幾度對著二壘、對著休息區頷首回應。

凡是飛向一二壘包間的球，賢太郎必定會奔去。

就連從觀賽席看過去都知道不可能接到的球，他也奮力飛撲。

球隊整體也是一樣，大家努力不懈地防守著。

負責第四棒的賢太郎在打擊區上熊熊燃燒鬥志，到比賽中盤為止打出了兩支安打。

可惜，兩次都沒有接續到得分。

到了九局，一出局一壘有人的狀況中，對方球隊本來保留不上場的王牌投手站上了投手丘。

第四棒的賢太郎走向打擊區。

要是遭到雙殺，比賽就會當場結束。但如果能增加壘上跑者並延續安打，還有追上對方的可能性。

在沒有人統一指揮的觀賽席上，大家各自叫喊著。大喊「安打」的聲音被「全靠你啦」的叫聲掩蓋。整體呈現異樣的亢奮狀態。

坐在雪祈旁邊的學生說道：

「啊啊！加瀨！喂，那是你朋友對不對？他一定可以吧？」

賢太郎站上左打者區。

雪祈腦中頓時浮現他小時候穿著短褲的模樣。賢太郎手拿著塑膠球棒到處奔跑，而自己總是從鋼琴房中望著他。

快速球飛進捕手手套中，裁判做出一好球的宣告。

兩個小鬼正在投接球。雪祈不小心把球丟得老高，但賢太郎還是跳起來穩穩接住。雪祈準備離開公園回家，但賢太郎說自己還要留下而開始練習揮棒。

變化球偏移方向，裁判用肢體動作判定為壞球。

在中學的賽前壯行會中，賢太郎上臺致詞。對著全校師生深深鞠躬，拜託大家務必為球隊加油。

直球歪向外角。

雪祈腦中浮現出賢太郎在社群軟體上，對於他沒能去聽音樂祭的事情道歉的文字；也浮現出他在晨練之後細心整理操場的模樣。雪祈自己則是從音樂教室望著那幕景象。

賢太郎的球棒發出清脆的金屬聲響，然而白球飛到本壘後方的護網上。

無論隊上那位王牌投手或其他夥伴們，無論在公開場合或在私底下，賢太郎總是對大家讚譽有加的那些話語在雪祈腦中響起。

在公園也好，在早晨的操場也好，他總是練習著對空揮棒，甚至到令人疑惑為何要練到那種地步的程度。

一路來勤奮努力的賢太郎。

以及跟著鋼琴一起觀望著他的自己。

對方王牌投手擲出指叉球，賢太郎揮棒到一半緊急停下。裁判宣告為壞球，球場頓時一陣騷動。

賢太郎臉上滿滿都是汗水。

儘管如此，他依然露出皓齒，試著展現笑容。

雪祈把雙手放到嘴邊。
「賢太郎！」
忍不住叫出了下面的名字。
突然的大聲呼喚讓一旁的學生都嚇了一跳。
「賢太郎！」
但雪祈絲毫不以為意。
「賢太郎！賢太郎！賢太郎！」
腦中能想到的只有叫名字。
無法克制自己不叫喊。
第六球投出。
賢太郎巨棒一揮。
球棒正中球心，「哐！」地發出響亮的聲音。
下一剎那，傳來「砰！」的接球聲。
手套牢牢捉住球的對方三壘手一點也沒鬆懈地盯著壘上跑者。
賢太郎擊出的左飛球很不巧地直直飛向三壘正面了。
大家還來不及歡呼，隨即轉為失望的聲音。
事情就發生在這麼短短一瞬間內。
連滑上壘包都辦不到便出局的賢太郎只能抬頭仰望天空。

兩分鐘後，場內響起比賽終了的宣告，他當場哭了。熱愛棒球的他，一路來努力不懈地鍛鍊自己，奮勇挑戰，最終落敗。甲子園之夢竟然破滅。

賢太郎已經連挑戰的機會都沒了。

加油席上的人們還沒能完全從夢中醒來。

有校友深坐在位子上抱著頭。

有女學生哭泣著，也有棒球社員頹喪消沉。

臉上帶著失落表情的學生們為球員們送上慰勞的掌聲。

總算恢復冷靜的隔壁座位學生對雪祈說道：

「真沒想到澤邊竟會發出那麼大的聲音，嚇了我一跳！原來玩爵士的人也會有熱血的時候啊。」

聽到這位男生的發言，一旁的女生也開口附和：

「我還以為澤邊同學個性很酷的說，真的整個印象都變了呢。」

脫下帽子的選手們慢慢朝加油席走來。

從遠處可以看到賢太郎一邊走一邊哽咽。

我是說在好的意義上喔——剛才的女生補充這麼一句，於是雪祈對著她露出一如往常的表情說道：

「傻子，這叫會看時間場合。我只是迎合現場的氣氛而已。」

接著，雪祈背對場上的選手們，離開加油席。
因為要是近距離看到那景象，自己肯定會哭出來。
雪祈頭也不回地走出球場。
儘管如此，淚水還是流出了眼眶。但雪祈沒有擦拭，繼續往前走去。
賢太郎盡到自己的全力了。
我這位朋友徹底挑戰了自己的夢想。
他讓我見證了這一幕。
下次該輪到我了。
目標是東京的 **So Blue**。
那間只會邀請世界級樂手演奏的爵士俱樂部。
對爵士樂學得越多，就越能夠深切體會到站上那個舞臺是多麼不容易的一件事。
說不定比站上甲子園還要困難。那是賭上一輩子也不誇張的遙遠目標。就像至今一起演奏過的大人們也都表示過希望自己有朝一日能站上那裡。
就算失意不得志，就算年紀已大，人還是可以述說夢想。
但光這樣是不行的。
如果天真以為時間還早，不知不覺間就會變得不再是真正的目標。
只會淪為夢想。
不能抱持天真的想法，也不能為自己找藉口。

必須反覆對空揮棒，努力晨練搞得渾身泥沙，讓擊出的那一球能夠帶領自己通往勝利。

「我一定要在二十歲前站上 So Blue 的舞臺。」

擦拭淚水之前，雪祈刻意將目標講出了口。

9

隨著知名度提升，雪祈演奏的舞臺也越來越大。

不僅是長野市和上田市，就連信州的爵士音樂祭雪祈也參加過。

多虧自己經驗過多場即興合奏的歷練，現在即使面對超過百人的聽眾也不太會緊張了。雖然臨時組團的成員都是當地大學生或中高年紀的樂手，不過雪祈無論和誰一起演奏都不會顯得遜色。這全要多虧自己比樂團中的任何人都勤奮練習，也逐漸累積了知識與經驗。然而，真正的即興演奏直到現在都還抓不到訣竅。

「嘿，雪祈！我來啦。終於能來給你捧場了！」

雪祈轉頭一看，發現是頭髮已經徹底留長的賢太郎。明明夏天都要結束了，他的皮膚卻沒怎麼晒黑。身上穿著剪裁時尚的T恤，完全融入在爵士音樂祭的會場中。

而且身旁還帶了個女孩子。

「哦哦，加瀨。謝謝你來……」

雪祈忍不住看向女生的臉。是直到一年前還會送飲料來給自己的女孩。

「這位是……」雖然知道對方名字，但雪祈故意裝傻。

「她叫高橋！我女朋友！」賢太郎露出一嘴潔白的皓齒。

「居然交了女朋友。」

「你好。」高橋同學露出些許尷尬的笑容。

「恭喜你啦，加瀨。」

賢太郎有點害臊地回應：

「哎呀，我接下來要享受充實的高中生活啦。話說這裡可真多人，應該有一千人以上吧。」

「這種程度的人數我是已經習慣了啦。」

「真的假的！不愧是雪祈！」

妳說是不是？——被賢太郎如此一問，高橋同學回應一句「是呀」，之後又繼續表示：「我雖然也有約喜歡音樂的小松來，可是她說她有事要忙。假如知道是這麼盛大的音樂祭，她搞不好就來了。」

這也是沒辦法的事。

就好像沒什麼高中生會在爵士音樂祭上演奏一樣，也幾乎不會有什麼高中生來聽現場演奏。假若換作是搖滾音樂祭，應該就會全場狂歡了。雪祈也曾當作是探查敵情，去參加過幾十萬人規模的搖滾音樂祭。從巨型喇叭發出轟響與歌聲給一大群人聽的演唱會，確實很直接也充滿刺激。

不難理解聽眾為此瘋狂的理由。

然而就音樂來講，雪祈並不認為爵士有不如之處。

「對小松那些人來講，爵士樂還太早了啦。」

「這麼說或許也對。那麼澤邊同學，你加油喔。」

賢太郎與高橋同學就這麼消失在人群中。

他們頭也沒回，互相談笑。如今賢太郎已經放下球棒與白球，開始構築起新的關係了。

雪祈自己也曾有幾度和女生交往的經驗，但無論哪個對象都不長久。女生們總是被他面對鋼琴時嚴肅認真的模樣所吸引，又被他超乎想像的嚴肅程度而嚇得放手。

但雪祈並不覺得難受。正因為自己每次總有些不認真面對感情的部分，所以也不會認為對方能夠深入理解自己努力探求的東西。

其實在內心，雪祈還是希望有人明白。光只是彈奏得好聽是不行的。自己在探求的是更遠更深入的層級。自己想彈的是貨真價實的獨奏。想要實現的是有如信手拈來的即興演出。害怕的是某一天明白自己究竟有沒有才華。自己平常總是對這份恐懼裝作視而不見，又想催眠自己是擁有才華的……

「澤邊老弟，要上囉。」

臨時組團的領隊告知上場時間到了。

舞臺前是一片人山人海。

其中也有賢太郎，也有高橋同學。

然而，雪祈心中卻感受到些許寂寞的心情。

「我打算去讀東京的大學。」

高中三年級的九月。在菜色中開始出現秋季食材的餐桌上，雪祈盡可能輕鬆地提起這件事。

雖然以前也有說過自己希望繼續升學的想法，但至今從來沒有明講過具體的學校志願。

「你說的該不會是音樂大學吧？」從本地大學畢業後在本地企業工作的父親頓時停下筷子，如此詢問。

「不，一般的私立大學。不過能距離市中心越近越好。」

父親看起來當場鬆了一口氣。

即便對音樂是一竅不通的門外漢，也很清楚靠音樂吃飯是很辛苦的事情。

「那麼你讀長野縣的大學也行吧？而且又可以住家裡。」

這麼說的確沒錯。雪祈很清楚自己的家境並不算特別富裕。假如讓兒子上東京去，寄送生活費也是一筆可觀的開銷。
「為什麼要挑東京呢？」
從東京的音大畢業的母親若無其事地問道。
「因為我想繼續彈爵士。」
「那麼你是想要加入哪間學校的爵士樂社嗎？」
「要不要加入社團都無所謂。」
雪祈用拿在左手的筷子夾起香菇。是長野縣產的香菇，當地生產、當地消費的食材。然而，據說菌類的孢子可以飛散到很遠的地方。
飛得又高又遠，直逼大氣層。
「因為我的目標，是 So Blue。」
「So Blue！」
母親的臉頰紅潤起來。
「So Blue……我記得好像是爵士樂的店家吧？」
聽到父親這麼說，母親立刻滔滔不絕地說明起來。超一流演奏家、排場、高雅、名譽、世界水準、日本第一等等詞彙接連冒出。剛開始父親臉上還帶著驚訝的表情，但最後逐漸黯淡下來。
「不管最後能不能在那家店上臺演奏，當個爵士樂手真的有飯可吃嗎……？」
身為家長，這是很正常的疑問。

「我沒說我要把這當職業。」

雪祈口中還吃著香菇，隱瞞了自己其實有想靠爵士樂謀生的念頭。

「而且爸，你講這些還太早了。我要先上了大學再說啊。」

「這也對。」

父親拿起啤酒罐補酒到杯中。

長野與東京，爵士樂與大學，So Blue 與職業演奏家——彷彿在鑑定何為實體、何為泡沫般，他一臉認真地盯著玻璃杯。到了這個地步，父親就會做出比較溫柔的決定。

「那麼，我就把目標放在東京私立大學的文科了。」

雪祈吃完飯如此表示後，便立刻回到自己房間。

從這天起，他將彈鋼琴的時間縮減為三分之一，認真坐到書桌前。默背英文單字與歷史年代，練習題庫，參加模擬考，提升合格判定評價。

雪祈試著將準備升學考試想成一件單純的事情。雖然需要集中精神與耗費時間，但有投資就必定能得到結果。相較於爵士樂獨特的節奏感以及至今依然摸不著頭緒的即興演奏，這些都單純明瞭多了。

既然想要在 So Blue 演奏，就不能只是留在長野。

如果要在二十歲前站上那個舞臺，更必須應屆考上大學去東京才行。再說，自己有的是精力與毅力。

反正我又沒女朋友——雪祈呢喃著望向窗外，看見飛驒山脈的稜線浮現於黑夜之中。

當讀書累了，他就會這樣賞山。

看看一片華美的楓紅。

看看山巒溶化於雨滴之中。

看看早晨的霧靄模糊山線的輪廓。

看看積雪勾勒出白色的稜線。

月亮改變著大小形狀，照耀山坡。

最後，雪祈考上了位於池袋的私立大學。

訪談　澤邊佳子

位於住宅區中的這棟兩層樓透天房有些陳舊，看起來與周圍其他民房沒有明顯區別之處。然而這也僅至進入家門後右手邊的房間為止。

這房間裡有一臺鋼琴。雖然同樣看似平淡無奇的直立式鋼琴，卻莫名散發出某種品格。澤邊雪祈的母親就站在那鋼琴旁。

身穿紅色的開襟羊毛衫搭配材質柔軟的長褲，眼神中帶有柔和的光彩。這就來訪問看看如今依然在當鋼琴老師的她吧——

「這就是雪祈從小在彈的鋼琴。椅子也……是的，好像一直都沒有換過。現在來學琴的學生們也是坐在這裡。啊，請問我坐這個角度可以嗎？那麼，讓我們開始吧……我叫澤邊佳子，是雪祈的母親。」

請問他在幼年期是怎樣彈奏鋼琴的呢？

「那孩子從小就是皺著眉頭在彈鋼琴。所以我好幾次都跟他說，如果不想彈可以不用再彈喔。可是他卻鼓著臉頰，說自己要繼續彈。看他帶著那種表情拚命彈奏，我也不忍心叫他別彈了。」

請問他在年幼時會讓您感覺他擁有特別的才華嗎？

「他算是學得很快，但我從來不覺得他是什麼天才。老實說，我從他身上感受不出那類的才華。現在回想起來，或許因為當時他彈的是古典樂吧。不過……我記得大概是從八歲開始，那孩子只要有時間就會一直彈琴。唯有這點是比較特別的。」

如今他的演奏與打扮都給人很深的印象呢。

「是呀……他是在進入中學之後，開始會穿些五顏六色的衣服。回頭想想，那就是他認識了爵士樂的時期呀。結果到現在，他變得會穿那樣華麗的衣服演奏對不對？做為母親還真感到有點害羞呢。」

聽說他以前都是一個人在彈爵士。

「沒有錯。中學與高中的六年間，他都是一個人練習爵士樂，而實際演奏時周圍都是一群大人們。所以，該怎麼說呢……感覺有點可憐。或許是這樣造成的反作用，他到東京的大學後好像幾乎都不去學校的樣子。不過這點如今也沒關係了。畢竟讓他認識了那些人，這比任何事情都重要。」

關於YUKINORI這個名字，用漢字寫成「雪祈」感覺是相當稀奇的名字。

「是呀，這名字確實有點稀奇。」

如果這名字有什麼由來，方便告訴我們嗎？

「……那孩子是在隆冬時節出生的。當時松本市一個禮拜有好幾天都在下雪。那在這個地區的方言叫做『上雪』，厚重的白雪會積得很高。我因為難產的關係，在病房待了好多天。從病房的窗戶看出去，一～直都只能看到雪塊。真的可以說無止盡地在下雪。所以，我就對著那些雪許願：希望孩子能順利生下來，能健健康康成長茁壯……能成為一個善良溫柔的人。如果可以，也希望能成為一個對他人有所貢獻的人——這些，我全部都對著白雪祈禱了。」

請問您覺得他有變得如您所願嗎？

「這很難說呢……到現在只要遇到下雪天，我還是會祈禱的。」

第2章

1

很像爵士樂的爵士樂——

這就是雪祈心中的第一印象。

社團說要辦演奏會兼迎新會而帶路來到的會場，是位於池袋一棟住商混合大樓內的爵士酒吧。店長一頭光澤亮眼的頭髮梳理得整整齊齊，還有僱用女性的打工店員，是一間還算整齊乾淨的店家。社團似乎定期會把這裡當成演奏會場的樣子，學長姊們都表現得像常客一樣。

新生們自我介紹結束後，聽說是社團內實力最堅強的四年級四重奏樂團便走上舞臺。聽眾席的最前排都是手拿酒杯的高年級生，而包含雪祈在內的三名新生則是坐在距離舞臺三張桌子遠的座位上。

雪祈從這個位子專心觀察著演奏者的音色與舉手投足。

首先感受到的，是他們對於爵士樂類似敬意的東西。

聽起來不壞。演奏上有確實遵循著爵士樂特有的節奏與構造。可見他們對於沒有選擇流行樂或搖滾樂，而是選擇了爵士樂的自己抱有自豪。這就是爵士樂，很棒吧？——樂聲中彷彿如此詢問著聽眾。

也許就是因為這樣。

演奏得太過於像爵士樂了。

「嗚喔！好強……！」

坐在一旁的新生鼓手脫口讚嘆：「技術太厲害了！不愧是四年級。我將來也能打得像那個樣子嗎……」

雪祈什麼也答不上來。

因為臺上那鼓手雖然技術紮實，但並不到特別厲害的程度。一敲一打間還聽得出略為多餘的聲響，恐怕是在打法上有點問題。而且也感受不出爵士鼓所追求的那種自由自在的節奏感。

「低音提琴也好棒……絕對不會彈錯音，又完全不落拍。」另一位新生低音提琴手的語氣聽起來彷彿喪失了自信。在臺上是一名握著木製低音提琴的高個子四年級生，閉著眼睛撥彈細弦。

這邊也是一樣，仔細觀察就會發現沒什麼大不了。雖然比鼓手來得像樣，但感受不出想要穩穩支撐樂團的音色、為樂團付出的精神，也沒有驚豔到令人咂舌的運指功夫。

雪祈接著對鋼琴手瞥了一眼後，看向薩克斯風手。比中音薩克斯風大了一號的次中音薩克斯風高高地朝向天花板吹奏著。那是四重奏中所謂的領頭樂手。

可是表現卻差強人意。縱然有一定程度的技術，但無論音量或音壓都太低了。

只要能演奏心愛的爵士樂，為大學生活劃下愉快的句點就好——從臺上的四個人可以感受出這樣的心境。

「澤邊同學也覺得很棒對吧？」

新生鼓手與低音提琴手都把頭探過來。他們兩人聽說原本都是組搖滾樂團，在準備升學考試的過程中對爵士樂產生了興趣，才加入這個社團的。簡單來講就是爵士樂新手，會有這樣的感想也不奇怪。畢竟這演奏就是聽在外行人耳中感覺很厲害的那種類型。

雪祈本來想說隨便點頭附和就好，但莫名有種東西不讓他這麼做。

自己來到東京，可不是為了迎合別人……

「我完全不那麼覺得。」

「咦？澤邊同學，你該不會是聽不出這演奏有多厲害吧？」

「這裡啊，是『爵士樂研究會』對不對？」

「對啊，大學裡最棒的爵士樂社團。」

「但所謂的『研究』應該是更嚴肅的東西才對吧？若換作是『同好會』我還可以理解。」

雪祈本來期待如果是東京的爵士樂研究社，應該可以聽到更精練的演奏。要不就是更充滿魄力，或者更新穎的內容。但他們這樣簡直就跟長野的大學生沒什麼差別。

「你講認真的？」那兩人對雪祈投以懷疑的眼神。視線中感覺在說：這傢伙該不會是那種什麼東西都要批判的男人吧？會不會只是個嘴很壞的爵士愛好者，但實際上連彈都不會彈？

「嗯，對，我認真的。」

那兩人面面相覷，感到掃興似地望向前方。

兩首曲子結束後，身為社團代表的鋼琴手起身說道：

「那麼，一年級生，有誰想上臺嗎——？」

雪祈立刻舉手。

「可以讓我來嗎？」如此表示的同時，雪祈有點驚訝於自己的話語中竟然不帶有絲毫緊張。回想起來，自從推開松本市那間爵士酒吧的店門後，如今已過了三年。從第一次到 So Blue 那天算起來已經六年了。這段期間，自己總是一個人持續研究著爵士樂——

「哇！那個新生，居然舉手了。」

「他好像是彈鋼琴的吧？」

「真的假的！要在臺上那些成員之中演奏？」

「這就叫初生之犢不畏虎吧。」
「反而教人害怕啊。莫名害怕。」
「怎麼辦怎麼辦？這下好玩起來啦！」社團成員加上他們的朋友們，店裡約二十名聽眾都興奮起來。
雪祈將那些聲音拋在身後，踏上舞臺。
把身體靠在樂器上的低音提琴手一副慵懶地問他：
「我說你，大概會哪些 scale？」
Scale 指的是「音階」。舉例來說，Mixolydian scale 是由 Do Re Mi Fa So Ra 與 Si 七個音組成。在限定的狀況中將這七個音前後組合，就能自然成為旋律。因此演奏者們必須花上很長的時間讓腦袋與雙手熟記大約存在十四種之多的 Scale，在獨奏之類的場合瞬息萬變地加以活用。依據演奏中的音調不同，音階整體會往高音或低音移動好幾個音。唯有能夠應對那所有的音階，才稱得上是獨當一面的爵士樂手。
這位低音提琴手明顯瞧不起雪祈，彷彿在說：剛從高中畢業的小鬼頭，應該什麼都不知道吧？
「姑且算是全部都會。」
雪祈為了不讓對方發現自己內心的不爽而故作輕鬆地回應，但又附加一句：
「話說學長又是如何？」
會場中霎時「哦哦！」地騷動起來。他在挑釁啊！會不會太有自信了？這下來了個不得了的一年級啦！——大家紛紛發出各種喧鬧聲。
低音提琴手「哦？」地揚起嘴角後，「你說呢？」地望向薩克斯風手。
雪祈的眼睛則是看向那個人放在次中音薩克斯風上的右手。
拇指接近虎口的部分微微膨脹，是薩克斯風演奏者特有的手繭。
然而，終究只是「微微」而已。
「那麼，**Giant Steps** 如何？」
店內又更加騷動起來。
因為這是難度相當高的曲子。
「那太誇張了！」
「再怎麼說都還太早了吧？」
「他可是一年級小鬼啊。」
「選個簡單一點的曲子啦。」
「這樣會把那孩子嚇跑喔？」
「不要欺負帥哥～」各種聲音此起彼落。
雪祈坐到鋼琴椅上，眺望店內。
男男女女們都帶著充滿興趣的表情看過來。
有三年級生叫了一聲「稍等！」並跑去加點酒類。
也有人或許是為了拍下新生羞恥的模樣，舉著手機。

剛剛還在臺上彈奏的鋼琴手坐到吧檯邊，露出從容不迫的笑容。
這就是這個社團的實際狀況。
當然，他們依然屬於「演奏自己喜歡的音樂」的範疇內。
雖有誠意，卻也同時抱有莫名的自尊心。
沒有過分的惡意，但也沒什麼向上心。
講究輩分，閉塞排外。
看來這裡並沒有自己所追求的東西。
雖然直接掉頭走人也是可以，但那樣改變不了被人看扁的狀況。
如果因為才十八歲就被人看不起，是絕對無法實現 So Blue 之夢的。
「就那首曲子，我沒問題。」雪祈的一句話，讓騷動停息下來。
緊接著，鼓手便數起拍子。
「ONE、TWO、ONE　TWO！」
演奏開始。
幹勁自然地注入十指。
店裡的所有人既沒發出吵嚷，也沒歡呼。
唯有沉默。

2

每踏出一步，就聽到嘎嘎作響的聲音。

鐵製的階梯上都是鏽蝕的痕跡。

雪祈為了別發出聲響，小心翼翼地走上二樓，將鑰匙插入走廊上第三扇門。

「我回來了。」嘴巴小聲呢喃。

廉價床鋪與數位鋼琴無言地迎接房間主人歸來。

房門旁邊有個怎麼擦也擦不亮的流理臺，再旁邊是形狀像蚊香的電熱爐。單獨一個房間三坪大，洗手間的馬桶還是蹲式的。

雪祈從冰箱拿出利樂包的麥茶，坐到鋼琴椅上。

啜飲一口，「呼」地歇息後環顧室內。由於洗完的衣物都晾在房間內的關係，視野顯得很狹小。

手機顯示來電。

是母親打來的。

「喂？」

「啊～雪祈。現在方便講電話嗎？」母親每三天就會找個什麼理由打電話過來。

「我剛回到家，稍微講一下沒問題。」

「知子阿姨問我呀，你住的那裡附近的車站，叫什麼站名來著？」

「三茶啦。三軒茶屋站。」

「對了對了，媽媽只記得站名聽起來有點老氣。畢竟我以前雖然也住過東京，但不是二十三區而是多摩那邊嘛。」

「這哪裡老氣啦？」

雪祈當初找房間的時候最優先考慮的條件就是附近的車站名。透過網路與社群網站調查資料，最終找到的便是位於世田谷區的三軒茶屋站。這一帶是距離市中心算頗近的高級住宅區，網路上評價是個時尚的地區。而雪祈實際來看房間時也發現這裡雖然只是個被道路圍起來的小區塊，但有不少裝潢精美的店家，走在路上的人們看起來也很優雅。

「是這樣喔？那有星巴克嗎？」

「多得是啦。」雪祈嘆著氣回答。

然而最重要的一點，就是「住在三軒茶屋站附近」所給人的印象。要是讓爵士樂圈子的人們認為自己只是個窮學生而瞧不起，一點好處都沒有。

「那你住在那裡感覺如何？媽媽想說下個月要不要過去幫你打掃一下。」

「別擔心。我房間沒大到需要打掃什麼啦。」

當初向車站前的不動產公司提出「盡可能便宜」的條件後，對方介紹的就是這房間了。雪祈想說反正自己也沒打算招待誰到房間來，稍微窄一點亂一點也無所謂。然而實際住進來後才發現，這裡從窗戶只能看到小小一塊天空，讓人覺得有些喘不過氣。

「我明天還要去打工。就講到這邊囉。」

「是在鞋店打工對吧？好好好，那下次再聊。」

掛斷電話，把鼻子靠近晾在房內的衣服，就會聞到室內晒衣特有的討厭氣味。這是明天去打工時要穿的襯衫。

之所以挑百貨公司的鞋店打工，一方面也是為了培養自己的品味。理解什麼叫一流的東西，並與穿戴那些東西的人物交談，增廣自己的見聞，進而活用到爵士樂上。

一切都是為了踏上 So Blue 的舞臺。

上次參加的迎新演奏會也算是有點收穫。誠意、輩分、莫名的自尊心——稍微讓雪祈感到驚訝的是，大家竟然很爽快地接納了他。那時目瞪口呆地聽完演奏後，眾人便「是我不對」、「抱歉」地紛紛道歉，並大肆誇獎了雪祈的鋼琴實力。

他們其實也不是什麼壞人。

因此雪祈並沒有感到不悅，但也沒什麼充實感。

在那社團中，找不到值得組團的人物。

「歡迎你，澤邊同學。」

年近三十的小號手笑容親切地出來迎接。

「久未問候了，安原先生。」雪祈輕輕頷首行禮後，踏入這間正式的音樂練習室。天花板很高，空間寬廣得足夠讓四個人在裡面演奏。另外也有雪祈從未見過的器材。

為了不讓人看穿自己畏怯的心情，雪祈壓低嗓音繼續向其他人問好：

「我叫澤邊雪祈，請多指教。」

另外兩名成員各自「你好啊」、「多指教」地回應，語氣中感受不出對雪祈的興趣。

「我重新介紹一下。澤邊同學是我以前在信州的音樂祭上認識的高中生鋼琴手。他真的很棒，當時還講過要找機會合作。而這次聽說他上大學到東京來，所以我就叫他一起來練習啦。」如此幫忙介紹的安原，是一位正在業界初露頭角的爵士小號手。每個月在東京會辦幾場演奏會，也有到外縣市演出。但據說即便如此依然難以維持生計，所以也兼做音樂作家的樣子。

「你身高幾公分啊？」

鼓手提出這種跟音樂毫無關係的問題。他恐怕也是和安原相同境遇的人。

「我一百八十一公分。」

「真高，長相也不錯。」

「對吧？現在的爵士樂界就是需要像這種帥哥。澤邊同學，我寄給你的曲子有聽過了吧？」

「我已經記在腦裡了。」

「那就馬上來合奏看看吧。」

隨著鼓手數拍，全員一起奏響樂器。

果然了不起——雪祈忍不住如此呢喃。這些人無論音量或音壓表現都跟爵士樂社完全是不同等級。然而，聽起來還只有發揮一半的實力在演奏的樣子。感覺就像坐著大排氣量的跑車在賽車場上輕鬆兜風而已。

不過這樣的景色過了二十分鐘也就逐漸習慣。雪祈想試著提高層次，將演奏的排檔桿往上打了兩檔。

可是，卻沒有人跟上來。

哎呀，別心急——大人們用這樣的視線看向過來。

大約合奏了三個小時後，在安原的提議下大家一起去吃飯了。

在平價餐廳的榻榻米座上喝著平價酒類的其他成員也各自說出同樣的感想：彈得不錯，有沒有組過團？要早點組團打響名聲才行。

「澤邊同學，你今年才十八歲吧？真有實力。」

這點雪祈也很明白。但就是找不到值得組團的對象。

即使在這些半職業樂手中也一樣。他們雖然擁有大馬力的引擎，但恐怕就算油門全開也追不上一流人物。

所以他們都故意不發揮全力演奏。

「雖然說咱們那位腰痛的鋼琴手下個禮拜就會歸隊，所以只有今天跟你一起練習，不過在錦糸町定期會舉辦即興合奏會，你也來參加看看吧。那裡聚集了不少爵士好手。」

「好的，我必定出席。」

若要打響名聲，這是不錯的提議。

「話說，我倒想聽聽看澤邊同學這次的感想如何？」

喝到第三杯檸檬沙瓦的鼓手把話題拋到雪祈身上。

「該怎麼說呢……」總覺得這些成員們有某種不足的感覺。「……各位不愧是業界人，演奏得很棒。」

「但你也沒輸啊。途中是不是還想往上衝？」鼓手的眼神開始有點茫了。

「請問我這樣會太囂張嗎？」

「你肯定心中有什麼想法吧？都寫在臉上了。反正難得的機會，你就老實講講看。」

「從音色中，我感受出各位都很認真面對爵士樂，也演奏了很長的歲月。不過……」說了最後兩個字，雪祈開始後悔起來。

「不過？」

「我總覺得還需要些什麼。」

講出口了。

「何謂『什麼』？」鼓手放下杯子。

「我在大學的爵士樂社彈奏時也有過同樣的感受，就是覺得有什麼地方不太對。該怎麼說呢……感覺照現況這樣下去，爵士樂會變成一種小圈子的娛樂，變成只有一部分的人會聽的音樂。因此需要加入些新的東西。」

「意思是咱們太古板了？」

「我沒那麼說。」

「你就是這意思。咱們可是從你還在幼稚園的時候就在搞爵士樂了。需要加入些新東西？那種事情，咱們早就想過千百遍啦。」鼓手加重了語氣。

但自己不能就此打退堂鼓。

「您這樣說不就表示像我這種年輕人來彈奏根本沒意義了嗎？」

「意思說你能帶來新風潮囉？就憑高中剛畢業的你？就憑嘴上說需要些什麼，卻講不出個具體內容的你？」

「沒錯。」雪祈能回應的只有這句話。

「咱們確實沒有拿出全力演奏沒錯。那是因為沒有意義。東京的客人們大家都忙得很，焦頭爛額的工作結束後想聽到的是適合當下心境的曲子。這才是我們該提供的東西。這可不是什麼高中棒球，你以為叫得大聲就能贏了？」

「喂喂喂。」安原把手勾到鼓手肩上安撫對方。

「沒啦，只是這小子……」鼓手於是放鬆表情，嘗試讓自己冷靜。

「高中棒球有什麼不好？」

但雪祈才不讓對方冷靜。因為自己正怒上心頭。

「難道只有職業棒球才叫棒球，高中棒球就不算棒球嗎？高中比賽的觀眾人數有時候甚至比職棒還多呢。」

而且高中棒球的比賽是那樣震撼人心。

「好了好了。」安原把另一邊的手臂勾到雪祈肩上。

「那充其量也只是小鬼頭的運動大會吧？我說你，根本瞧不起爵士樂對不對？」鼓手把上半身都挺到桌面上方。

「我沒瞧不起爵士樂。」

「那你倒是說說看。你說需要的東西到底是什麼？」對方明顯在生氣。

他不是在講究輩分，也不是閉塞排外，或死守什麼自尊心。這是長年來在爵士圈子打轉的人所累積的怨氣。眼前這個人，搞不好就是將來的自己。

但自己絕對不要變成這樣。

「假如高中棒球大賽出現一位球速一百六十五的投手，請問會如何？或者打擊率十成又能左右開弓的打擊手呢？」

「無聊透頂，那種事根本不可能。只是小鬼頭的妄想。」

安原又再度介入兩人之間調停，並說道：「澤邊同學，總之你下次來參加看看即興合奏會吧。這樣應該能讓你更加理解爵士樂。」

雪祈不禁眼眶一熱，趕緊跑進廁所。

他自己也很清楚，自己什麼都不懂。

但那又如何？

我就是為了達成那種不可能的事情，才會站在這裡的。

雪祈坐在馬路對面的護欄上，望著 So Blue 的外觀。

自從來到東京之後，自己也到這裡聽過三次演奏會，但荷包已經撐不住了。

想必此時此刻，在地下室依舊有許多客人品嘗著高級美酒，沉醉於頂級的曲聲中。

「這裡還是好帥。」

但握在自己手中的，只是罐裝咖啡。

以前住在松本的時候還能喝到母親泡的咖啡，到東京後卻幾乎都是喝這種東西。在松本時一心以為只要努力加上運氣就能開拓道路，可是來到東京還沒兩個月，卻已深切體認到 So Blue 的舞臺是何其遙遠。

店門打開，走出準備回家的客人們。

有三十多歲的夫妻。

有年輕的小情侶。

有三人一組的女性。
有一名老紳士。
有看起來是音樂業界的兩個人。
從背後的圍牆上傳來貓叫。
眼前的每個人臉上都帶著笑容。
雪祈轉回頭，對貓述說：
「我只是想要在那裡演奏，想要讓聽了演奏的人露出那樣的表情。就只是這樣。」
停下腳步的貓用張大瞳孔的雙眼低頭看過來。
「這很單純吧？就是這麼單純的一件事。」
貓不回答。雪祈仗恃著車聲喧鬧，仗恃著對方只是一隻貓，繼續吐露真心：
「要說二十歲之前能夠站上那裡演奏的可能性，頂多就是當哪位傳奇樂手的伴奏。但傳奇人物肯定也不缺一大票的伴奏候補。」
在爵士界有數不清的鋼琴手。
「如果想超越那些人，今後一切的勝負都必須贏下去才行。」
若想贏，就要勇於挑戰，勝過眾人。
「不能被看輕，不能被瞧不起。」
自己想做的，是這種事嗎？

「只能這麼做了嗎?」

客人們陸陸續續坐上計程車離開。

不知不覺間,連貓也不見了。

3

這天晚上,雪祈打算單靠左手致勝。

安原介紹的店家是一間在庶民區算比較大間的爵士酒吧。每逢週五深夜都會固定舉辦即興合奏會,標榜每到這天就會有許多想找工作的爵士樂手們聚集於此。

雖說都叫爵士樂手,但實際的組成分子卻是五花八門。當中看不到大學生的影子,全都是職業樂手、前職業樂手或半職業樂手。年齡從近三十歲到六十多歲都有,範圍相當廣。各自帶來的樂器上也看得出歲月的痕跡。

「哦哦,澤邊同學。」

安原見到雙手空空前來的雪祈,立刻像上次一樣露出親切的笑容。雪祈心想這張表情肯定就是安原在爵士界的處世之道,而回以同樣的笑臉。

「安原先生,這地方感覺不錯呢。」

舞臺上正以三十多歲的樂手為中心組團合奏。雪祈豎耳傾聽鋼琴聲。雖然情緒較高昂,但技術上應該跟自己差異不大。

不，必須認為自己位居上風才行……

「怎樣？會怯場嗎？」

「完全不會。」

實際上也真的沒有怯場。

畢竟自己是來決勝負的。

「那可真了不起。」

「請問只要表現得好，就能在這裡打響名聲是吧？」雪祈本來還期待會不會有傳奇人物到場，但放眼望去似乎沒什麼出名的爵士樂手。

「我知道有幾個樂團的成員是在這裡互相認識而組團的。只要你夠搶眼，人家就會來問你聯絡方式。因為如果要玩爵士樂，建立橫向人脈是很重要的。」

但雪祈並沒有要橫向伸枝的打算。

自己的目標是急速向上攀升。

「再等一下，我會先上臺演奏。找到時機就會叫你。」

「請多關照了。」

過了約二十分鐘，安原站上舞臺。接著又過二十分鐘後，他對著雪祈招招手。

一見到那手勢，雪祈便把一頭長髮綁到後面，看看自己的左手。

自己一路鍛鍊出來的左手。

「我叫澤邊雪祈，請多指教。」用低沉的嗓音對初次見面的低音提琴手與鼓手問好後，坐上鋼琴椅。

「那麼用藍調合奏看看吧。拍子像這樣。」

所謂藍調是合奏時最基本的一種和弦。正因為構造單純，能夠發揮技術的餘地也較大。

以展現功夫來說是最佳選擇。

輕輕點頭後，演奏開始。一聽就能知道，鼓手與低音提琴手的水準都很高。

雪祈動用雙手迎合演奏。右手彈奏和弦，左手則是反覆低音的樂句擴展聲音並秀出自己的技術。

眼神交談下，由安原開始獨奏。

他展現出比上個禮拜又高了一個等級的即興演奏。

低音提琴手用眼神對雪祈表示：彈得不錯嘛。

謝謝——雪祈也用眼神回應後，又接著主張：下一個請換我。

重頭戲要上場了——

小號的聲音結束之前，雪祈延續安原最後吹出的旋律，開始獨奏。

只靠左手連續組合低音。

旋律曲調渾厚。這五天來雪祈絞盡腦汁編出了這段旋律，還犧牲了睡眠時間鍛鍊自己的左手。

重要的是表現出從容不迫的態度。把剛才安原吹過的樂句改編一下，只用左手彈奏。

藉此營造出自己贏過對方的感覺。

雪祈感受到全場目光都被自己吸引。畢竟第一次見到的十多歲鋼琴手竟然只靠單手就料理著比他年長十歲的小號手剛剛吹過的旋律。

獨奏接近尾聲時，雪祈和安原對上視線。對方眼神說著：把我的旋律還來。他的臉上寫著，自己不會心甘情願這樣被人平白利用。

那個親切的笑容消失。他站上擂臺了。

安原吹出短促而高亢的聲音。

是對奏——

這是用聲音回敬聲音，宛如對戰般的演奏方式。

雪祈馬上又只靠左手彈奏相同的樂句回應，並提出新的樂句。

安原也同樣回應。

「Ｙｅａｈ！」聽眾發出歡呼，幾聲口笛聲傳來。

成功獲得注目了。

接下來只要彈奏到最後就行。

雪祈拚命讓自己不要顯得很拚命。

最後，順利彈完了——

「你很有趣嘛。」

「今年幾歲？叫什麼名字？」

「以前都在哪裡演奏？」

「有跟誰組團嗎？」

「你好，我叫澤邊雪祈。」「今年大學一年級。」「我剛來東京沒多久。」——面對眾人詢問，雪祈態度輕鬆地一一回答。也有人來邀請等一下合奏一曲，或是等會來喝一杯等等。

雪祈回應對方「好的，沒有問題」之後，走向洗手間。

畢竟想讓自己鬆一口氣。

緊張的心情隨著尿一起排出體外。原本集中在肩膀與手指的力量逐漸放鬆。

成功打響名聲了。這是自己旁若無人地彈琴所獲得的成果。雖然對安原很抱歉，但這麼做果然是對的。

雪祈不經意往旁邊一看，發現有個閉著眼睛小便的男子。

年紀跟自己差不多。是來聽即興合奏的客人嗎？

這時，雪祈的視線停在對方右手上。

在拇指接近虎口的部分，有個大得很誇張的繭。

跟爵士樂社那個次中音手完全是不同等級。

「好大……」

驚訝聲不禁脫口而出。

「咦！」站在旁邊的那個男子全身抖一下，大概是誤會了什麼，慌慌張張藏起自己的某部位。

看來要姑且解開一下誤會才行。

「中音？次中音？你那個薾，是吹薩克斯風的吧？」

男子於是稍微揚起有點粗的眉毛說道：

「是次中音。一直都是我自己一個人在吹。」

這人身材中等，一頭隨意整理的短髮配上牛仔褲打扮。尤其引人注意的是腳下那雙Converse。雖然是便宜的運動鞋卻看起來穿了很久，被洗過好幾次的帆布看起來莫名有些耀眼。

「你今天不上臺合奏嗎？」

「我的薩克斯風正在保養中。如果有帶來，我就絕對會參加的說。」

對方用一口和東京人不同的口音深感遺憾地如此表示。

「你說你都一個人在吹……？」

「是的，所以想來這裡找人組團。」

雪祈將男子約到店外交談，問出了幾項情報。

這人名字叫宮本大。（「大(Dai)」這種名字，要是到了英語圈該怎麼辦？）

年齡十八歲，仙台出身。（跟我同年級。舉止上很符合年紀。和我同樣來自鄉下地方。）

他一直都是自己一個人，在河岸邊吹次中音薩克斯風。（仙台應該很冷吧？）

他高中畢業後沒有升學也沒就業，直接就到東京來了。（他是笨蛋嗎？）

還表示對雪祈的演奏大開了眼界。（我想也是。）

另外也稱讚了參加合奏的其他樂手們，對於維繫著這個漸小業界的人物們表達了尊敬之意。（這樣不行啊。）

他和自己是完全不同類型的男人。

其中最讓雪祈印象深刻的，是「自己的音色」這個詞。

「我努力想要吹出屬於自己的音色。」大看著雪祈的眼睛，強而有力地這麼表示。

屬於自己的音色——想必就是獨特性的意思。

前所未有的音色，能夠突破僵局的音色。

大的眼睛一瞬間被車燈照亮，眼神中似乎盈滿著什麼。

可能是自信，可能是力量，又或者是雪祈白己還不知道的某種東西。

跟我一起組團吧——這句話忍不住脫口而出。

明明連他吹奏的聲音都還沒聽過。

因此雪祈又補上一句「不過要是你吹得太爛就不組了。」之後，這晚便暫時解散。

這就是兩人的初次邂逅。

4

被大約出來見面的店家是位於繁華街小巷中的爵士酒吧，雪祈在網路上查了一下評價也不怎樣。是一間又小又舊的店。

靠著地圖軟體總算抵達的雪祈推開店門，便看到大以及應該是老闆娘的人物。

「嗨，雪祈！」大用不同於安原的笑臉迎接雪祈。

總覺得這笑容，好像在哪看過。

雪祈稍微思考一下，想起來了。

是門鈴對講機螢幕中，賢太郎那張表情。

對感覺不怎麼親切的老闆娘打聲招呼後，雪祈要了一杯水，並提起之前忘了問大的問題：

「話說，幾年了？——你吹了幾年？」

重新看看大的手繭，還是這麼大。

究竟要吹幾年才會長出這麼大的繭……

「三年。」

「啥？」

「高中期間，我整整吹了三年。」

短到誇張的時間讓雪祈差點把嘴裡的水都噴出來。

才短短三年——

「我應該說過吧？要是你吹太爛，就不組團。」

「沒問題。就這條件唄。」

用仙台口音如此表示的大，臉上沒有一點不安。看起來胸有成竹。

雪祈可是彈了十五年的鋼琴，其中也有整整六年奉獻給爵士樂。即便如此，自己也沒辦法露出這麼坦然的表情。每次總是聳著肩膀，靠著虛張聲勢挑戰勝負。

然而這小子明明才三年就能如此。

姑且讓我聽聽看吧——

雪祈走向店內的鋼琴準備合奏，卻被大用一句「就算我單獨吹，你應該也能聽出好壞唄？」給制止了。

假如單獨演奏，應該很難展現出節奏與旋味(groove)才對。

不過，可以聽出純度更高的音色。

大走上店內小小的舞臺。

他只是膽子很大嗎？還是有什麼勝算？或者根本是無知的初學者？雪祈難以判斷。

暖色的燈光照在薩克斯風上，讓表面反射出淡淡的光芒。證明這薩克斯風被用了很久。

是誰讓給他的嗎？還是——

大深吸一口氣。

接著，開始吹奏。

是即興。

緩慢的低音撼動腹部，然後一瞬間提高到直達腸胃的音量。肌膚震得發麻，讓人以為該不會連水面都被震動而忍不住看向杯子。見識完渾厚飽滿的音壓後，緊接著又切換到高音。音階一口氣往上飆，感覺像是頭頂被一把抓住，沿著螺旋階梯超高速往上扯。快感與恐懼混在一起。到達頂端時，世界驟然一變。是一片混沌。宛如身陷沼泥般的液體中，讓人拚命想要脫逃出去。大扭動身體繼續吹奏。雪祈看著他連氣都喘不過來。大總算強力掙脫，然後飛舞到天上。自以為能夠飛翔似地拚命拍打翅膀。就這樣，乘上了風。只要相信，就能在空中翱翔……

大彷彿要震撼整間店內般使出渾身解數吹奏著，飛翔著，最後著地。

究竟過了多久的時間……

汗水灑了一地，喘得上氣不接下氣的大接著說道：

「……怎樣？」

總覺得自己就算要說明，也難以說明清楚。

雪祈腦中找不到適當的話語。

不，就算找到了——

「你今天先回去，大。」

用複雜的表情低著頭的雪祈，只能夠這麼回應。

「為什麼？」

「就這樣，你別問了。」

同樣的對話往來幾次，大最後丟下一句「我明天打給你！」後，很不滿地走出店門。

儘管如此，雪祈依然抬不起頭。

「……那孩子，很厲害吧。」

老闆娘的一句話，讓雪祈驟然淚下。

任由自己感動落淚，應該也不是件錯事。

那位僅有三年經驗的薩克斯風手表演的獨奏，實在太特別了。

沒有什麼格外顯眼的技巧，可是聲音無比響亮。只要身處同一個空間，耳朵與眼睛就會被那強烈的音壓吸引。再加上極具獨創性的即興演奏，讓人全身被拉扯，腦中被攪拌。一整片的景色浮現在眼前。雖然每個人的景色可能各自不同，但絕對會看見什麼東西。

因為大那樣地主張著。

透過薩克斯風吶喊著。

縱然沒有言語，卻能感受到他一心向前的決意。
而且強烈得很不尋常。
究竟要怎麼做，才能吹奏到這種程度？
他究竟是度過了多麼濃密的三年？
是如何振奮自己的？
是怎樣面對不安的？
淚水又奪眶而出。
他和雪祈至今遇過的任何一位樂手都不同。
沒有好勝心，不虛張聲勢，不愛慕虛榮，不講究戰略。
「可惡……」從雪祈口中只能擠出這句話。
吧檯裡的老闆娘倒了一杯啤酒。
雪祈擦拭眼淚，凝視那杯子。
金黃色的液體注入杯底，相互混合，激出白色的泡沫。
「你想喝啤酒嗎？」
「不。」
「我看你瞧得那麼認真。」
這只是在確認自己的眼睛有沒有問題而已。
因為剛才不知為何，大的身影看起來散發藍光——

5

「太天真了！」

雪祈與大的合奏練習，從第一次就變成了怒罵交鋒的局面。

「大，你講那什麼像小毛頭一樣的幼稚言論！」

「我有講錯什麼嗎？爵士樂不就是應該自由演奏！」大也毫不讓步。

「那樣不成音樂啊！你到底懂不懂爵士樂的樂理？」

「我好歹也有拜師學了整整半年好嗎？」

「你拜的是哪位師父啦？根本什麼都沒教你嘛。」

「不、不准講師父的壞話！人家可是堂堂從美國音大畢業的人！」

「那你最起碼懂音階吧？」

「大概懂。」大的聲音忽然縮了下去。

「什麼叫大概懂！」

回想起來，他之前那場即興演奏是在沒有任何限制的狀況下吹奏的。但通常即興演奏還是必須限定在曲子的框架之內，因此才需要音階。

「你先聽好！這叫全音音階對不對！」

雪祈將全音音階的六個音從下往上，再從上往下高速彈奏。

「哦哦……」大直率發出讚嘆的聲音。
「然後只要保持在這些音之內彈奏！」雪祈接著將六個音前後組合，即興彈奏旋律。
如果是在這種狀況，彈起來就簡單得多了——在這種非正式演奏的狀況下。
「哦哦哦！好強！」大當場睜大眼睛。上次那樣厲害的即興演奏真的是這男人吹奏的嗎？
「沒有什麼強不強的好嗎……這是基礎啊！」
「可是……」
「怎樣啦？」雪祈回應的同時不禁想到，自己還是第一次和人這樣站在對等立場認真討論爵士樂的話題。
「爵士樂應該可以更激情唄。只要演奏得激情起來，什麼理論都可以拋到腦後。只要能夠讓聽的人感動，那就行了唄。」
這並不是正確講法，但卻是正確答案——雪祈頓時有這樣的感覺。
但他還是故意搖頭否定。假如想要讓業界那些大老們大開眼界，理論是不可或缺的。雪祈絕不希望被人說是年輕小伙子在胡亂演奏。
「你說的那是僅限於即興演奏時一時興起的狀況下吧！來，再練一次主題！」
兩人開始演奏主題。
大吹奏的次中音薩克斯風毫不留情地震撼鼓膜。明明還沒發揮全力就有這樣的破壞力了——正當雪祈這麼想的時候，大的演奏又開始自由奔放地脫序起來。

「我就說不是那樣了，小鬼！拜託你記住爵士樂的規則行不行！」

「裝什麼大人……只要你配合我不就行了嗎！」

他簡直就像一臺失控的重機車。引擎排氣量大得超出規格，但油門卻輕得要命，隨便一轉就會把速度催起來，害輪胎打滑。明明現在要跑的應該是講究技術的曲折跑道。

一定要盯著時速表才行。

也需要注意煞車。

看來這下必須找個鼓手或低音提琴手了。

「哦？你跟同年紀的人在組團呀？」比雪祈大兩歲的女性喝著咖啡店出名的馬奇朵咖啡，如此詢問。

「是的，而且是個有點難搞的人。」雪祈則是啜飲一口濃縮咖啡，這麼回答。

「拜託你講話不要用敬語啦～這樣感覺好像我花錢養小白臉一樣。」

每次跟這位女性出門，她總會包下全部開銷。雖然說，雪祈也是因為這樣才跟她在一起的。

「那我就用普通的口氣了。對，那是個很傷腦筋的傢伙。」

「既然會一起組團，代表對方應該跟雪祈同學一樣厲害吧？」

「魄力是很夠，但算不上厲害。該怎麼說……就是會投超快的球，但捕手都接不到。這樣到頭來都是四壞球或觸身球，根本沒辦法比賽啦。」
「我對棒球規則不是很懂呢。」
「是喔？那換個比喻……」
「就像歌喉很好卻是個音痴之類的？」
「呃，好像又有點不一樣。」
這一個月來，雪祈與大的練習次數早已超過十次。
「是喔，那就是那個囉！雖然很會跳舞，但是跟其他成員沒辦法配合的偶像？」
「這好像比較接近。」
「不過呀，那樣不是很帥嗎？」
「……會嗎？」
「那是人氣會很旺的類型喔。」
確實，大的音色很特殊。雪祈為了尋找鼓手與低音提琴手，後來還是有繼續參加即興合奏會，但果然遇不到能夠演奏出那種音色的樂手。這算是他很強大的一項武器。
「雪祈同學也會寫曲對不對？」
「是的，我有在寫曲。」
大約從高中二年級開始，雪祈就有私下累積創作。當中雖有劣作，但也有感覺不錯的曲子。然而還沒創作出足以在東京跟人比勝負的曲子。還沒抓出作曲上適當的方向性。

「我就說不要用敬語了嘛。那你可以寫寫看呀。為無法配合別人的他寫曲子。」

原來如此……也就是以次中音薩克斯風為主軸作曲。這對於至今都以鋼琴為主軸作曲的自己來說，是個嶄新的挑戰。

「嗯？時間是不是差不多了？」

「也對，畢竟妳是第一次去 So Blue，就早點去吧。那裡的料理也很豪華，可以慢慢挑選。」

「咦~怎麼聽起來好像很高檔。像門票也很貴呀。」

「承蒙您款待了。呃不對，用普通語氣的話——謝謝囉。」

「像這種時候你可以用敬語啦。」

So Blue 的音樂入場費根據演奏者不同，少至七千、多至一萬三不等。不管怎麼說都是相當高額的開銷，雪祈若靠自費頂多一個月只能來兩次。既然如此，偶爾仰賴一下溫柔善良的女性也不失為一種好選擇。反正也能讓她們體驗一下什麼叫超一流的音樂。

那位沒什麼親切感的老闆娘，名叫明子小姐。

據說年輕時代是個小有名氣的爵士樂主唱。但也許正因為如此，她的經營方式很隨興又隨便，營業時間以外都放任雪祈與大利用店內的舞臺。

這間名叫「TAKE TWO」的店可說是很棒的練習場所。地點位於繁華街，發出再大的音量也不會有人來抗議。店內鋼琴雖舊，但有定期保養。一旁也有整組的爵士鼓。架子上塞滿大量的爵士樂唱盤，可以讓知識還很淺薄的大多聽些曲子。

這樣優良的場所，竟然每次只要花五百元就能利用。

但願明子小姐不要哪一天忽然改變心意了——雪祈在內心如此祈願，並打開鋼琴鍵盤的蓋子。

就在同時，店門忽然打開。

大一副自滿地大聲說道：

「雪祈！我帶鼓手來了！」

旁邊可以看到一個稍微比他矮一點的身影。

手腳又粗又短……

「咦？這不是玉田同學嗎？」

這位玉田俊二是大的朋友，大學生。以前在大住的公寓開作戰會議的時候，雪祈有看過玉田在同個房間。正確來講，那應該是玉田住的公寓。而大只是找上高中同學的住處，就這麼寄居下來了。

「玉田同學……原來你會打爵士鼓？」

「不，完全不會。我一直都在踢足球。」

玉田傻愣地回答。

即便是搖滾樂或流行樂，鼓手同樣是貴重的存在。理由單純是因為人數很少的緣故，若講到爵士鼓手就更加稀少了。然而現在樂團需要的是能夠抑制大失控的老練鼓手，根本沒有讓無經驗者出場的份。

雪祈實在搞不懂大的意圖。這可不是在玩遊戲啊。

「你跟我開玩笑嗎？帶個外行人來幹什麼？他怎麼可能會打啦？」

「哎呀，別這麼說嘛。」

大依舊保持笑臉，把玉田帶到爵士鼓邊。

「來，玉田，你先坐下來試試看。」

「哦哦～！」玉田當場發出第一次看到爵士鼓般似的驚嘆聲。

「這個叫小鼓。」大接著說明起笨拙的知識，玉田則是對他的每項解說都「哦哇！」「好厲害！」地做出反應。

最佳的練習場所，轉眼變成兒童才藝表演的練習會場了。

雪祈默默觀望了五分鐘，對於那兩人宛如小孩子的幼稚互動終於忍無可忍。

「我說玉田同學，你知道嗎？爵士鼓可是難度很高的喔？」

「哦？此話怎說，雪祈同學？」

「爵士樂不同於搖滾樂或流行樂，需要講究非常多複雜的技術。」

玉田露出疑惑的表情。畢竟他連其他音樂類型的打鼓技術都一竅不通。

「再加上爵士樂有所謂獨奏的部分。即使在其他樂手獨奏時，鼓手依然要在背後打節奏才行。假如樂手一時興起，還會演奏起各種音調或節拍，而爵士鼓手也必須適時配合並支撐演奏才行。」

「我完全聽不懂你在講什麼。」

唉——雪祈忍不住深深嘆氣。

「哎呀，總之！」大接著又語氣開朗地繼續說明起來。

雪祈至今看過太多其他音樂類型的鼓手沒辦法適應爵士樂的案例。除非從很早期就針對爵士樂有過學習，否則根本派不上用場。一個對音樂完全沒經驗的人是不可能一朝一夕就練成的。

可是大卻彷彿把一切都講得很簡單似地不斷對玉田解說。

反正讓他實際打一次，肯定就能立刻明白了。

「那麼玉田同學，你用一根鼓棒敲敲看腳踏鈸。」

「咦！可以嗎？」

就是為了讓你明白不可以才這麼做的。

「保持這個節奏。不過，僅限今天喔。」

三人用藍調開始練習。

大一如往常大膽又明快地吹奏著。雪祈自己也跟平時一樣輕快運指。

玉田打的真的很糟。才剛開始，節奏就亂拍、拖拍、停止。好不容易追上又開始變亂。過了短短五分鐘，他就變得眉頭深鎖，額頭冒出大量汗珠，噘起嘴巴。簡直就像在做體育運動的反覆練習。然而爵士鼓絕非那樣的東西，應該用深植體內的節奏感控制其他的樂手與整個會場才對。

鈸聲驟息。

鼓棒從玉田手中飛出去了。

才過了八分鐘而已。

「好，到此為止。辛苦你囉。」

他臉上帶著總算明白自己斤兩的表情。

接著淡淡一笑後，走出店門。

「大，你為何要帶他過來？他不可能打得起來吧。在職業籃球聯賽的徵選會上，有哪個傻子會帶外行人來參加啦？」

「因為他說想打打看爵士鼓啊。」

未免過於單純的理由讓雪祈連怒氣都湧不上來，只感到不安。「怎麼想都知道不可能吧，大？假如從現在才起步，需要的是困難到無法想像的努力啊。你想讓他經驗那種事情嗎？」

「那麼雪祈的意思是要否定別人想嘗試音樂的熱忱嗎？」

——的確，那是一切的起步。開始接觸樂器，稍微有所進步就會覺得愉快。然後在別人面前表演，受到稱讚，而感到開心。

音樂就是這些步驟的反覆。

然而靠這樣是來不及的。

「我跟你講的是時間問題。你難道要等上五年、十年嗎？我們現在需要的是已經跨越爵士樂的門檻到達高水準的鼓手啊！」

這應該也是很正確的想法才對。

然而，大卻依然如故地說道：

「爵士樂有什麼門檻嗎？我從沒看過，也從沒跨越過。」

到了下一週，當雪祈見到玉田又現身於 TAKE TWO，內心同時湧出了各種感情。

驚訝——明明打得那麼爛的傢伙。

疑問——為何都沒記取教訓？

傻眼——難道他是什麼都不懂的笨蛋嗎？

另外，雖然不願承認，但還有一種感情。

胸口深處的某個角落，也有幾分的欣喜。

然而，現實終歸是現實。

「我就說不可能了。我們的目標是在很高的地方。就連那些努力多年的前輩們，甚至半職業的樂手們都放棄了。身為外行人的玉田同學再怎麼努力都不可能成功的。」

坐在鼓椅上的玉田則是一本正經地表示：「我去了打鼓教室。當然，在裡面我是打得最爛的。我知道自己連小孩子都不如。但是……」

「但是？」

「上次和你們兩人演奏時……我總覺得，爵士樂好棒。」

想必這就是讓雪祈心中感到欣喜的原因吧。

然而從自己口中冒出來的，卻是咂了一下舌頭的聲音。這動機太過天真了，玉田根本還沒搞懂鼓手之路有多嚴峻。

在一旁聽著對話的大這時開口：

「玉田，大概這個速度的拍子，跟得上嗎？」他說著，指示一下 8 Beats 的節奏。

那是最單純的節奏，最沒挑戰性的節奏。

雪祈深深嘆氣，坐到鋼琴前。

三個人的第二次練習於是開始。

玉田稍微進步了。單純的節奏打得幾乎不亂。雖然還需要別人牽著手，不過就像剛開始學會用自己的雙腳走路的小娃兒。

大始終沒有失控。

他牽著玉田的手，配合小小的步伐吹奏著。

這是兩個月來第一次出現的狀況。由於加入了玉田這個煞車，讓大的次中音吹出了易於入耳的音色。

雖然易於入耳，但依舊強勁。

是懂得關懷別人的溫柔音色。

打完一首曲子後，玉田開心地淡淡微笑。

「太棒啦，玉田！」大如此表示後，看向雪祈，徵詢他的意見。

「玉田同學，你可以來參加練習沒關係。」雪祈抱著盤算的心態如此說道。

「我可以嗎……」玉田則是臉頰微微泛紅。

只要有玉田在，大應該也能學習控制自己。當然，不能就這樣維持現狀。只能說是找到新鼓手之前的替代方案。只要讓玉田見識到老練鼓手與兩人合奏的樣子，想必也會自願退出吧。之後看他是要參加爵士樂社或怎樣，總有其他路可走……

大對著玉田叫了一聲：「你成功啦。」

玉田帶著笑容輕輕點頭。

或許也可以期待玉田急速進步……

不，那是不可能的事情。雪祈揮散腦中天真的想像。

由於 TAKE TWO 的營業時間將近而離開店門後，雪祈與另外兩人道別。

黃昏夕陽在大樓上反射，照出大與玉田的背影。

雪祈不禁聯想到以前離開鋼琴教室準備回家的學生們。

希望他們不要放棄——當時的自己總會望著窗外，為離去的學生如此期望。

走出三軒茶屋站後，離家還要徒步十五分鐘。

在路上，雪祈與踏上歸途的路人們不斷擦身而過。一個接一個，人潮不盡。

其中有多少人會聽爵士樂呢？恐怕連5％都不到吧。

想要成為爵士樂手的人呢？應該幾乎沒有。

然而，玉田卻表示自己想試試看。

他聽了雪祈和大的爵士樂，萌生想打鼓的興趣，甚至還報名了打鼓教室。

敲了爵士樂的大門。

一回到家，雪祈馬上拿起手機。自從到東京之後，這還是第一次自己主動打電話。

「唉呦，怎麼啦，雪祈？想家了？」

對於語氣中流露擔心的母親，雪祈詢問起爵士鼓的事情。

請教她學會 8 Beats 之後應該接著練什麼比較好。

接著又撥電話給安原那個樂團的鼓手。也就是喝檸檬沙瓦的那個男人。

上次實在很抱歉——如此開頭後，雪祈提起爵士鼓的問題。想必在電話另一頭依然喝著檸檬沙瓦的男人也細心為雪祈一一回答。

應該讀的教學書，應該聽的音樂專輯，應該看的影片動畫，應該反覆練習的項目。

雪祈將這些全部筆記下來。
非常感謝您——反覆道謝後，最終掛斷通話。
抄寫筆記的活頁紙整整有四張。
但雪祈肯定不會把這些交給玉田。
假如他下次真的來練習，自己再慢慢口頭教他就行了——

訪談　玉田俊二

那棟大廈的四周都被高度只有自己一半的建築物包圍著。裡面全部樓層都是廣告代理商與相關公司的辦公室。記者在櫃檯辦理來賓證後，被招待到位於十五樓的會議室。稍過一會，一名男子端著現場人數份的咖啡現身。將咖啡分給每個人之後，又表示「敝姓玉田」並很有禮貌地遞出名片。記者忍不住看向他的手，一點傷痕也沒有。接著請人把椅子擺在視野絕佳的大窗戶邊之後，便開始訪談──

請您介紹一下自己的名字、年齡以及在三人樂團中扮演的角色。

「我叫玉田俊二，三十五歲。以前是鼓手。」

請問您和他初次認識時的印象如何呢？

「這個嘛，很難找到給人的第一印象比他還差勁的傢伙。他個子高，長相優，留著一頭長髮，鋼琴又彈得超棒。這不是讓人很不爽嗎？而且又很有女人緣，簡直是男性們的敵人啊。後來知道他來自長野縣的時候，我真的嚇了一大跳。他當時那副感覺像在東京土生土長的氛圍，其實是硬裝出來的。實在感覺很遜。」

據說當時您被他講了很多很嚴厲的話。

「那傢伙就是嘴巴很壞。毫無保留，想到什麼都會講出來。例如很爛啦、狗屁啦、不可能啦，總之拿來罵我的詞彙相當豐富。那段期間，我甚至在想他是不是從沒用過重複的詞彙，到途中反而都佩服起來了。」

不過您好像並沒有因此放棄打鼓。

「……過一段日子後，我漸漸可以明白那傢伙在講的話了。像是爵士鼓打起來有多難，和那兩個人合奏是多辛苦的一件事。所以我只能拚命了。把全部時間都花在練鼓上。畢竟大為了練習幾乎都不在家，雪祈又厲害到不行。為了追上那兩個人，我只好把睡眠時間都犧牲掉，全力練習。」

對於您那樣的努力，請問他有什麼反應嗎？

「即便如此，那傢伙也都沒誇獎過我。但是在不知不覺間，他接納我成為團員了。雖然只有在極少數的時候，不過那傢伙偶爾會在練習時看向我，露出好像很開心的表情。即使他很快又會低頭把臉藏起來，但我還是有注意到。對……剛才我說他毫無保留，其實不對。那傢伙還是有些話不講出來的。」

後來您們三人樂團的活躍表現在爵士迷之間可說是蔚為話題呢。

「那兩年的時間，可說是一場奇蹟。真的很佩服當時的我們能辦到那種事情。或許也是因為這樣，我從那之後就不再打鼓了。到現在，我偶爾也能拿那段往事跟客戶自誇一下。說我十幾歲的時候曾經跟那樣厲害的樂手一起演奏過，而且為了追上那兩人拚命練鼓。喜歡音樂的人聽到我講這些話都會難以置信地瞪大眼睛，那模樣真的很有趣。不過老實說，我當時確實是很賣命努力沒錯，但就這點上雪祈也是一樣，大也是一樣。正因為大家都那麼拚命，我們才成為最棒的三人樂團。」

而那份努力的成果，就是三人樂團最後的那場演奏會了吧？

「是啊，雖然我萬萬沒想到，會以那樣的形式呈現就是了。」

第3章

1

「喂！你剛才那節奏是搞屁啊！」

爵士鼓資歷兩個月的男子，活像被人拿槍指著似地舉起雙手看向鋼琴手。前一次雙方對上視線是二十分鐘前的事情。鼓手在演奏中只會專心盯著鼓面，沒有餘力看向周圍。現在也因為聽到怒吼聲而表情僵硬，說不出任何話。

見到他那模樣，又讓雪祈怒氣更盛了。

「為什麼連這麼單純的地方都會犯錯！拜託你偶爾抬起頭來看看這邊行不行！就是因為你都不看才會拖拍！」

平心而論，玉田持續有在進步。他甚至貸款買了一組昂貴的電子鼓，不分晝夜地在自己房間敲打練習。據大描述，他連大學都完全沒去，在三人團練之前還會花上好幾個小時練習。而且他手上貼滿ＯＫ繃與繃帶，由於睡眠不足的緣故，雙眼總是充血泛紅。

但也正因為這樣，才更不希望見到他如今還犯這麼單純的錯誤。
「我知道。抱歉，雪祈。」
如此道歉的玉田臉上，大量的汗水反射著光芒。
是雪祈過去經常看到的那種汗。
在高中的操場上，在中學的校園內，在公園，在縣民球場。
棒球畢竟是比賽，難免有輸有贏。但爵士樂不一樣，只要戰略、技術與努力都發揮到極致就應當不會輸了。所以自己才會到東京來。
假如玉田今後也要繼續打鼓，繼續流汗，雪祈就不希望他平白輸掉。
不知何時開始，雪祈感覺帶領他獲勝是自己的義務。
因此講話才會變得這麼粗暴。
同時也對自己感到火大。
為何自己要對這種超級外行人產生什麼義務感？
又為何那樣的想法會與日俱增——
「別這樣啦，雪祈，別這樣。」
雪祈忍不住瞪向居中緩頰的大。
他和雪祈恰恰相反。
自始至終都靜靜觀望著玉田，練習時豎耳傾聽笨拙的鼓聲，細心配合對方吹奏。

然而如此被玉田拖住的大，音色明顯變弱了。
「大，你太過配合玉田的水準了！漸漸變得只像個平凡的樂手啦！」
「我知道。可是……」
「可是怎樣？」
「現在的優先事項是讓玉田進步唄。」
這樣配合初學者的腳步繼續走下去的話，就不可能贏了。
「開什麼玩笑！我們的武器就是你讓人印象強烈的次中音跟我技巧眩目的鋼琴吧？又不是小學生，你難道要期待人家覺得初學者的玉田進步了好棒棒嗎？誰會為了這種事情獻上掌聲？」
「或許還是有人會唄？」大繼續頂嘴。
「……抱歉。」被夾在兩人中間的玉田小聲說道。
「你沒必要道歉唄。」大用鼻子「哼」了一下。
他難不成打算繼續柔和對待玉田，每次跌倒的時候都溫柔安慰嗎？
那樣太不負責任了。
然而，雪祈也知道大不是什麼沒責任感的人。
尤其是關於音色的事情上。
雪祈曾有一次去看過大私下練習的樣子。因為聽說隅田川大運河的橋下是大平常練習的地點，所以雪祈在打工結束的回程決定繞去看看。那是個強風吹得讓運河激起波紋的夜晚。雪祈被風推著背走近牆邊，還沒見到人影就先聽見了聲音。明明在上風處，次中音的聲音卻能清晰傳入耳朵。一片幽暗中逐漸浮現的人影激烈動著身體。一下挺胸往後仰，一下又彎腰到樂器都快擦碰地面，吹奏著宛如要震壞橋墩的大音量。出來慢跑的人們都帶著訝異的表情經過他身後，畫面滑稽無比。大就是如此專注地，彷彿背負著什麼一樣持續全力吹奏。

因此雪祈當時沒有上前搭話就轉身離去了。

既然不是不負責任，大的腦中究竟在想什麼？還是說，他根本什麼也沒想？

大從脖子上放下薩克斯風。

「雪祈又是怎樣？要責備我跟玉田的話，你自己又是如何？」

雪祈吐一口氣後，從包包拿出兩張紙遞給大。

另外還有一份。

雖然稍微猶豫了一下，但雪祈最後還是像甩出去般也遞給了玉田。

「這是啥？樂譜？」

「是我寫的——為了我們寫的原創曲。」雪祈故意用了「我們」這個詞。因為「我們三人樂團」這講法還說不出口。

「哦哦……哦哦哦？」

大看著樂譜，誇張地發出聲音。真懷疑他究竟是不是真的理解樂譜。

玉田則是雙眼直盯著紙面。

這是一首讓大的次中音薩克斯風能夠盡情發揮的曲子。雖然重點放在單純而容易留下印象的主題，不過曲子本身呈現不規則拍。單純卻複雜，演奏起來需要有相當程度的技術。曲名為〈FIRST NOTE〉——「最初之音」的意思。

這個樂團要從一開始就奏出強而有力又高難度的音色——

「這是啥？太帥了唄！」

「這曲子既單純又有難度。我認為現在的我們如果要打響名聲，就要像這樣的曲子比較好。」

「原來如此原來如此。不規則拍啊！」

玉田依然默不吭聲。大概是從「不規則拍」這個詞彙與兩人間的對話，感受到了曲子的難度。

為了玉田盡量寫得簡單一點——雪祈剛開始抱著這樣的想法試寫了幾首，但完成的卻是即便當成爵士樂入門篇也會讓人笑掉大牙的曲子。這樣在東京根本甭想引起注目，更不可能往上爬到高處。

究竟該重視自己和大，還是重視玉田——雪祈幾經苦思後，最終採用了不規則拍。畢竟假如自己是玉田，絕對不會希望被放水才對。

「玉田應該沒問題唄！」

大用一臉始終樂觀的表情如此說道。

也不想想我花了多少心思！——雪祈差點忍不住飆罵，但還是閉嘴了。

自己一點都不想要對別人說明這些事情。

「……總之，我會加油。」取而代之地，是玉田聲若蚊蚋的回應。

他究竟有沒有辦法練會這首曲子？

假如他半途放棄，就必須去找新的鼓手了。但雪祈實在沒自信能馬上找到人頂替。

而且就算找到，也不知道能不能抑制大的失控表現。

總覺得這下玉田才是這個樂團最關鍵的部分了。

這位初學者的鼓手為了理解不規則拍而緩緩敲起鼓，但很快又停下雙手。原本鐵青的臉甚至變得蒼白起來。

欲言又止地看著那模樣的自己，現在的臉又是什麼顏色……

「這下可以辦演奏會啦！」大高舉樂譜，儼如在歡呼什麼及格通知書終於寄到手中一樣。

「什麼演奏會，你想幾時辦啦……？」

「越快越好唄。我想想喔，例如一個月後。」

再樂觀也該有個限度。

「你講什麼鬼話，一定不可能好嗎！現在連音都還沒合過，而且玉田怎麼可能在現場打得好！」

「我想看看，我們究竟能夠引發些什麼啊。」

大用透明無色的臉如此表示。

2

「澤邊同學，對不起！」

鞋店的客流稍停時，比雪祈大五歲的女性忽然在他面前合掌致歉。

雪祈在三週前約了這位打工同事來聽演奏會。從當初對方用「我要去我要去！」這種重複兩次的語氣回應時，雪祈內心就有不好的預感了。果然到今天開演前四小時，對方臨時喊卡。

「請問發生了什麼事嗎？」

「我媽呀，有點發燒了。所以今天我不能去。」

我爸媽都健康得很，這五年來一點小病都沒生過，真令人羨慕——雪祈記得十天前對方約自己去吃飯時還聊過這種話，而且說過他們保持健康的祕訣是綠茶跟納豆什麼的。

「那請問另外兩位喜歡音樂的朋友會來嗎？」

「那兩人也說臨時有事。對不起喔！」

女性留下這句話後，轉身去接待現身店內的年輕男性顧客。

到頭來，三人樂團的演奏會被大強硬安排了。據說他去了好幾次位於品川車站附近的一間爵士酒吧交涉，最後爭取到了一般演奏會的前一個時段。雖然這下必須拉到足夠把店內四十席座位坐滿的客人，但是大和玉田在東京幾乎都沒認識什麼人。於是大製作了一份傳單大量印刷，連續三天在車站前發了兩千張。

黑白印刷的樸素傳單上寫有三個人的名字，以及「十八歲的爵士之夜」這種宣傳詞。雖然看起來遜爆了，但以情報內容來講並沒有錯。唯一的錯誤，是這次的現場演奏本身。

自從演奏會決定後，玉田變得更加勤奮練習。OK繃與繃帶都超出了手部的肌膚面積，雙手手腕與右腳踝一直都貼著藥布。由於老是關在屋內的關係，臉色變得很白，肌膚也黯淡無光。大也許是決定裝作視而不見，始終一如往常地對待玉田。

如此這般到了正式上場前五天，玉田總算是練會了〈FIRST NOTE〉。雖然還是經常犯錯，令人不安，但不管怎樣至少勉強能夠打完整首曲子。

大恢復了原本強而有力的吹奏風格。音量與音壓都大幅提升，明明只是練習卻能吹出令人胸口感到緊迫的即興演奏。

強烈的次中音薩克斯風與初學者的爵士鼓——互不相容的兩者之間出現的空隙，就只能靠雪祈自己的鋼琴填補。這是難度相當高的任務。

這樣的現場演奏，在三個半小時後即將開始。

「不好意思。」

客人的聲音讓雪祈回過神來，走向賣場中陳列最高級英國皮鞋品牌的櫃子。櫃上的任何一雙皮鞋都要價十萬元以上。

順道一提，今晚的音樂入場費只有兩千元。

「讓您久等了。」

「我想穿穿看這雙的黑色，不過在那之前可以先幫我量一下腳的尺寸嗎？」

雪祈望了一下周圍，店員們都在招待其他客人。

「我明白了。那麼這邊請。」

在坐到椅子上的客人面前跪下後，雪祈解開客人的鞋帶，脫下鞋子。

強烈的腳臭味頓時令人作嘔。

「怎麼了嗎？」

「不，客人的腳並不會特別寬，我想二十七公分的鞋子應該可以適合您。」

「那麼我試穿看看。」

「好的，請稍待片刻。」

在庫存區找了一下，二十七公分的鞋剛好缺貨。於是雪祈拿了上下各一號的鞋盒回到客人面前。

「非常抱歉。客人的尺寸剛好缺貨，因此請您先試試看大一號跟小一號的鞋子。」

這有點大啊——這有點小啊——雪祈聽著頭上傳來聲音，為客人換穿鞋子。還要注意別讓自己皺起臉。

客人試穿著鞋子，在店內繞了一圈回來。
「如果您今天下單，應該三天可以到貨。」
「啊，我已經知道尺寸，不用了。」
留下這句話後，客人轉身離開。
或許是打算去比較便宜的店家，或者上網購買吧。
臨時放鴿子的女同事依然表情開朗地接待著其他客人。
明明是希望一切順利的日子，卻什麼事情都不順利。
只有在鼻腔裡留下惱人的臭味。

雪祈來到會場時已是現場演奏開始前十分鐘。
其實本來有預定提早一個小時到場彩排，卻因為打工快到下班時間時客人忽然開始聊起鞋子的話題，不放雪祈離開。雖然雪祈在途中幾度嘗試結束對話，但客人依然講個不停，而且到最後什麼也沒買就離開了。
雪祈加快腳步來到後臺。
「抱歉，我來晚了。」
首先映入眼簾的是玉田。默默點頭回應的他面無表情，全身散發出緊張的氣味。同時混雜不安與恐懼，從毛孔洩放出來。畢竟他才握起鼓棒短短三個月就要上臺表演，會這樣也是當然的。令人都不禁感到同情。

而且這次還是向客人收錢的現場演奏。

在玉田旁邊的大則是散發出失望與期待的氣味。

「大，客人怎樣？」

「完全沒人來。」

這就是其中一種氣味的來源啊。

雪祈掀開布簾窺探聽眾席，只有坐在吧檯席與店長聊天的戴帽子初老客人，以及兩人一組的上班族。每個看起來應該都是這裡的常客。

兩千份的傳單，沒能打動任何人的心。

然而，大卻接著說道：

「咱們，好帥啊。」

這哪裡帥了？辛辛苦苦發傳單卻白忙一場，雪祈自己也遭人放鴿子。根本沒有任何帥氣之處。

雪祈故意沒有邀請爵士樂社的社員們以及那些自己認識的大人們。因為實在難以預料玉田能否承受得住同世代以及業界行家們嚴格的視線。

不，或許這根本不是為了玉田著想。

搞不好單純只是自己不想丟臉而已。

大雙眼筆直望著舞臺說道：

「我們接下來要在這裡演奏爵士樂。」

那眼神彷彿在說：不需要在意那些芝麻小事。

三個人第一次現場演奏。第一次向人收取音樂入場費並演奏屬於自己的音色——真正重要的意義是在這點上。

從現在開始，既不能回頭也不能再找藉口。

——必須全力以赴。

「簡直帥斃了。」

這就是期待的氣味。

氣味刺激著鼻腔深處，讓雪祈忍不住用指頭按住鼻梁。

「上場唄。」

抱著次中音薩克斯風的大領頭站上舞臺。

看看身後，玉田把脖子都縮在肩膀之間走著。

走路得意洋洋的大，在舞臺中央停下腳步。

玉田坐到鼓椅上。

雪祈在鋼琴椅上坐定後，聽見聽眾席那兩人一組的對話聲：

「好年輕的小哥們上臺啦。」

「你剛才沒看到店門口寫的嗎？十八歲啊。」

「咦？那打鼓的，手是不是在抖……？」

坐在吧檯席的客人則是背對著舞臺，繼續與店長聊天。

一切要從這裡開始了。

雪祈看向玉田的臉。雖然肌肉僵硬，但依然勉強裝出笑臉。

——大吹奏起來。

稍遲幾秒後，雪祈敲起琴鍵。

吧檯席的男人停止對話。

兩位上班族也停下拿著酒杯的手。

緊接著，鼓聲在一如預定的時機加入演奏。

很好！——雪祈在內心叫好，並看向玉田。

他臉朝下方，拚命動著雙手。

雪祈回想起他第一次握起鼓棒時的模樣。

從那之後，他練習了幾百個小時？打了幾億次鼓？

好想對玉田搭話。好想告訴他：很好，就是這樣！

但自己不能這麼做。因為今天是向人收錢站在舞臺上的。

大這時冷不防地飆了起來。

音量增大到令人有種忽然透過喇叭擴音的錯覺。有如閃光之後稍遲而來的雷聲，或是快速列車從眼前一公尺處通過似的巨響。和練習時完全是不同次元的表現。

真沒想到，正式上場的大竟有這等程度——

雪祈把體重用力壓在敲打鍵盤的手指上，不然會變得只有薩克斯風的聲音傳到客人耳中。

就在那瞬間，鼓聲的節奏亂了。

驚覺回神的雪祈把視線望過去，發現玉田的目光正左右亂飄。

吧檯座位的客人也看向鼓手。他聽出失誤了。

然而，大卻沒有停下來。他始終只看著客人吹奏，顯然是想要把自己的全部都呈現給聽眾。把自己在仙台、在東京的橋梁下培育出來的聲音，自己所相信的強烈音色吹給大家聽。

兩位上班族都目不轉睛地盯著大。

但你因為這樣就要棄玉田不顧嗎，大——

玉田已經崩了。在薩克斯風的爆音拉扯下，徹底失去了節拍。他雖然不時甩頭，拚命想抓回節奏，但五秒後又完全停下雙手。

真想援護一下玉田……

可是大卻不停往前邁進。當初以為能夠抑制他失控根本是大錯特錯。站上舞臺後的大與玉田，兩者之間的差距遠遠超出了想像，而且距離還越拉越大。

快到大的獨奏部分了。

若想對跌倒的玉田伸出手，只有現在。但那樣做就無法維持大高漲的情緒。兩者之間必須擇一。

自己是為了什麼寫曲的？為了什麼持續練習？為了什麼來到東京——

——最後，雪祈選擇了大。

用鋼琴支撐起大的獨奏。眼中只看著大。既然已經做出選擇，就沒有餘力再顧玉田了。

次中音薩克斯風吹出好幾道扭轉似的聲音。就在它們互相結合的瞬間，化為一道渦流往上衝，沒有任何預備動作就飆上頂點。在山頂處，聲音激烈舞蹈。撞碎岩石往上堆積，讓山頂的標高持續被灌水。十秒間增高為兩倍的巨山又一口氣變化形狀。高度以驚人之勢往水平方向移動，擴展到無盡的遠方。從次中音薩克斯風裡爆出儼如山崩的轟響。雪祈的眼角望見吧檯座位的男人正半開著嘴巴。這段獨奏就是如此強烈。連在底下支撐的自己都必須極度專注才行。

這樣的一段演出，也即將結束。

音樂隨即轉換到鋼琴獨奏。大反覆吹奏最後的旋律後，雪祈緊接著宛如泉湧般彈出全新的樂句。將自己手中持有的牌以迅雷不及掩耳的速度打出去。高速動著手臂、手腕與手指，毫不製造間隙地持續彈出聲音。這是讓人無法想像、無法相信樂手只有十八歲的獨奏。左手舞蹈，右手隨之；右手奔馳，左手承接。在遠處望著舞臺的店長都目瞪口呆了。雪祈接著也把視線看向玉田。他雖然全身僵硬，但依然緊握著鼓棒。想盡辦法要追上逕自往前衝的雪祈和大。

我的獨奏快結束了……

在主題旋律跟我們會合吧。

拜託你，玉田——

就在回到主題的時候，玉田勉強重新開始打鼓。

上班族們對剛才的獨奏發出讚賞。

也為玉田鼓掌一下吧！——雪祈心中雖想這麼說，但與兩人會合的鼓聲卻微弱得幾乎聽不見。玉田把頭完全垂下去了。

這時，一名男性客人推開店門。察覺這點的大輕輕點頭。是他的熟人嗎？不，應該是看了傳單來店的客人吧。

令人難以置信的是，薩克斯風又飆高起來了。

大就像要讓自己爆炸似的，吹出超越全力的聲音。不但沒有被鼓聲拖住腳，還不斷往前進。

未免太過強烈，也太過殘酷了。

玉田又變得更加畏縮。

亂了打法，迷失節拍。試圖重新爬起來，卻再度跌下去。上臺前臉上充滿的緊張，如今已接近絕望。

至於最後一個人——雪祈自身則是無情。

丟下那樣努力的玉田，選擇了表現驚人的大。

因為有向客人們收取音樂入場費。因為這是職業舞臺。因為自己是為了追求目標才來到東京。自己早就警告過玉田不可能辦到了……

許許多多的理由浮現腦海的同時，雪祈繼續敲按著白色與黑色的琴鍵。

自己就是這樣的男人……

兩位上班族從座位起身，初老男客人摘下帽子致敬，店長則是把雙手舉到頭上鼓掌。

現場演奏成功了——藉由捨棄同伴而成功了。

大朝著聽眾席露出得意的表情，充分空出一段時間後深深鞠躬。

雪祈裝出淡淡微笑，對聽眾頷首致意。

玉田臉上則是毫無表情，茫然自失。

準備回去後臺的時候，大被聽眾席的客人叫住了。

你好厲害啊！謝謝！幸好我沒把傳單丟掉！——臺上與臺下展開起現場演奏結束後常有的對話。

雪祈看見玉田頭也沒回地走向後臺。彷彿雙腳懸空似的，半點腳步聲也沒有。背影看起來失魂落魄。

自己究竟該怎麼向他搭話才好？

正當雪祈這麼思考的時候，店長走了過來。

「哎呀～你們太精采了！」

「謝謝誇獎。」

「講老實話，次中音薩克斯風跟鋼琴都讓人聽得發麻。十八歲根本是騙人的吧？」

「我們三個人真的都是十八歲。」

「就算聽你這樣說也很難立刻相信啊，你跟那個次中音。」

這些讚許是由於雪祈自己的選擇所產生的結果。然而，卻難以感到高興。

「不過講老實話，那個鼓手啊……」

從店長口中飄出了討厭的氣味。

「跟你們未免差距太大了！甚至還在演奏途中停擺不動。講老實話，那根本不是能收錢的等級，對他本身來說也太殘酷了。聽我老人家一句勸，你們最好快點換個其他的鼓手。不然我幫你們介紹也可以。」

看起來應該在這行混了有四十年的店長，一副理所當然地吐露真心話。

「畢竟鼓手真的非常重要。講老實話，那可是樂團好壞的關鍵，所以他真的是……」

雪祈能夠理解這是很正確的意見。

「不需要。」

然而，實在忍不住脫口而出了。

「咦？」

「關於我們樂團成員的事情，不需要外人插嘴。而且講老實話，您這裡的鋼琴聲音鬆鬆垮垮的，最好馬上找人來調個音比較好喔。」

雪祈丟下啞口無言的店長，逕自走向後臺。

樂團成員——自己剛才確實是這麼說。

自己忍不住這麼說了。

畢竟都一起練習了三個月。畢竟自己目睹了玉田的努力。

可是——往前走了三步後，雪祈咬住下唇。

事到如今，自己才想跳出來袒護玉田。

明明自己對他那麼無情，明明在舞臺上捨棄了他。卻因為對局外人發表的意見感到火大，就想臨時扮演正義之士。

怎麼會有如此見風轉舵的人……

店長的口臭遲遲無法從鼻腔消散。

雪祈對著自己的手掌呵氣，確認氣味。

搞不好，臭的人其實是自己。

3

「我必須退出了。」

離開爵士酒吧些許後，玉田如此開口。

地點是在一臺自動販賣機前。由於只有四名聽眾的話根本甭想拿到酬勞，於是三人各自只買了一罐飲料。這就是紀念初次現場演奏寶貴的一杯。

然而因為玉田的一句話，讓這飲料很可能要成為三人一起喝的最後一杯了。

結束奮戰的鼓手連飲料罐口都沒打開，只是握著罐子。緊閉的雙唇乾燥龜裂，夜燈照耀下的身影輪廓模糊，看起來比平常小了一圈。

面對這位賣命過頭地努力練習，最終卻慘遭打垮的男人，雪祈思索著該說些什麼話才好。

唯獨謊言，自己絕對不想說出口。

自己絕對不能對著玉田講出那種讓人想要確認口臭的發言。

「……一百二十五次。」

「咦？」

「到第三首曲子為止，你犯錯的次數。後面我就沒數了。」

那雙傷痕累累的手頓時變得更加無力。

感覺飲料罐隨時都會從手中掉出來。

「不過……」

五十分鐘的演奏期間內，玉田雖然停下好幾次，但最後都沒有放棄。

他堅持沒有放開鼓棒。

「比起我的預想，還不壞。」

小小的鼓手倏然抬起頭。

「對吧？大。」

在舞臺上率先往前衝的大接著緩緩說道：

「不管別人怎麼說……這都是一場很棒的演出。」

之後，雪祈再也無法直視玉田的臉。

對方肯定也不想被看到。

於是雪祈說自己要去打工，便和大一起轉身離開。

兩人默默無語地走了一段路後，大先開口：

「你是真的要去打工嗎，雪祈？」

「是啊，道路工程的交通指揮。揮棒子的。你又是如何？」

「深夜營業的壽司店外送。我雖然也有找那邊的人，但今天一個都沒來。」

大一邊走著，一邊把雙手放在頭後面，撐起胸膛。彷彿在內心說著「真有點可惜」之類的話。保持著那樣的姿勢，直朝車站走去。

跟一路上總忍不住想回頭的雪祈呈現一種對比。

「……大，我就不客氣地問了。你為什麼要拋下玉田？」

「這也沒辦法唄。」

他的語氣未免太過乾脆。

「就這樣一句話嗎？」

「練習和正式上場不同。只要站在客人面前，我腦中只會想著要拿出全力演奏。」

這種道理雪祈也明白，但還是要問。

「要拿出全力，就可以丟下玉田不管嗎？」

「玉田有向我們求助過嗎？他是因為想做而做的。雖然第一次上臺演奏表現得不好，但他還是努力了。僅此而已唄。」

大沒有表現出捨棄的態度，只是淡然說道。

「那樣未免太過分了吧？」

「雪祈，你這句話是對我講的嗎？還是對你自己講的？」

——沒錯。雪祈自己也是做出了相同的選擇。

而大對於這項選擇沒有感到疑慮。他光明正大的走路方式正表現出這點。耿耿於懷地思考著選擇究竟對錯的人，是雪祈自己。所以自己的腳步才會如此不紮實。

不久前，自己還只會把爵士樂社的學長們和安原當成讓自己往上爬的墊腳石。但現在卻為了一個初學者感到擔心。

究竟從何時變成這樣的？

是自從認識了大與玉田之後。

因為三個人的團練並不只是單純的練習。

因為那肯定就跟以前和賢太郎之間的投接球是一樣的。

來到車站附近。大背著巨大的薩克斯風箱，比周圍任何人都強而有力地走著。

「玉田沒問題的。他比我還堅強。」

「……哪裡堅強了？他剛才沮喪得讓人看不下去啊。」

聽到雪祈這麼說，大忽然停下腳步，深吸一口氣。

「……我第一次現場演奏，是在仙台的一間爵士酒吧。和一群職業樂團一起上臺，站在客人面前。我那時好焦急、好緊張，但還是覺得自己只能盡力而為。」

雪祈腦中不禁回想起在松本的初次合奏。

「所以我拿出全力吹奏，結果卻遭到店裡的常客怒吼。你吵死了，給我滾回去──對方罵得好凶，讓我在臺上完全僵住，不知所措地看向周圍的大人。」

現場演奏時油門全開的大究竟如何，雪祈剛才也見識過了。根據臺下客人或一起演奏的樂團種類不同，會對那樣驚人的音量產生拒絕反應也是很有可能的事情。那就像站上投手丘的無名小伙子忽然投出時速一百六十公里的高速球一樣，會嚇到人也是在所難免。再說，如果控球能力不錯還沒話講，但假如暴投連連就根本不用比賽了。

即便如此，一想到如果自己初次合奏時被人講出那種話，還是會很吃不消吧。恐怕好一陣子都沒辦法振作，搞不好永遠都無法重新站起來了。

「大家臉上都帶著『這也沒辦法』的表情。所以我只好乖乖聽話，當場離開。雖然沒有感到沮喪，但經過一段時間後就開始後悔了。」

「後悔——後悔上臺嗎？」

「不是那樣。」

大高高抬起下巴，雙眼反射出咖啡店的燈光。

「不管別人怎麼講，我那時候都應該繼續全力演奏才對。應該要一直吹下去，直到客人無奈露出笑容。」

這回答真有大的風格。頑強而不感到迷惘。

這種後悔的方式，雪祈實在模仿不來。然而，這段故事和玉田的事情又搭不上邊。

「你到底想說什麼？」

「玉田就算感到沮喪，感到受傷，始終都沒有走下舞臺對唄？」

沒錯。明明當時的狀況感覺他隨時奔出店門都不奇怪的。

「他真的很厲害。」

這樣講或許沒錯。

可是——

「那樣的狀態整整持續了五十分鐘喔？就是因為玉田一直留在臺上忍耐，受到的傷肯定更深吧？擅自把那種表現解釋為堅強，也太自以為是了吧？」

「刻意告訴他犯錯幾次的你，也很自以為是啊。」

大的這句話深深刺進雪祈胸口。

因為被他說個正著了。

「那麼做應該是為了讓對方下次演奏時能夠減少犯錯次數唄？所以要提示一個基準點唄？」

本以為滿腦子只想著吹薩克斯風的大，此刻卻看穿了雪祈的內心。

「但你不是告訴他下次要進步，反而用剛才那種講法。那樣的你才真的叫自以為是唄。」

「……大，你到底是什麼？」

路上的行人們都露出感到礙事的表情穿過站在路中央的大身邊。

走向車站的人、從車站出來的人，在斑馬線上擦身而過。當中有準備回家的人，有正要去吃飯的人。有男有女，有大人有老人有小孩，有中學生，也有高中生，也有上班族。

紅綠燈的黃色燈光照在大的臉上。

「從今天起，就是職業爵士樂手了。」

大重新踏出步伐。

「我和你也是，玉田也是。」

演奏會隔天，雪祈沒有安排練習。
銀杏路樹的葉子還很鮮綠，感受不到秋天的氣息。
走在路上可以發現，許多年輕世代的人都戴著耳機。
想像一下那些耳機播放的音樂。J－POP、男性偶像團體、嘻哈、雷鬼、重金屬、古典樂、龐克，從前方走來的人則是K－POP……
走了兩小時，來到一間有露天座位的咖啡廳。
請年輕的女店員帶自己到露天平臺後，很快便送上了開水。正因為是服務很講究的店家，翻開菜單一看，飲料價格也不便宜。
「請給我一杯特調咖啡。」
好久沒喝不是罐裝的咖啡了。算是結束第一次演奏會後給自己的小小犒賞。
等待咖啡上桌之前，放空腦袋望向外面。
或許是有線廣播吧，耳朵隱約可以聽見爵士樂的聲音。
是塞隆尼斯・孟克的鋼琴。
事實上，在街上許多地方都可以聽到爵士樂。咖啡廳也好，拉麵店也好，簡餐店也好。然而，那些都只是音量微弱的背景音樂。被人們當成一種沒有歌詞、不會干擾思緒又聽起來舒適的音樂，靜靜地存在。
但真正的爵士樂其實是很激烈的。自由奔放、充滿破壞性且追求新穎，在世界各地不斷進化。然而大家都不知道這點。

周圍的女性客人們開心地聊著天，沒有人在聆聽音樂。

「讓您久等了，這是您的特調咖啡。」

「那個……」

「是？」

雪祈豎起手指，對這位年紀看起來比自己稍微大一點的女性店員詢問：「冒昧問一下，妳知道這音樂是什麼嗎？」

女性店員烏溜溜的大眼睛看向上方，豎耳傾聽。

「啊！不，對不起。我不清楚。」

「我想也是。不好意思了。」

雪祈啜飲一口端到面前的咖啡。

昨天那樣努力在臺上演奏的聲音，世界上知道的人寥寥無幾。玉田縱然有犯錯，但他已竭盡自己的全力。可是按照現況，那些聲音只有留在包括店長在內的五個人耳中。

一輛法拉利在眼前的馬路上疾馳而過。接著又是奧斯頓・馬丁與瑪莎拉蒂陸續通過。以前在松本市沒見過的外國車，在這裡隨處可見。

每當那些車子經過，排氣聲就會掩蓋爵士樂。

即便如此，我們還是要繼續奏出聲音才行。

為了不被掩蓋，要奏出更響亮的聲音。

咖啡杯見底了。

雪祈拿起帳單走向結帳臺。

「是孟克。」

收下帳單的女性店員忽然說道。

「咦……？」

「塞隆尼斯．孟克——的樣子？剛才我去問過店長，聽說是很出名的爵士樂鋼琴家喔。」

「這樣……啊。」

「請問客人是因為覺得音樂很好聽，所以想知道是誰彈的吧？這下您隨時都可以找來聽囉。」

「……謝謝。」

「我也會聽聽看的。因為仔細聽聽，這曲子確實很好聽呢。」

「拜託，請務必要聽聽看。」

拜託？——女店員露出疑惑的表情。

雪祈走出店門。

爵士樂依然在播放著。

「……只有四位客人呀。」

「是的，雖然大有賣力宣傳，但手法實在過於土法煉鋼，沒得到任何效果。」
向難得從白天就現身於 TAKE TWO 的明子小姐報告演奏會成果後，明子小姐不知是不是宿醉，一邊吐著氣一邊緩緩詢問：
「那麼，演奏方面如何？」
「我和大很成功。客人們甚至起身鼓掌，店長也表示很驚嘆。」
「玉田小弟呢……？」
「他敲到一半就敲不下去了。所以該怎麼說呢，很沮喪的樣子。」
「……所以澤邊小弟你今天會提早來呀。」
「咦？」
「你很在意玉田小弟今天還會不會再來，對不對？」
被說中了。
「不，我只是剛好打工提早結束而已。」
「這樣……」明子小姐說著，消失在廚房中。
同時店門忽然打開，大露臉了。
「嗨，雪祈。來得真早！」
他的表情一如往常，爽朗而無憂無慮。
「嗨，玉田沒跟你一起來？」
「他還沒來嗎？我們早上約好要在 TAKE TWO 碰面的說。」

「他狀況如何？」
「演奏會當天我是不知道啦，不過隔天開始他又在打電子鼓了。雖然眼睛有點腫，不過大概是花粉過敏唄。」
「是喔……」
「怎麼？你擔心他？」
「我說你啊……話說，他實際上根本沒來嘛。明明他平常都不會遲到的。」
後來又過了十分鐘，玉田才總算現身。用一副宛如把外頭的明朗陽光貼在臉上似的表情為自己的遲到道歉後，立刻跳到鼓椅上坐下。但團練一開始，鼓聲便隨即烏雲密布。節拍模糊不清，打擊聲微弱得幾乎聽不見。唯有嘴上「抱歉！」的聲音顯得明亮，可是節拍依然黯淡又紊亂。仔細一看，他那雙傷痕累累的手不斷顫抖著。
「玉田？」
「……啊！我好像把手機忘在剛才吃飯的餐廳了！有夠蠢的！我回去拿！」玉田如此笑著，手忙腳亂地衝出 TAKE TWO。就連腳步的節奏都亂得一塌糊塗。
「大……你覺得讓他這樣可以嗎？」
「玉田臉上在笑。我只能相信他。相信他的笑臉。」
「那根本是勉強裝出來的表情吧。」
「那也是玉田自己要裝的。我們該做的，是接受他那張笑臉唄。」

大的手強而有力地支撐著薩克斯風。
和剛才見到那雙不停顫抖的雙手呈現強烈對比，讓雪祈感到忍無可忍。
「大，我說你啊，去死一次吧。」
「啥……？」
「不要強迫別人接受堅強。不要以為反正只要玉田努力加油就能解決一切問題好嗎？」
「那有什麼錯？」
「是沒有錯！所以我才叫你從細胞分裂開始重新做人！」
大揚起眉梢，緊皺眉間。
雙方視線碰撞。
「要吵架拜託到外面去吵。」
明子小姐忽然從廚房現身。
她的一句話讓兩人都把視線甩開了。
大轉身背對雪祈。
在吧檯內側，明子小姐正把下酒用的豆子從包裝袋倒入瓶中。噹啷噹啷的清脆聲響填補了無言的空檔。
依舊背對雪祈的大開口說道：
「雪祈，我的目標啊，是成為世界第一的爵士樂手。」

意。

視界第一，是介地衣——過於唐突的一句話，讓發音在腦中沒能立刻轉換為語

世界第一？世界第一啊……總算理解意思的雪祈接著開始思考「那麼現在的世界第一又是誰？」但完全沒有頭緒。

「爵士樂可沒有什麼世界排名之類的東西。你要根據什麼標準說是世界第一？」

「就是讓聽到演奏的人會覺得『這傢伙是世界第一』的樂手。」

「我就說，那具體是怎樣……」

「不知道。但那就是我的目標。」

真是過於籠統又大膽，缺乏現實感的宣言。重點還是他竟然在繁華街角落的一間小爵士酒吧講出這種話。

「這種事跟玉田又有什麼關係？」

「我也不知道。只是，我覺得這點應該很重要。」

雪祈還沒回問「哪一點？」之前，大就接著回答：

「如果不相信別人，也沒辦法相信自己。」

聽到他這麼說，雪祈確定他是認真的了。

腦中不禁浮現大在幽暗的橋梁下練習的身影。那個時候，他同樣打從心底想要爬上世界第一，所以才會那樣發瘋似地吹著薩克斯風。彷彿以為只要付出超越一般規格的努力，只要持續強烈地期望，就能夠實現奇蹟。

不，他根本不認為那是什麼奇蹟。而且不僅限於自己，還深信無論是誰——包括玉田在內——誰都能實現那樣的事。

所以才會那樣溫柔。

所以才會在舞臺上毫不留情。

雪祈自己則是對玉田很嚴格。因為擔心他會失敗。

而且主張要第一次上臺演奏還言之過早。因為害怕失敗。

我真的有打從心底深信嗎？

深信自己能在二十歲前站上 So Blue 的舞臺。

深信玉田會回來。

「……大，總之我們繼續練習。」

總覺得自己不能讓聲音停下。只有演奏出聲音是自己唯一能做的事。

唯有現在，必須彈奏聲音才行。

隔天，玉田回來了。

眼神中找回了力量，手也沒有在發抖。

雪祈沒問他是怎麼辦到的。

不過大說的確實沒錯。

玉田靠一個人克服了難關。

一如大和雪祈自己所相信的。

4

兩個月後，三人毅然決定舉辦第二次現場演奏。

地點位於池袋。也就是爵士樂社經常利用的那間爵士酒吧。雪祈聯絡了社團所有人，召集到之前迎新會出席者中七成的人數。雖然也有透過網路宣傳，但這方面完全沒招到客人。不過沒有關係，因為一切從這裡開始。

「雪祈，音樂入場費才收五百元，會不會有點少啊？」

在後臺休息室，大難得提起錢的問題。不，這想必是他身為職業樂手的矜持問題吧。

「才不少喔，阿大老弟。反而應該問說真的可以收他們的錢嗎？」

「此話怎講？」

「因為我有再三強調音樂入場費會算他們便宜一點，但記得聽完演奏會之後要幫我們在網路上宣傳。而且還說我會一一確認大家的帳號。」

「哦——」

「什麼『哦』啦，大。現在這個時代，你去發傳單也不會有人來。那還不如在網路上貼個文說『五十名的預約聽眾到演奏當天臨時取消讓爵士樂手傷透腦筋了，拜託誰來幫幫忙。』比較有效果。」

「是這樣喔。」

「玉田。」

「嗯。」玉田擦拭著額頭的汗水如此回應。拿著手帕的手上傷痕比以前更多了。

「不管拍子打錯還是節奏亂了，總之不要停下鼓棒，打到最後。這樣就好。」

「知道了。」玉田嚥了一下喉嚨。

「大，要是表演內容不夠好，人家也不會願意好好宣傳。這點你明白吧？」

「你以為你在跟誰講話？」

演奏會一開始，聽眾席幾乎所有人都立刻發出讚嘆聲。一如雪祈的計畫。這次的演奏是故意設計成會讓同年代的人忍不住歡呼的內容。即便如此，當大開始獨奏，大家就變得啞口無言了。每個人臉上都帶著無法理解自己看到什麼似的表情，各個目瞪口呆。

至於到了鋼琴獨奏時，就能聽見女生們發出興奮的尖叫。這也一如原本的計畫。

所有人都對鼓聲感到疑惑歪頭。但玉田依然繼續敲打，偶爾還會像把臉探出水面換氣似地抬頭朝雪祈看過來。兩人前前後後共對上視線五次。而他直到最後都沒有停下鼓棒。

第三次的演奏會改在一間稍小的場地。聽眾席有三十五個座位，幾乎全部坐滿。有十五位是上次來過的客人，有十人是他們帶來的親友。據說從社群網站上知道了這個樂團的客人有七位。在這群年輕客人中，唯有一名初老的人物。就是第一次演奏會那位戴帽子的男子。

大的即興演奏徹底突破了「樂曲」的框架，大肆爆發。

玉田則是和雪祈對上了十次視線。

「話說我們的樂團，差不多也該取個名字了唄？」

在膠合板製的矮桌邊，大如此說道。

正在敲打電子鼓的玉田頓時停下雙手。

麵湯沒喝完的三個杯麵容器中還冒著微白的蒸汽。

「因為老是只寫三個人的名字，人家也不容易記住唄？」

「樂團名啊，這可難取了。」

確實，以前雪祈都沒想過這種事情。

「取個好記的名字就好了唄。像『毛糬仔』之類的。」

「什麼毛糬仔？」

「就是毛豆麻糬啊！仙台特產！鮮綠色的那個！你不知道？」

誰會知道啦——雪祈不禁嘆氣。

「怎樣啦，雪祈！要不然你出點子啊。」

「拜託，爵士樂的樂團名很多都是用團長的名字吧。在後面加個什麼詞之類的。」
「啊，確實……像某某三重奏啦，肯德里克・史考特之預言樂團啦。」
「首先來想想看要不要用這種方式。」
「玉田四人組之類的？」
「大！你白痴啊！又不是昭和時代的搞笑藝人！」
這次雪祈忍不住大聲吐槽。
「喂，雪祈，現在很晚了……」玉田把鼓棒豎在嘴前，如此責備。
「抱歉，玉田。」
轉頭環視一下玉田的房間。這裡明明是設計成單人房，現在卻完全變成雙人居住的房間。床鋪周圍是玉田的空間，沙發則是大的。兩人的外套掛在各自牆上，大致區分出兩邊的空間。
「假如要冠名就是用我或大的名字。可是要用誰的？」
「這可有得吵了唄。」
「那有沒有其他選項？」玉田把兩根鼓棒都豎起來。
「就是純粹的樂團名囉。不過最好是一聽就知道是爵士樂團的名字。」
「確實，假如只聽到樂團名稱，也很難跟視覺系或龐克的樂團區別啊。」
「而且不是有句話叫『名如其人』嗎？我希望讓人一聽就能想像出我們演奏的

音色。」

「我們演奏的音色……」大用手轉動麵杯，攪拌留在裡面的湯汁。

「要怎麼說才好呢……我覺得現今的爵士樂正逐漸失去能量。由於從前又是酸爵士又是民族爵士的，細分過度，導致本體的外型變得模糊不清。因此很難傳達給一般人知道，大家都搞不清楚到底哪個才是爵士樂。但大的次中音恰好相反，既原始又充滿力量。可是光這樣也會讓人覺得只像在亂揮石斧。所以配上我的鋼琴可以讓斧頭變成鈦金屬，讓握把變成碳纖材質。」

「怎麼聽起來內容好多欸。感覺會取出一個很長的名字欸。」

「玉田~你真的講話越來越愛用『欸』了，簡直變得像東京人一樣。」

大仰頭喝湯，卻把湯汁濺了出來。

「燙啊！燙啊！」他趕緊脫下鬆垮的吸汗衣。

「現在認真討論的時候你搞屁啊，大。」

「大概是上天在暗示你別取什麼毛糯仔啦。來，拿去，這件 jasu 給你穿。」

玉田從堆成小山的洗好衣物中抽出一件伸縮材質的運動服。

「玉田，你剛才……叫這是什麼？」

「……咦？jasu。」

玉田當場愣住。

「呃，什麼……？jasu 是啥？」

一股笑意從食道湧上來。

「咦？騙人的吧？這個不叫 jasu 嗎？」

玉田著急地攤開運動服。那模樣又更加搞笑了。

「才不是那樣叫好嗎！jersey（運動衣）才對啦！遜斃了！那是你們仙台的方言吧！」

笑意一口氣噴發出來。

「什麼！」大和玉田當場面面相覷。

雪祈大笑一番後，不經意回想起自己好像在哪裡讀過一篇文章說：「JAZZ（爵士樂）」這個詞原本來自「JASS」。是從「JASS」改變口音成「JAZZ」的。

「這麼說來，『JASS』這個詞聽說在紐奧良是『做愛』的黑話喔。」

「是、是喔？」穿上 jasu 的大說道。

「有一種說法是爵士樂最早誕生於妓院的等候室。當時樂手會跟客人聊天說『您等下要去JASS對吧？』之類的。」

三個人陷入沉默。

接著首先開口的，是大。

「這名字不錯呢，JASS。」

「什麼不錯？你……沒問題吧？已經脫處了吧？」

大害羞地把頭低下去。瞧他這樣子絕對還沒脫處。

玉田則是望著天花板想敷衍過去。

JASS——

雪祈自己也覺得這名字不錯。

如果要坦白自己內心一直在考慮的那件事，現在或許是個好機會。

「玉田，你過來這邊坐。」

玉田露出乖乖聽話的表情，坐到矮桌邊。

三個人的視線變得同樣高了。

對方這下應該理解雪祈想表達的意思了。盡量講得簡單扼要吧。因為絕對不想讓他們兩個見到自己害臊的樣子。

「那麼，我們就是JASS了。」

玉田當場緊閉嘴巴。

「你是這個意思對唄，雪祈？」

大臉上帶著賊笑如此確認。

「唉，也只能這樣吧？」

大立刻舉起右手，邀玉田擊掌。

然而，玉田卻沒有做出反應，還顫抖著肩膀。

於是大用右手在他肩膀輕輕拍了兩下。

5

從表參道車站的地下來到地面後，雪祈開始計算步數。

在青山通左轉，進入骨董通。到這邊一百七十步。

骨董通路上雖然有許多高級的服飾店、鞋店與餐廳，但每一家都已經關門了。

與兩位身上服裝明顯是名牌貨的路人錯身而過，包包的招牌色調看起來好刺眼。

雪祈自己身上的衣服則是便宜貨，現在穿的皮鞋也不到兩萬元。

但最起碼可以往前走。

左手邊可以看到岡本太郎紀念館。那是一位曾經與既有價值觀勇敢奮戰的藝術家。儘管受到眾人批評也依然繼續從事藝術活動，最終建立了自己無可動搖的地位。這間原本是他自家兼工作室的地方，至今依然有許多觀光客來訪。人們從中有看出他當時苦戰奮鬥的痕跡嗎？還是只看見他身為一名成功者的結果？

吹在臉上的風好冷。自己正迎風走著。

穿過斑馬線，在轉角的便利商店左轉。

瞥眼看著路旁那些商品價格絕非自己能夠出手的精品店，筆直往前走。

是 So Blue。

抵達門前了。
距離總計八百七十三步。
冷靜想想，目前自己的位置頂多只有從車站走了五十步而已。
只要不停下腳步，或許總有一天能夠走到這裡。
但是，要在二十歲之前抵達實在很難。
自己或許太執著於二十歲之前了。而且如今已是三人樂團，這樣等於是把自己的目標強加於另外兩人身上。尤其對玉田來說，這太沉重了。
雪祈在馬路對面的圍牆上尋找貓的蹤影，但是沒看到什麼在動的影子。
輕吐一口氣，看看手機。
雖然自己準備提出的要求相當自私，但這也是十幾歲年輕人的特權。
追求一下順風之路應該不算過分吧。
雪祈下定決心，撥了一通電話。

「你來啦，澤邊。」
「打擾了，川喜田先生。」
川喜田元的住家是位於世田谷區的一棟綠蔭環繞的透天住宅。地下室為樂器房，牆上掛有十把以上的吉他。除了 Gretsch、Gibson 之外，還有其他沒聽過名字但看起來很昂貴的樂器。每一把都有相當的歲月，或許是他長年彈奏過的樂器，也可能是繼承自其他人的東西。

看著那些象徵爵士樂一部分歷史的吉他，雪祈的緊張情緒一口氣提升。

「然後呢？你特地來找我，代表想要一起演奏了？」

「不……」

「我就知道。你是為了拒絕才來的吧。」

川喜田是在 So Blue 出演過好幾次的吉他手。有時是日本傳奇樂團的成員之一，有時是外國樂手的伴奏；有時是客串，也有兩次以冠上自己名字的樂團舉行過公演。大約一年半前，雪祈在長野縣的一場音樂祭舞臺上被川喜田看中，壓軸時受邀上臺合奏過。當時對方還提議說等雪祈高中畢業後要不要一起演奏，打響名聲。這可以說是很不錯的機會，但雪祈至今都沒聯絡過對方是有原因的。

「那麼就讓我聽聽看吧。你不想跟我組團的理由……當然，肯定還有其他事要講吧。」

川喜田已經年近花甲，爵士樂資歷約四十年。自己的想法恐怕早已被對方看穿，但雪祈還是只能這麼回答：

「我覺得像我這種小鬼頭加入樂團的話，只會扯川喜田先生的後腿。」

「不對吧。你應該是覺得跟我這種已經越過顛峰的老頭子組團也對自己沒啥好處對不對？認為反正跟我組也只能在鄉下地方的爵士俱樂部跑場而已。」

「呃不，沒有那種……」雪祈實在不認為自己能瞞過對方。

「你都寫在臉上啦。也罷，我是無所謂。」

川喜田把手一伸，抓來一把有點掉漆的吉他。但是它一放到吉他手的大腿上，表面的木紋便顯得更加美豔。輕輕撥弦，音色依舊流麗。

雪祈不禁屏息。

「好啦，你想講的正題是什麼？有事想找我商量對吧？」

無法直視對方的雪祈，只能把視線放在吉他上。表面那對f字形的開口也反過來看著雪祈。小鬼，你有種就說說看吧——五十年以前製作出來的吉他對雪祈如此說著。

「……我和同年紀的人組成了一個三人樂團，有過六次現場演奏的經驗。」

「哦，這樣。」

「我希望川喜田先生務必來聽聽看我們的演奏。」

「那對我有什麼好處？」

「沒有好處。」

「意思說你有自信單純讓我聽得愉快是吧？」

藉著對話的走向，雪祈提出今日來訪的真意：

「我想請您看看，我們距離 So Blue 還有多遠。」

「啥？」

「我希望一年之內，能夠在 So Blue 舉辦公演。」

川喜田當場沉默。

就連他大腿上的吉他都彷彿在生氣。

「澤邊……你根本不明白吧？你不曉得那是難度有多高的場所吧？若用搖滾樂來講，那裡可是東京巨蛋。而你想要十幾歲就站上那舞臺？」

身經百戰的爵士吉他手說話的聲音中，明顯帶有怒氣。

但雪祈自己也是明知困難之下來到這裡的。

「我用自己的角度也很清楚這些事情。然而，若能在二十歲前站上那個舞臺演奏，在社會上也能掀起話題。如此一來，也能吸引到那些不懂爵士樂的年輕人，讓爵士樂得以向外擴展。」

「你太小看人了。簡直在侮辱像我這種爵士樂手，也在侮辱 So Blue。」

「我並沒有小看任何人。」

雪祈描述起自己第一次到 So Blue 時的事情，後來獨自一個人持續彈奏爵士樂的事情；一路觀望棒球社員努力想要登上甲子園的事情，當他們在練習時，自己也花了同樣甚至更多時間練琴的事情；看見他們輸掉球賽痛哭時，自己也哭泣的事情，而現在的自己正在預賽階段奮戰的事情；獲得同伴，讓自己變得更強的事情；自己對 So Blue 懷抱強烈憧憬的事情。

但川喜田只回了一句：「這樣啊。」

「……務必，拜託您了。」

雪祈將樂團的演出行程表放到川喜田面前。
對方並沒有拿起來看。
「今天我就此告辭。」
深深鞠躬後，雪祈離開了這間位於世田谷的住家。

「這笨蛋！玉田你這笨蛋！」
「抱歉！雪祈，抱歉啦！」
玉田如今成長到可以用活潑的語氣道歉了。
「雪祈～消氣消氣。」
大也開朗地介入緩頰。
由於鼓手相當基礎的失誤而湧上心頭的怒氣，從雪祈鼻頭消散出去。
「——已經連續兩個小時了，休息一下吧。」
三人集合在 TAKE TWO 團練的時間最近增加到一週六次，每次約四個小時。然後大會跑到橋下吹到幾乎天亮，玉田在自己房間練鼓，雪祈自己則是用家裡的數位鋼琴練習或作曲。每個人一天都有十二個小時以上在接觸樂器，其他時間則是睡眠或打工，以及極少數狀況下休息放鬆。
「雪祈，你最近好像莫名有衝勁啊。」
「才沒有，跟以前一樣啦。」

「我覺得我們算是很順利了。最近現場演奏都有客人來聽，而且人數慢慢在增加。玉田也是……上次現場演奏的失誤次數是幾次來著？」

「一百零二次。」

「看，已經快到兩位數啦！玉田，你太棒了！」

玉田露出一臉「怎樣？厲害吧？」的得意表情舉起鼓棒。確實，玉田的進步何止是順利，還不斷在加速。

但是，距離一流還遠得很。

「玉田，你知不知道 So Blue？」

「哦~我有聽過。大說他有去過，好像是全日本格調最高的爵士俱樂部對吧？」

「沒錯，玉田很棒唄，連相關知識都在學習。」

玉田又舉起鼓棒，敲了一下銅鈸回應。

「話說雪祈，為何現在要提到 So Blue？」

「別浪費時間了，繼續練習吧。玉田，記住要回到主題的時機！把拍子念出嘴巴！」

「知道了！」

玉田聽話地用嘴巴數拍，也有抓準時機。

後來三個人又團練了三個小時以上。

有哪個爵士樂團會花這麼多時間練習？

雖然成立還不到一年，但我們都賣命地持續演奏。被什麼大人物看上應該也不為過吧？

第九次的表演地點是位於新橋的爵士酒吧。

第一首曲子才剛開始，戴著墨鏡的川喜田就現身了。他背著一把吉他，和兩位應該也是樂手的中年人坐在最後排的位子。

雪祈從鋼琴的位置用眼神打招呼，川喜田也輕輕舉手回應。

有如以此為暗號似的，曲子進入鋼琴獨奏。雪祈尤其把注意力放在左手，連續彈奏低音旋律。左手之後換成右手。原本震撼腹部的音色轉變為直衝頭頂的聲音。川喜田的其中一名同行人點著頭對他說話。那肯定是在說「這傢伙不錯」吧。雪祈讓雙手更加高速彈奏，低音與高音互相混合相融，聲音不斷加速。

接著進入大的獨奏。巨大的聲音顆粒冷不防地噴向聽眾席。一瞬間，每個人的身體都微微往後仰了一下。不過當耳朵逐漸習慣這個大音量，大家又很快把身體往前傾，那是為了讓眼睛能盡量看清楚臺上這傢伙。隨後，眾人都緩緩把嘴張開。有些人自覺到這點而趕緊閉嘴，嚥下唾液。也有人沒閉上嘴巴，忍不住發出聲音。「Ｙｅａｈ！」的讚嘆聲此起彼落，還有人是「宮本～！」地叫出名字。以這些歡呼為燃料，大的音色又變得更加灼熱。甚至有人從座位站起身子，不過川喜田依舊雙手抱胸聆聽著。由於戴著墨鏡緣故，看不出他臉上的表情。

玉田的時機算得剛剛好，一秒不差地回到主題。
就在曲目即將演奏完畢的時候，聽眾席的川喜田忽然高舉吉他，用手指比了一下。
真是萬萬沒想到的行動。
他這是在講：下一首安可曲，我可以一起上臺嗎？
雪祈點點頭，並對著聽眾鞠躬後，退到後臺。
「哎呀~氣氛太棒啦！玉田，你也在興奮唄！」滿身是汗的大如此說道。
「有嗎？」汗流得更多的玉田害臊回應。
從聽眾席傳來高呼安可的拍手聲。必須快點告訴這兩人才行。
「大、玉田，有一位我認識的客人說想上臺合奏。我等會讓他上臺囉。」
「咦咦！誰啊？我沒辦法臨時對上節奏的說！」
「玉田，以後像這樣的突發狀況會越來越多。沒問題，你行的。」
玉田連汗都忘了擦，只顧點頭。
「另外還有，大。你一定要贏。」
要贏？——大的臉上浮現疑問，不過雪祈依然轉身回到臺上，把川喜田叫上來。
聽眾對於意外嘉賓的出現都感到驚訝，認識川喜田的客人更是大為驚喜。走上舞臺的資深吉他手用一點都不怯場的笑容對樂團以及聽眾席打招呼。然而，透過墨鏡看見的眼神卻沒有在笑。

臺上合奏起經典的曲目。

吉他的旋律為三人樂團的聲音增添厚實感。川喜田彈奏著優雅而豪華的音色，同時也不忘顧慮鼓手而沒有亂飆。他對大使了個眼色，見到這暗號的大進入即興演奏。接著換成川喜田，為了不讓大炒熱起來的氣氛冷卻而激烈動起雙手。臨時客串的樂手忽然這樣全力演奏的模樣讓聽眾興奮不已。雪祈立刻對大打暗號：快和川喜田對奏。這才是客人期望看到的表演——於是大激烈而短促地吹奏次中音，川喜田也做出回應。聽眾當場放聲歡呼。川喜田憑著自己的技術、知識與經驗為武器，持續對奏。那模樣彷彿象徵著現今的爵士樂——對高超的技術引以為傲，深度的音樂知識也廣受其他類型音樂的演奏者敬重，同時在客層漸少的爵士業界長年奮戰。

漸漸地，川喜田輸了。掛在地下室牆壁的吉他，慢慢拚不過在橋下與風雨對抗的次中音薩克斯風。

大宛如沒注意到這點似地繼續吹奏著。川喜田則是看向鋼琴，用眼神示意——把場子還給你們。

會場的氣氛無比熱烈。

然而，雪祈卻感到一股莫名的寂寞從腳底竄上來。

接著豎起三根手指，朝著大與玉田揮動。

手指變成兩根，變成一根——回到主題了。

「鼓手小弟，你的打鼓資歷多久？」

在後臺休息室，川喜田問道。

「六個月！」玉田直立不動地回答。

「才半年而已啊。我還以為大概兩年呢。真服了你。」

「謝謝誇獎！」玉田深深鞠躬。

「至於次中音……我還真不想問。」

「咦！為什麼？請問我做了什麼嗎？」

「你啊，嗯……照現在這樣繼續保持吧。」

「謝謝！今天讓我受益良多了！」大抬著臉，九十度鞠躬。

太棒啦！——玉田和大天真無邪地笑著，走向休息室深處。

「川喜田先生，感謝您今日撥空前來。我萬萬沒想到您還會上臺跟我們演奏。」

「我看到那個次中音，就坐不下去啦。這是為什麼呢？」身經百戰的吉他手一臉寂寞地表示。

說不定，是因為他看到了大的未來。所以想要趁現在跟這位不斷往上爬的男人合奏一曲。

說不定，是因為從大身上看見了年輕時的自己。所以想要和當年天不怕地不怕的自己一起演奏，試圖找回些什麼。

說不定，是因為想輸一場。拋下自己的資歷，與沒沒無聞的樂手較量一場，然後落敗。至於從中能夠獲得什麼，能夠有什麼展開，雪祈也不清楚。雖然這麼做或許是正確的，令人不禁為對方的處境感到同情。但雪祈又認為這種想法未免太過失禮，於是直接拉回正題：

「那麼……請問您覺得如何呢？我們有可能站上 So Blue 的舞臺嗎？」

「……那個次中音是個怪物。無論是理解爵士樂或不清楚爵士樂的客人，他都能讓對方留下衝擊性的印象。簡直就像被他接連投出了好幾顆從沒見過的高速球。真虧你能找到這樣的樂手。」

「我和他的相遇真的是一場偶然。」

「至於鼓手，雖然還沒辦法引領樂團也會漏接球，但也有打到最起碼的水準。半年能夠到這樣已經很厲害了，或許很有才華吧。他以後會越來越進步。」

雪祈聽到這些話，有如自己被誇獎般感到高興，但還是忍住不讓喜悅寫到臉上。

「澤邊你嘛，簡直就像會投七種變化球，而且每一種球路都很犀利。連我這種職業樂手都會被你擺布啊。」

「感謝誇獎。」

「不過，你……」資深吉他手忽然表情一暗。「不，沒事。」墨鏡底下的眼神彷彿說著：這種話，不應該由我來講。

川喜田留下一張紙條，轉身離去。

紙條上寫有職稱與姓名，以及電子郵件信箱。
名字是——平。
職稱則寫著—— So Blue 事業部舞臺負責人。

訪談　飯島明子

這家店位於一條細窄的單行道邊，兩旁分別是古老的串燒店與和食餐廳。招牌小而不顯眼，但如今已是內行人皆知的爵士酒吧。推開木製的店門可以看到右側小小的舞臺上擺有直立式鋼琴與爵士鼓，左邊則是五人座的吧檯與兩張餐桌。在收納大量唱盤的吧檯內側，我們看見了店長的身影。身材纖細，兩眼細長，隱約散發出優雅的感覺。從那對薄唇中發出歡迎來客的聲音。她接著坐到吧檯的圓椅上，我們便開始訪談——

「我叫飯島明子，今年——哎呀，年齡不重要吧。平日在經營一間名叫 TAKE TWO 的爵士酒吧。」

聽說這裡以前曾是那個樂團的練習場所。請問這是怎麼樣的一家店呢？

「如您所見，只是個小餐廳。平常多半都是附近的人來光顧，盡是些大叔叔、老爺爺一輩的。很多是在小酒館或俱樂部用完餐後，回程順道來一下。說是要在睡前聽聽爵士樂，鎮靜一下情緒。」

這裡好像也會舉辦爵士樂的現場演奏？

「現場演奏嗎，是的，多半在星期五。熟面孔的爵士樂手會來演奏一下，然後來聽那些樂手演奏的客人會吃點東西。這裡也是靠那些收入在支撐的。」

請問您還記得和他初次相遇時的事情嗎？

「首先是宮本小弟第一次走進這間店時，由於他年紀又輕又只有一個人，我還以為他是走錯店了。但原來他沒有走錯。當天雖然是星期五，可是剛好沒有安排現場演奏。因為他說無論如何都想聽聽現場演奏的爵士樂，所以我介紹他到另一間有在舉辦即興合奏會的餐廳。沒想到他們兩人就在那裡相遇了，命運實在很神奇。」

後來他就來了？

「到了隔週，澤邊小弟被宮本小弟叫來。我們兩人就在這裡聽了宮本小弟的次中音演奏。澤邊小弟那時哭出來，害我都嚇了一跳呢。呃不，不是因為看到他落淚，而是我當時也聽得好想哭，結果沒想到他也是一樣。人家不是常說，看到別人比自己先哭或先動怒，自己反而就會心情比較鎮定嗎？我當時也是那種感覺。其實我本來還想流一下好久沒流的眼淚呢。澤邊小弟哭完後，抬起頭拜託我讓他們在這裡練習。看到那樣的男生紅著眼睛講出這種話，我也沒辦法拒絕啦。所以就答應他們了。」

不過他們三人樂團在這裡只是練習，好像沒有現場演奏過的樣子？

「我之所以不讓他們在店裡現場演奏，是因為我不希望他們那麼做。我實在不願意見到他們失敗的模樣，或是都沒有客人光顧而寂寞的樣子。畢竟他們是那麼有才華、那麼努力的孩子們呀。要是他們沒能成功，我覺得我一定會對爵士樂感到絕望。」

請問您當時看著他們練習，有什麼感覺呢？

「那些孩子們真的很厲害。當中最努力的，我想應該是澤邊小弟吧。他雖然之後都沒在我面前哭過，但我總是好想哭呢。他每次罵過玉田小弟之後呀，又會因為自我厭惡而感到沮喪。在吧檯一臉意氣消沉地喝完水，然後才回家。同樣的事情反覆了好幾次。不過從中途開始，他似乎把自我厭惡的心情轉向自己的演奏上。他變得埋頭與自身奮鬥，那模樣令人簡直不敢相信竟會有人如此真摯地彈奏鋼琴。看得都讓人感到難過，但我還是堅持沒哭出來……直到最後那一天。」

第4章

1

「雪祈，不得了啦！」

正當雪祈從車站前往TAKE TWO的途中，忽然從身後被玉田叫住了。

「什麼事情不得了？」

「大好像戀愛了。」

「什麼！你說大？」

十幾歲的年輕人談戀愛絕不值得大驚小怪，但如果當事人是大就要另當別論了。自然會做出比較誇張的反應。

「對象是誰？難不成是初戀？」

「不，不是初戀。他之前還有談過一場有點尷尬的戀愛，對象是以前在仙台的同屆同學。」

「後來被甩了？」

「那傢伙啊，明明是遠距離戀愛卻一點都不勤於聯絡。大概兩個禮拜才傳一次訊息，而且只會短短寫一句『演奏會很順利』之類的。結果大約兩個月前就被對方甩了。」

這麼說來，印象中那段時期薩克斯風的音色隱約帶有悲傷的感覺。雪祈本來以為是冬季的緣故，但原來並非如此。再仔細回想最近的練習……大的吹奏有一點搶拍子的感覺。

「於是他喜歡上了另一個女孩是吧？對象究竟是誰？」

玉田接著豎起一根手指。

「首先，整起事件是從氣味開始的。最近大每天早上都會帶著滿嘴的大蒜氣味回到房間。」

「哦……大蒜氣味。」簡直和戀愛是完全相反的關鍵字。

「那氣味強烈到在睡覺的我都會臭醒。所以我就問他『你到底吃了什麼？』結果他說是吃了拉麵……」

越聽越有趣了。距離 TAKE TWO 只剩兩百公尺。

「玉田，快點說下去！」

「別急，雪祈。然後啊，我問他那家店到底是有多好吃，那傢伙就講話支支吾吾起來。說什麼因為是深夜營業還怎樣的……我一聽就察覺蹊蹺啦。」

「意思說，在拉麵店嗎？」

「昨天晚上，我就跑到大的練習地點說我肚子餓了，叫他帶我去吃吃看。於是我們就到那間拉麵店去了，結果……」

「你看到了？那個女生！」

「在吧檯內側有個二十歲出頭的女店員。不管在等拉麵的期間還是在吃的時候，大的眼睛都一直盯著那個人瞧。太明顯啦。」

「果然是大，直率得令人佩服……」

雪祈腦中輕易就能想像出大目不轉睛地看著女性店員的模樣。

「可是啊，那碗拉麵吃起來根本沒什麼大蒜味。我就想說為什麼大會吃得那樣滿嘴臭味。」

「大蒜要另外拜託才會提供對吧？」

「不愧是雪祈！就是那樣！然後在那個過程中就能產生簡短的對話機會了！他昨晚也是趁那店員靠近過來的時候拜託大蒜，結果對方就說『好稀奇呢，今天您不是一個人呀。』這樣。」

TAKE TWO 已經近在眼前。雪祈一把抓住玉田的肩膀，拉著他躲到轉角處繼續講。這時才不經意發現，自己以前對於別人的戀愛話題根本一點興趣都沒有的，現在卻恰恰相反。

「然後呢？怎麼樣了？」

「大那傢伙回說『只是朋友啦，哈哈哈！』什麼的。講得一點口音都沒有，還滿臉通紅的。」
「嗚哇！太青澀啦……而且聽得胸口都莫名痛起來了。」
「對吧？所以出了店之後我就問他了，是不是喜歡那個人。」
「然後他臉就更紅了？」
「不愧是雪祈。他臉紅得跟煮熟的章魚一樣回說『才、才不是那樣好唄。只是第一次到這家店的時候，我明明點普通拉麵，她卻說不小心做錯然後給了我一碗叉燒麵。對方搞不好對我有意思唄！』這樣。」
「啊啊！羞死了！羞死了！」
「所以那傢伙一直在等。每晚都去店裡報到，期待對方又在他麵裡放叉燒。」
「玉田，幹得好！咱們樂團裡是嚴禁祕密啊。」
推開 TAKE TWO 的店門時，大已經把薩克斯風組裝好了。
「嘿，雪祈，玉田。來的時間剛剛好。」
「大，你今天怎麼有股大蒜臭味？」
「咦！騙人的吧！真的？」大立刻著急地確認起衣服和口臭。
玉田見到那模樣當場大笑，於是大的臉泛紅起來。
「阿玉！你這傢伙！是你亂講話對唄！」
「好啦～開始練習囉～戀愛一年級的小朋友請安靜～」
大氣得咬牙切齒起來。

「那麼，從今天開始要練習新的東西喔～」

「……練習什麼新東西？」

「大同學很臭，請搗著嘴巴再講話喔。我們要練習演奏時間二十分鐘的曲目構成。」

「呃，二十分鐘……以現場演奏來說有點短吧？」體力已經進步到能夠在舞臺上打滿九十分鐘的玉田如此表示。

「很短唄。」大也搗著嘴巴說道。

「我們要參加一場音樂祭。」

沒錯——

要和這群放不下心的夥伴們一起站上大舞臺了。

葛飾爵士音樂祭是很常見的那種地區振興活動。

從活動前的一個禮拜開始，當地各處像是商店街之類的地方就會播放爵士樂，為週日在音樂廳舉辦的舞臺表演先炒熱氣氛。活動目的是活化地區經濟，吸引喜歡爵士樂的遊客們來認識當地特色。由於會聽爵士樂的人沒有年齡層之分，因此全國各地都經常會舉辦類似這樣的音樂祭。

「是音樂祭！太棒啦！」

從沒在音樂祭出場過的大興奮地高舉雙手。

「昨天我收到活動執行委員會寄來的郵件。舉辦日期是兩個月後，會場在葛飾區的音樂廳，聽眾席容量將近三百人。我們是倒數第二個上臺。」

「三、三百人？」根本沒去過音樂祭的玉田當場表情緊繃，不過反正緊張已經是他的標準模式了，即使這樣他應該還是可以把鼓打好吧。

「假如有人站著聽，就會更多人了。所以我們才要報名出演啊。」

「而、而且還是倒數第二個上臺，那是很好的位置吧……？」

「順序是不錯。酬勞雖然三人樂團只有一萬元，不過哎呀，大每晚去吃拉麵總要些錢吧。」

「嗯，幫上大忙了。」

「你給我摀住嘴巴！雖然說，主辦單位讓我們上場的用意似乎是叫我們在壓軸的知名樂團上臺前先把氣氛炒熱。那我們就去大幹一場吧。」

大一臉充滿幹勁地點頭回應。

讓三百人聽到大的即興演奏——真不知道聽眾會露出什麼表情？做出什麼反應？從現在就讓人期待不已了。

而且，到時候肯定也會有相當多爵士樂業界的人到場。

「只要能留下強烈印象，以後就有機會站上更大的舞臺。我們一定要成功。」

玉田接著用更加緊張的表情問道：

「話、話說，剛才提到的那個知名樂團是……？」

雪祈從距離 TAKE TWO 最近的車站走入地下。

由於直到剛才都在團練的緣故，腦袋還有點暈眩。

聽了樂團名的玉田後來打得全身緊繃，大則是比平常用了更多腹部的力氣吹奏。因此雪祈的鋼琴也沒辦法保持平常的狀態。在團練途中，還因為選曲的議題跟大起了爭執。雖然其中一首確定是〈FIRST NOTE〉，但樂團的自創曲只有這個，必須再從經典曲目中選一首演奏才行。雪祈提出的是之前現場演奏時評價良好的曲子，可是大卻提議了樂團還沒演奏過的曲子，說是難得的機會想要嘗試新的挑戰。雙方互不相讓，彼此都用自己的音色互拚了一場。

這樣的行為持續了四個小時，最終依然沒有得出結論。

雪祈搭上電車，用已經麻痺的手指從包包拿出手機。有收到三名女性傳來的訊息。

今晚有空嗎？

下次何時見面？

你下次表演是什麼時候？

雪祈只回覆最後一個人，又把手機收回包包。

溫暖的電車座椅催生睡意，雪祈為了不要睡過站而觀察起車廂內的乘客們。

各種材質的外套映入眼簾。聚酯纖維、羽絨、皮、羊毛……那件帶有光澤的應該是克什米爾羊絨吧。

冬季已過顛峰，自己不知不覺間也十九歲了。
現在身上穿的這件外套是某位比自己年長的女性送的生日禮物。雪祈雖然沒有查過價格，但材質不差，剪裁也令人中意。
這時，不經意和一名穿深藍色外套的女性對上了眼睛。看起來是女大學生的那個人羞澀地把視線別開，又再度瞄過來。
雪祈對於自己的外觀長相容易受女性喜歡的事情很有自覺。
然而，自己還是老樣子對異性無法認真。
這麼說並沒有諷刺的意思，但雪祈甚至對每晚都勤跑拉麵店的大感到羨慕。
他肯定是因為心中沒有迷惘，所以能夠那樣率直地喜歡上別人。薩克斯風、打工、薩克斯風、薩克斯風，日以繼夜吹到腦袋發暈然後到拉麵店去。身體不斷行動，讓腦袋都沒有思考的空檔。
但雪祈自己卻抱著迷惘。
對於爵士樂演奏上懷抱的煩惱——
這六年來，它總是緊抓著自己的腳，遲遲不願消失。或許早應該找個人談談了，但自己一路來都是獨自演奏。現場演奏會時也是，總在一群大人之中孤軍奮戰。因此一直都沒有機會向人訴說苦惱。
然而現在不一樣。現在有大。
可是總覺得如果把這件事告訴大，會讓樂團中三人間絕妙的平衡遭到破壞。正因為自己與大是站在對等立場演奏，所以能夠從相同的位置鼓勵玉田爬上來。但自己要是去找大商量煩惱，就會形成上下關係，讓樂團中成為大、自己、玉田的縱向一直線。至今好不容易構築起來的樂團內形式會產生改變。

自己不可能去找大商量。

假若要和女性交往，對象最好是個音樂家。因為自己巴不得把心中的迷惘全盤托出，並受到深深理解。如果對方是比自己有實力的樂手就更好了。因為這樣或許能引導自己彈出正確的音色……

像這樣，思考終究會歸結於爵士樂。

睡意不知不覺間消散。

正因為腦袋變得清楚，纏在腳上的煩惱又更添存在感。

自己無論苦惱的時候、睡覺的時候、醒來的時候，都是音樂——

總有一種連血管中都流動著音符的感覺。

2

音樂祭的演出說明會舉辦在新小岩車站附近的一間餐廳。

地區負責人與執行委員會共來了四人，各樂團則是分別派一名代表出席。大家各自簡單自我介紹後，現場很快進入了歡談氣氛。

雪祈問了一下這次幫忙推薦JASS的人，結果一名意外的人物舉手了。正是負責壓軸的知名樂團——Act的天沼幸星。天沼是即便在不聽爵士樂的年輕世代之間也很出名的爵士樂手。平日身兼音樂評論家，雪祈也讀過好幾次他寫的文章。以前還聽過天沼主持的廣播節目，高中時代更有一次為了聽他的演奏會千里迢迢遠赴名古屋。

雖然最近對天沼的興趣變得比較淡了，不過知名人物竟然會知道自己的樂團還是令人感到驚訝，也單純覺得高興。

雪祈向對方坦率道謝後，天沼開始說明起事情的原由：

「我只是聽別人說最近有個成員都是十幾歲的樂團很有活力。」

「雖然我是沒有實際聽過你們演奏啦，但反正夠有活力就好。」

「演奏得爛也沒關係。光是『年輕人演奏的音樂』就能符合這種地區音樂會的舉辦目的啦。」

雪祈可以感覺到，自己的表情變得越來越黯淡。

對方或許是為了減輕壓力才講這種話，但自己實在無法一笑置之。

十多歲的樂手也是有自尊心的。

天沼接著對臉色難看的十多歲囂張鋼琴手問道：

「那麼，你們演奏的是什麼類型的爵士樂來著？現在爵士樂也細分成很多種類，而且也不能忽視當下在紐約的流行趨勢。哎呀，如果講不出個類型，就當作是很有十幾歲風格的音樂吧。」
雪祈差點就「啥？」地脫口回應。
天沼最近演奏的音樂就跟評論一樣過於專門而艱深難懂。再加上或許受到美國最新流行樂的影響，音色中越來越少聽到爵士的強而有力。自己正是因為這樣才對他興趣漸失的。
「在細分化的爵士樂中如果沒有努力去滿足世界上的需求，就是一種怠惰。」
「到頭來，終究只是講不出內涵的十幾歲爵士樂。這樣可紅不起來啊。」
「你們難道要給聽眾呈現那樣的音樂嗎？」
天沼揚著嘴角如此發表高論。
聽到這邊，雪祈終於放話：
「我們真要說起來，並不是為了音樂祭，而是為了增加我們的粉絲才出演的。」
這是自己老實的心境。既然受邀出演，自然會全力以赴，不過這次其實是讓樂團能更上一階的意義比較重大。
「真能如願就好囉。」天沼面不改色。帶著笑容的嘴巴角度也沒變。
所以，雪祈更坦率講出來了：
「我相信會有人聽了我們的音樂之後成為我們的粉絲。當然，也包括原本是來聽貴樂團演奏的客人。」
天沼的臉色稍微改變了。臉上的笑容變得有些好戰。

「……意思說你們能夠贏過我們？」

周圍的其他人都停下對話，瞥眼窺視過來。

或許在他們眼中看起來，自己是個有勇無謀地向知名人物唱反調的年輕小伙子吧。

但自己今天好歹是背負著樂團的招牌來到這裡的。

絕不能擅自巴結外人、奉承外人。

不，正重要的是，自己真的很火大。

縱然沒沒無聞，縱然資歷尚淺，自己也是認真在面對爵士樂的。

為了表現給天沼以及周圍所有人看，雪祈刻意擺出表情。

吊起眉毛，抬起下巴，放鬆臉頰的力氣。

和憤怒恰恰相反。

是從容不迫的表情。

「是的，當然。」

周圍傳來竊笑聲。不過聽起來似乎不是在取笑年輕小伙子拚命逞強的模樣。感覺像是見到有趣的事情即將發生的笑聲。

「憑你們那種冒失莽撞的演出？你以為自己還是年輕人就做什麼都會被原諒？」

這個蠢蛋——天沼用表情如此說著。

他會這麼想也是理所當然。畢竟透過電波與紙筆發表言論，展開形象策略，並勤於研究最新音樂而累積出來的粉絲，不可能輕易就被人搶走。

然而，現在講的是爵士樂。

後來成為傳奇人物的那些爵士樂手們，當初還沒沒無聞的時期肯定經歷過足以奪走聽眾目光的舞臺。

那傢伙沒理由辦不到這點。

「總之，到時候您只要看看我們的次中音手，就能全部明白了。」

強者自然贏。這是再清楚不過的道理。

雪祈用游刃有餘的表情如此補上一句。

簡直不像話——天沼雙手一擺。

已經不用再講下去了。

「那麼，當天還請多多關照。年輕人想睡了，就此失陪。」

雪祈丟下這句話，離開餐廳。

本來還想八面玲瓏地為樂團宣傳一下的，這下卻演變成一場宿怨對決。

不過，確實有受到注目。

只要獲勝，肯定能夠提升樂團的評價。

「騙人的吧……」

聽完話後，玉田變得表情僵硬。

「Act是職業樂團中的職業樂團吧！我們要在剩下的一個月內贏過對方？」

大反而用有氣無力的聲音說道：

「哎呀，這也沒辦法唄。既然雪祈會動怒，表示對方真的講了很過分的話。這就是俗話說的『你有來言我有去語』，學校也有教過啊。」

「我記得那句話應該是用在不好的地方吧。」

「咦？是這樣喔？嗯？」

玉田與大的反應呈現強烈對比。不過，有趣看待事件的大臉上，也隱約流露出好戰的態度。

必須好好利用這個機會。

「大、玉田，我馬上去寫新的曲子。我們兩首都用原創曲比個勝負吧。」

天沼要演奏的曲目肯定都是原創曲。那麼我方也應該這麼做才行。

「那麼當初為了選曲起爭執的事情這下也獲得解決啦。」

對於大來說，這是新的挑戰；對於雪祈自己來說，這是為了獲勝的策略。

「沒錯，正是如此。」

「你打算寫成怎樣的曲子？」

「我要強調出疾馳感做為賣點。讓大家見識一下年輕人的速度。」

一直閉嘴沒講話的玉田這時發出擔心的聲音：

「呃，你說的速度，大概多快……？」

「放心吧，不管再快我都會寫得很簡單。這次不會用不規則拍，而是很單純的拍子。畢竟現在也沒多少時間了，曲子寫出來之後就要一口氣練成才行。」

從這天開始，三人的團練時間延長到七個小時了。

除了練習和打工時間以外，雪祈總是把五線譜的筆記本帶在身邊。在東銀座的一座低頭可以俯視首都高速公路的橋上度過一段時間。將運動賽事的影片透過雙眼輸入大腦。將這些速度感化為音符。

新曲只花三天就完成了。

大開始練習慢跑。

在超大的會場吹出超大的聲音就需要超大的肺活量唄——如此表示的他，每天都跑了相當長的距離。

玉田把自己關在家裡練打新曲，不停地打，休息時間又練習自己的鼓手獨奏。這是為了磨練基礎技術——他這麼說著，把手上的ＯＫ繃重新貼好。

新曲完成之後，雪祈自己則是為了贏過 Act 拚命構築獨奏的即興旋律。

一個月間，三人各自把自己能想到的事情都做完了。

音樂祭當天，大對著初次見面的天沼說道：

「我們會把氣氛炒到最熱！」

「哦，是喔。」

「所以天沼先生你們也請多加油。」

加油——這是粉絲們經常為演奏者送上的話語，然而大在講這句話時的意涵完全不同。

等到看了我們的表演才著急就太晚囉。

我勸你們先做好心理準備——

看到大那樣的表情，天沼露出苦笑。

然後到了正式上臺時，大的演奏**超越了意涵**。

3

有如一場爆炸。

沒沒無聞的 JASS 剛上臺時，會場還一片騷動。聽眾裡有三分之二——兩百人左右是來聽 Act 演奏的。其中也有很多人想要趁三人樂團演奏的時間去上個廁所。專程為 JASS 而來的聽眾僅約二十人。呈現十比一的比率。

演奏一開始，大就忽然獨奏起來。雖然薩克斯風上裝有麥克風，讓聲音可以透過現場喇叭增幅，但其實根本不需要那種玩意。比起剛才上臺過的任何樂團都響亮的聲音當場揪住了所有聽眾的耳朵。既非旋律也非樂句，首先用音壓讓三百人的視線都緊盯過來。

隨後，猶如咆哮的即興演奏超越了一分鐘之長。

大的肺活量不但讓音量提升，也減少了換氣的次數，使這段獨奏更加強烈地響徹會場。

緊接著——毫不給予聽眾喘口氣的空檔——鋼琴與爵士鼓便加入演奏，進入主題。大的肺活量在這時也同樣發揮效果。從三重奏厚實的曲聲中，大的聲音又更加突出。

全力吹奏的他，無論額頭或臉頰都滲出大量汗水。

曲子進入鋼琴獨奏。為了不輸給大的聲音，雪祈把全身重量都壓進鋼琴中。目標是壓倒性的質與量。速度、音階、節拍、音符的數量——將各種要素都塞進去，眼花撩亂地不斷變化。彷彿把什麼「音樂類型」這種話都踢到一邊似地獨奏。可以感受到自己全身上下都在噴汗。

鋼琴的聲音讓汗珠都跟著震動。

宮本！澤邊！——少數的JASS粉絲大聲叫好。

其他大半都是為了Act而來的聽眾則是各個目瞪口呆。那表情就像是不知該如何消化眼前的景象。

當演奏回到主題時，聽眾的表情都變了。從一開始的衝擊，變化為驚嘆。

一群沒沒無聞的年輕人正以快得讓耳朵都跟不上的速度在演奏。

賣命完成的新曲帶著疾馳感竄遍會場。

雪祈和玉田對上視線。

玉田的眼睛反射出舞臺燈光，閃閃發亮。
我們演奏得太棒啦——他的眼神如此說著。
雪祈也抱著同樣的感想。
這下肯定能贏過Act。
就在這麼想的時候——
大的嘴巴忽然放開薩克斯風。
「換玉田獨奏了唄！」
……他在說什麼？玉田？獨奏？
讓玉田獨奏？
雪祈花了半秒鐘理解意思。
——在講什麼蠢話！
讓毫無經驗的玉田在這裡獨奏？
他連一次都沒試過啊！
太離譜了！
「靠玉田獲勝！這就叫爵士！」
為了贏過Act擬定的作戰計畫霎時噴出腦袋。
曲子正準備迎接最高潮。
同時，雪祈理解了大的真意。他想贏的對手不是Act，而是這個音樂祭。

可是玉田本人不可能在這種大舞臺上突然臨時獨奏。正當雪祈想使眼色如此告訴大的時候，不經意看到了對面玉田的身影。

那個玉田，竟然點頭了。畫面在眼中慢動作播放。

他想要讓自己突破初學者的框架。為了追上我和大，他點頭了。

那模樣簡直像個勇者。

只能相信他了。

雪祈降低鋼琴的音量。

交棒給爵士鼓……

託付給玉田。

他打起鼓來。

正確來講，他一開始只有用腳。踩下踏板，讓低音大鼓「碰、砰砰砰碰」地緩緩作響。那聲音大得驚人，是唯有靠強勁的腳力才有辦法發揮的技術。雪祈立刻回想起玉田以前是足球社的成員。舞臺燈光與所有聽眾的目光都聚集到鼓手身上。在舞臺邊看見了天沼的身影。低音大鼓這時變化節拍。足球開始有節奏地滾動，宛如足球場上的後衛一邊試探進攻的時機，一邊傳球。燈光照耀下，玉田白皙的手閃了一下。足球移動到場中間。右手的鼓棒瞬間捕捉到筒鼓兩次，左手的鼓棒又捕捉到另一個筒鼓三次。右邊敲擊落地鼓，左邊從小鼓移動到小筒鼓。玉田的手臂高速交錯，鼓棒在空中留下殘像，高低強弱的震動組合成巨大的勁勢。中鋒選手激烈地傳接球。以球為軸，互換位置，跨場傳球。接著在大鼓、在後衛加入進攻行列的瞬間，玉田的手高舉起來，捕捉到鈸。金屬發揮組成之妙，「鏘！」地發出聲響。聲音又被下一個金屬聲吞沒。球終於被傳到前線。前鋒眼花撩亂地疾馳移動，一邊短距離傳球一邊朝球門而去。這時中鋒與後衛也加入其中，全隊直衝對手球門。

這不是職業足球隊的比賽，而是高中球隊在分數落後的狀況下比賽進入尾聲，拚命想要追平分數的攻勢。

玉田緊咬牙根，彷彿都要把牙齒咬碎了。

雪祈明白自己正目擊驚人的一幕。

玉田的獨奏不算高超。

但實在太棒了。

拜託聽眾也感受到這點吧！

他們一定能感受到的。

玉田就像第一次換氣般抬起頭。眼淚都快掉出來了。

他主張著自己已經到達極限。

從聽眾區傳來掌聲。數量雖不多、但強而有力的掌聲。

這段獨奏打動了某些人的心。

大咧嘴一笑，豎起右手的手指。

是回到主題的倒數。

五、四、三、二、
一——

下臺之後，事態變化目不暇給。
天沼的樂團每個成員都額頭冒汗地拚命演奏。
對於他們如此異於以往的表現態度，粉絲們雖然剛開始感到困惑，但最後都開心歡呼起來。
一名西裝打扮的男子出現在JASS的休息室，遞出名片。
「敝人是21 Music的五十貝。」
原來是來自爵士樂部門日本最大發行品牌的男人。
「請問各位還有其他自創曲嗎？如果有錄音下來，請務必寄給我們一份。我想尋求看看有沒有出專輯的可能性。」
剛演奏完呈現放空狀態的三人，這下腦袋更是一片空白了。
「雪祈同學！」
來到大廳時，雪祈忽然被兩位女性叫住。
「哦哦，妳來啦。」
其中一位是曾經兩度一起用餐過的女性，也是之前在地下鐵車中回應訊息的對象。

「欸！你剛才真的超級帥氣的！」
「真高興妳這麼說。謝謝。」
「你現在有空嗎？」
雪祈轉頭看向背後，大和玉田兩人臉上都帶著緊咬下脣的不甘表情。
「是，還稍微有些時間。」
女性對著大與玉田稍微鞠躬示意後，為了不讓那兩人聽見對話而退下五步拉開距離。
雪祈隱約察覺對方想講什麼，但還是跟了上去。
「那個，就是呀，雖然我想你應該很忙，不過……」女性欲言又止，而另一位似乎是她朋友的女性推了一下她的背。
「我不會打擾你的，所以請你跟我──」
她是個好女性。個性溫柔又體貼。對音樂也懂很多，從古典樂到饒舌歌什麼都聽。具備一雙多彩的耳朵，品味也很佳。
然而，現在還是──
迷惘依舊纏在腳上不放。
「真的很抱歉。我──現在不是那樣的時期。」
「啊……」
「請妳以後務必再來聽我們演奏。」

在電車上找到空位坐下後，從玉田口中吐出了深到不能再深的嘆息。

「累死了對唄，玉田。」坐在正中間的大開心說道。

「稍微讓我一個人靜一下……」玉田閉起眼睛。

「雪祈，我們被唱片公司的人找上了。」

「是找上了沒錯，但並沒有談到契約的事情吧？對方只是來打個招呼而已。」

「是這樣嗎？我覺得已經很不得了啦。」

「到專輯正式發行之前還不能輕易相信。明明事情都談妥了企劃卻憑空消失的案例，據說在業界多得不勝枚舉啊。」

「才～不，我可不這麼認為。機會已經找上我們了。像玉田的獨奏也很順利啊。」

「你竟然那麼突然叫他獨奏，簡直危險得讓我都看不下去了。而且他不是打到途中就放棄投降了嗎？在技術真正練起來之前，玉田要暫時封印獨奏。」

玉田閉著眼睛，「嗯嗯」地點頭附和。

「話說，雪祈你啊。」

「怎樣啦？」

大盯著前方的空位，開口說道：

「你的獨奏，怎麼每次聽起來好像都很類似？」

這句話讓雪祈的雙腳一口氣變得沉重，身體彷彿變成鉛塊的感覺從腳部一路竄升到腰部。
耳朵聽見自己的心跳，太陽穴用力脈動起來。
簡直就像身陷橡膠深沼中，全身無法動彈。
「有嗎？」嘴巴還勉強能動。
「我知道你很有實力。但獨奏講究的應該不是技術而是即興演出唄。應該要根據當下的狀態隨興彈奏才對唄？可是你的獨奏卻不是即興演奏，都能猜出下一個音是什麼了。」
「但今天的聽眾肯定大半都是第一次聽到。」
「就算靠音樂祭吸引到粉絲，千篇一律的獨奏遲早會讓人聽膩的。」
我知道。這種事情，我很早就知道了。
這正是一直抓著我的腳不放的迷惘——
但我也有自己的一套理論。
「大，我彈奏的，是能夠贏的獨奏。」
「什麼叫能夠贏啦？」
「就是經過縝密計算的獨奏。這樣能夠確保一定的品質。」
「我就說——」
「不安定的要素是越少越好。像玉田今天的整體表現也是差強人意。你的即興演奏是不到當下就不知內容如何。這樣是很好，但如果連我都跟著變得不安定，整場表演就難以成立了。」這套理論就是一路來支撐著自己的拐杖。
大用鼻子「哼」了一聲。
他大概覺得這些只是詭辯吧。
玉田則是裝做在睡覺。
有如要緩和氣氛似的，在途中的車站湧進大量乘客。
當中有一位大概是小學高年級的女生。
嬌小的背影，背著一個小提琴的箱子。
雪祈小聲對大描述起關於小葵的事情。
那女孩總是會很開心地彈琴。
她由衷深愛著鋼琴。
後來卻因為舉家逃債而失去下落。
而自己母親當時鼓勵她說，要繼續彈琴。
「想要持之以恆地學習音樂是需要條件的……金錢、時間、環境與本人的幹勁，還要加上成功經驗。我們的目標是以職業樂團的身分繼續演奏，那麼就更要贏下去才行。」
「你是要贏過什麼啦？今天的音樂祭有贏了嗎？」
「我們的知名度想必有所提升。可以算是贏了。」
「是這樣講喔？」

這該怎麼說明才好？想要持續站在爵士樂的舞臺上，是多麼困難的一件事。假如能夠站在那樣的立場，是多麼幸運的一件事。

真想解釋給對方明白。

然而從大口中說出來的，卻是令人意外的發言：

「肯定有繼續唄。」

「啥？」

誰？繼續什麼？

「你說的那個女孩，一定有繼續彈琴。」

大很乾脆地這麼表示。毫無根據卻說得斬釘截鐵。

自己腳上的沉重感霎時消失。

全身被一股熱流包覆。

大的發言從來沒有如此令人火大過。

自己可是對這件事思考了十年以上。

思考自從那天之後的小葵。

思考她每當看見鋼琴時，內心會有什麼感觸。

所以自己才會如此拚命地彈琴。

因為自己還站在能夠彈琴的立場，自己還能彈奏小葵如此喜愛的鋼琴。

像大這種腦袋單純的傢伙，怎麼可能理解這些事情？

這天，雪祈沒有再和大講任何話。
要下車時，那位小提琴女孩還站在車門邊。
雪祈不禁回首，對那身影祝福。
但願她能持續演奏到自己滿足為止。

4

上次來大學露臉已經是四個月前的事情了。
抬頭仰望校舍，甚至都有種「外觀是長這樣嗎？」的久違感覺。
走在校園裡的學生們表情都很開朗。
「啊，這不是澤邊嗎？」
「好久不見了，學長。」是爵士樂社的學長。
「你在葛飾音樂祭上臺過對吧？我看到有人上傳影片啦。」
「請問如何呢？」
「真是服了你們。那個鼓手未免成長太多了吧。雖然說，最吸引目光的還是那個次中音就是了。」
對方沒提到對於雪祈本身的感想。
「學長，下次請再來聽聽我們的現場演奏吧。」

「如果剛好有空我就去。畢竟接下來為了就職準備應該會變得很忙。」

如此表示後轉身離去的學長，以前頭髮確實應該比現在更長才對。他以前總是會穿尺寸稍大的鬆垮破舊牛仔褲，把印有爵士樂手的T恤披在肩上。但現在卻是羊毛褲配素色毛衣，頭髮也修得短而整齊。

都是為了出社會前的正統準備工作。

雪祈不經意對自己兩週前寄出的郵件內容感到在意起來。

當時為了不要過於失禮，自己還上網查了一堆書信禮節，寫了又消，消了又寫，反覆好幾十次總算寫完一封信。然後靠左手推著恐懼畏怯的右手，好不容易才按下寄出按鈕。

收件者是So Blue的平。

冗長的文章內容，主旨就是：

【敝人是長年來對So Blue抱有憧憬的樂手。請務必來聽聽看我們的演奏。】

之後的兩個禮拜，雪祈每半個小時就會確認一次手機，但遲遲都沒有收到回應。

是因為對方忙碌到沒時間回信嗎？或者搞不好根本沒有興趣。

也許唐突寄信給人家果然太沒禮貌了。是不是應該先請川喜田幫忙轉告說自己會親自聯絡才對？雖然很想寄第二封信確認看看，但又覺得好像太快了。直接登門拜訪也是一個方法，但應該會吃閉門羹，肯定只會造成反效果。

所以現在自己才會這樣忐忑難耐，簡直就像個戀愛中的少女。
大則是為了那個拉麵店的女性焦慮不安，聽說還會一直問玉田一些像是「女性剪頭髮有代表什麼意義嗎？」「女性忽然請假休息是怎麼回事？」之類的問題。最近一次的後悔是把拉麵湯喝光的事情，總覺得他以後都會認為自己永遠必須把湯喝完才行了。
至於總是很講道義地把這些八卦一一向雪祈報告的玉田，進步的速度相當快。不知不覺間，他已經達到不輸給這間大學內任何一個鼓手的水準了。
雪祈坐到空的長凳上，眺望那些自己應該稱呼為同學的男男女女。
有個男生正在東張西望。有四人一組的女生們拿著咖啡杯走在路上。有一對情侶勾著手臂。也有個西裝打扮的學生看著手機快步趕路。
那些人肯定都無法理解我心中在想的事情吧。

「突然找我幹麼啦？嚇我一跳。」
現身於碰面地點的玉田，手上還能看到幾條ＯＫ繃。
身上服裝也跟白天團練時一樣。可見他回到家後應該也一直在練習吧。
「哎呀，玉田，別這樣說。我只是想去你講的那間店看看。」
「可是啊，雪祈跟拉麵感覺真兜不上。」
「你以為我平常吃些什麼？」

「義大利麵啦，義大利燉飯啦，還有女生親手做的鬆餅之類的。」
實際上都是連鎖店的蕎麥麵、烏龍麵跟牛丼。
「也罷，我就當是這麼回事吧。」
於是雪祈與玉田走在夜路上。
這或許是兩人第一次單獨相處。
可以講的話題意外地少，陷入一片沉默。
首先開口的，是玉田。
「我說，雪祈，你覺得我如何了？」
「什麼如何？」
「就是以一個爵士鼓手來說啊。畢竟都快一年了。」
據說自從開始練鼓之後，玉田完全沒有到大學去。似乎確定要留級的樣子。
「算是稍微像樣一點了吧。」然而，不能光是這樣的理由就無條件地誇獎他。
「嗯，我也知道自己程度還不夠。但問題就在真的打到有水準之後的事情。」
因為樂團還沒達成任何重大目標。
「之後的事情——是指？」
「你和大都會成為很厲害的職業樂手對吧？你們應該要成功，也肯定能成功。」
但是我，並不覺得自己能靠這行謀生。」
「那麼，你要去外面就業？」

「我想應該是吧。」
仔細想想，當初玉田只是被爵士樂演奏所吸引而開始練鼓，持續到今天而已。他腦中純粹只有想著要跟大和雪祈一起演奏。
「玉田，難道說……」
「什麼？」
「你是在擔心自己脫團之後的我們嗎？」
「呃、不，也不是那樣啦！只是你們兩個真的都很固執啊。」
不知不覺間，自己變成被人擔心的立場了。
「放心吧。爵士樂的樂團跟搖滾樂或流行樂不一樣，不會組團組一輩子。通常都是短期組在一起，然後又跟其他人重新組團這樣。」
「咦！是這樣喔？可是為什麼？」
「和不同的人一起演奏，催生化學反應。得出結果之後又往下一站去——藉由這樣的過程讓音色持續進化。所以說爵士樂會像現在這樣細分化，可以說是一種宿命啊。」
「……怎麼聽起來怪寂寞的。」
「到頭來，爵士樂的重心不是樂團，而是個人。有些樂手會同時參加好幾個樂團，而且每個人都夢想著有朝一日組成一個冠上自己名字的樂團活躍表現。樂團裡的成員要替換也是沒問題的。」

「你和大也是這樣嗎？」
「我想遲早會變成這樣吧。」
玉田停下腳步。
在一條幹道路邊，拉麵店的白色招牌燦爛地發著光。
掀開布簾走進店內，便傳來好幾聲精力充沛的「歡迎光臨！」聲音。
其中有一個是女性的聲音。
「就是她？」
「就是她。」
儘管已是深夜，店內的座位卻坐滿了一半，寬敞的吧檯內側可以看到四名店員。唯一的女性店員將一頭短髮纏在後面，認真地擺放配料。由於蒸氣濛濛，看不清楚她的長相。
在餐券販賣機按下拉麵按鈕後，雪祈多請了玉田一顆溏心蛋。
「哦！可以嗎？多謝款待。」
「畢竟是我突然找你出來的嘛。」
坐上吧檯座位後，雪祈本想好好觀察那位女性店員的臉，但真正吸引了目光的卻不是對方的長相，而是工作表現。
她的動作相當俐落。洗碗盤、洗杯子、眼睛隨時注意吧檯內外的狀況，麵條煮好之前就先準備要放的配料，在恰恰好的時機注湯入碗，一氣呵成地放麵擺料，用布擦拭溢出碗邊的湯汁。
如此端上桌的拉麵，還沒吃就感覺很美味。
外觀上一點都沒有看起來隨便的地方。
空出手時，她又會舀湯到小碟子中確認味道。極盡淡薄的臉妝，細薄的雙唇
略微豐滿的臉頰上方，烏黑的雙眼因為品嘗著味道而左右溜動。
不談美醜，那張認真的側臉彷彿象徵了她這個人。
為了不讓周圍的人聽見，雪祈小聲對玉田發表感想：
「總覺得，有點失望。」
「怎麼？這麵不合你胃口？」
「拉麵很好吃。我失望的是，那女的竟然不是活潑愛玩的可愛類型。」
確認完味道後，女性又主動找到下個工作細心處理。勤奮得令人移不開視線。
「她，很努力對吧？」
對於玉田這句話，雪祈點點頭。
想必大也是被這點吸引的。
在吧檯內側，女性周圍都是壯碩的男性。回想起來，自己好像從沒看過在拉麵
店甩麵瀝水的女性。或許這業界就跟壽司店一樣是男性社會吧。
「玉田，你叫個大蒜。」
「你自己叫不就好了？」

「我早上有需要面對顧客的打工啦。聽好，一定要跟那女的拜託。」
「你想要近距離看看對方的長相是吧？」
「我有事情想問她。」
「你難道要問對方有沒有男朋友？」
「別囉嗦了，快點。」
玉田看準時機，把女性叫來。
「好的，在這裡！」伴隨精神抖擻的聲音，女性把裝大蒜的瓶子放到桌上。
雪祈看到對方胸前的名牌上寫有「南川」的字樣，並立刻搭話：
「南川小姐，我有點事情想問一下。」
玉田立刻露出「你可別亂問喔！」的眼神看過來。
「請問南川小姐是不是立志成為一名職業拉麵師傅？」
對方頓時停下動作，稍微縮起脖子，眼角瞄向廚房。她在注意那些男性師傅們。
「關於這個，有點……」
「不好意思，是我失禮了。您不用回答沒關係。」
她輕輕點頭後，轉身去收下一位客人的餐券。
想要成為一名職業拉麵師傅——
她無法公然表示自己的目標，但依然默默努力著。

「為什麼你要問那種問題啦？」
「看到她那樣勤奮的工作表現，當然會想問吧？」
「我不能理解。」
讓自己打得更好——心中只抱有這個目標的玉田，將麵湯一飲而盡。
朝著南川小姐說了一聲「多謝款待，麵非常好吃」後，兩人便走出拉麵店。
在回程路上，雪祈告訴玉田：
「我的目標，是 So Blue。」
「So Blue……哦哦，之前提過的爵士俱樂部啊。好像在青山是吧？」
玉田臉上露出「這也不意外」的表情。
「是啊，我要在二十歲之前站上那個舞臺。順道一提，我是認真的。」
玉田頓時臉色一變。
「二十歲以前……那不就只剩一年了嗎！」
「沒錯，期限將至。沒時間跟其他人重新組團了。換言之，要以現在這個三人樂團的身分踏上舞臺。」
「……為什麼一定要在二十歲前啦？再晚一些也行吧……」
雪祈說明起如果達成這點在業界會是多麼有衝擊性的創舉，以及對世間能造成多大的效果。
「而且，該怎麼說……那是我從中學一年級以來就懷抱的憧憬。」

玉田陷入沉默。想必在他腦中，自己必須做的事情正排山倒海地湧現出來吧。

那也是令人感到放心的沉默。

「順便幫我轉告給大知道吧。雖然我想他應該只會講一句『聽起來不錯欸！』就沒事了。」

搭末班電車回到家後，雪祈寄了第二封信給平。

信中提到樂團最近一次現場演奏的招客成績，在音樂祭演奏時聽眾的反應，以及向唱片公司的人收了名片的事情。另外花了很長的篇幅述說自己的真心。

自己對於 So Blue 的憧憬一天比一天強烈的事情。

自己時時刻刻都在思考如何演奏才配得上 So Blue 的格調。

自己嘗試在寫與 So Blue 匹配的曲子。

另外兩位成員也拚命在練習。

接下來兩個月將有四場演奏。

就算只有一句話也好，期待對方回信的事情。

現在可不是害羞畏縮的時候。畢竟自己是站在能夠公然把目標講出口的立場。

按下寄出按鍵後，手機立刻響起收到訊息的通知聲。

是大寄來的。

【我聽說囉。So Blue 是唄，很棒啊！】

我就知道你會這樣講——如此回信後，雪薪躺到床上。
撐起頭，望向自己腳尖。
並沒有變得像鉛塊一樣重。
但依然有什麼東西纏著不放。
儘管如此，自己至少能把心中的目標告訴玉田了。
不管怎麼說，總之要盡己所能。
剛才吃過的拉麵，還墊在胃裡面。

寄出第五封信的三天後深夜，雪祈在自己房間收到了回信。
信件標題寫著：【敝人是 So Blue 的平】。
雪祈怎麼也無法在自己房間裡點開信件。
於是穿上鞋子，走向車站。
屋外下著雨。雖然沒有帶傘，但不在意。
自己無論如何都想找個比較有人的地方打開信。
到了車站，還能看到不少的人。
有些人表情微醉，打算前往下一家店續攤。也有人正在等計程車。
雪祈試著壓抑自己急促的呼吸，但遲遲無法平靜下來。
在世田谷線的車站前廣場上，找了個樹叢邊坐下。

雨水冷卻著發燙的腦袋與身體。
不知過了幾分鐘，呼吸總算緩和下來。於是雪祈深呼吸幾口。
為了擦掉水氣，在自己衣服上找了塊乾的部分擦拭手機畫面與自己的指頭。
回信的內容究竟是好是壞，現在還毫無頭緒。
在雨聲之中，可以聽到周圍人對話的聲音。
雨滴又讓手機溼了起來。
雪祈把周圍不知是誰的陌生氣息當成心理依靠，點開信件。
【澤邊先生，承蒙關照。貴團二十一日的演奏，我會到場聆聽。】
信中只寫了這麼一句話。
雪祈反覆讀了一遍又一遍。
擷取螢幕畫面。
關閉螢幕，又再度打開。
雪祈本來以為，無論內容是好是壞，自己肯定會大叫出來。
但真正發出來的聲音卻比雨聲還要小。
「……好！」
不過，拳頭倒是緊握得讓手心都痛了起來。

5

「欸，雪祈，你今天來得還真早。怎麼啦？」

上臺演奏三小時前，出現在爵士俱樂部會場的大如此說道。

「只是電車轉乘比較順利，所以提早到了而已啦。」

「可是你都流汗了。該不會已經練彈了很久？」

「話說玉田呢？」

「他有聯絡說再五分鐘會到。你沒看到嗎？」

沒看到。平常上臺之前都會放在褲子口袋的手機，今天卻放在包包中。真是糊塗了。

「你好像有點奇怪啊。」

「才不，我一如往常。」

當然會變得奇怪了。

因為今天是二十一日。

首先，樂團是第一次在這間俱樂部演奏，讓雪祈原本很擔心鋼琴調音與音響設備的狀態。

這裡擺放的是稍微大型的平臺式鋼琴，音色還算可以。對店內的聲音傳播也不算壞。

下一個擔心的是招客人數。這家店如果把站票也算進來可以容納七十人。樂團上次演奏的聽眾人數為五十五。而且也有在網路上積極宣傳，應該還會再增加一些。不至於空蕩冷落才對。

關於 So Blue 的人會來聽演奏的事情，雪祈沒有告訴大和玉田。畢竟要是害玉田莫名緊張也不好。雖然也可以只告訴大，期待他吹奏出更加驚人的獨奏。但是大一定沒辦法對玉田隱瞞事情。

所以到頭來，這件事只能由雪祈自己保密了。

收到回信的隔天，雪祈重新調查了一下關於平(Taira)的事情，發現他是個相當的大人物。美國的爵士樂手們會暱稱他為 Tailer，在那些人的社群平臺帳號也上傳有好幾張與他合照的照片。照片中的樂手們都笑容可掬，卻唯獨平總是板著一張臉。日本演奏家們則是稱呼他為平先生，就連在日本家喻戶曉的出名女性藍調歌手也有貼文說很高興與平先生見面。在大型爵士樂活動中，他也會以主辦方成員的身分一展長才。主管 So Blue 的一切舞臺公演企劃，卻從不會刻意討好什麼人。這就是平這號人物。

而在今天，那樣的人物要來了。

集合時間三分鐘前，玉田現身，於是開始彩排。

自己要一如往常地彩排——雪祈如此提醒自己。

不過還是要比平常更注意玉田和大的表現。
他們今天狀況如何？
演奏幹勁如何？
總沒有吃壞肚子吧？
隨著時間一分一秒經過，獨自保密的事情讓雪祈難受起來。
或許乾脆講出來會比較好，但自己還是強忍下來，窺探人數逐漸增多的聽眾席。
上臺十五分鐘前……
在聽眾席可以看到許多熟悉的客人。其中二十多歲的占六成，三十與四十多歲的占三成，更年長的世代約一成。
雪祈看見一位戴氈帽的客人。就是樂團初次演奏時坐在吧檯的那個人。自從那次演出之後，好幾次樂團演奏時他都有現身。總是坐在靠近爵士鼓的一側，臉上帶著溫和的表情聆聽演奏。靠近鋼琴那一邊的座位則是坐著一位戴眼鏡的白髮男子。如此廣泛的聽眾年齡層應該會是讓樂團評價加分的要素，證明這個樂團的音樂不是只受年輕人喜歡。
上臺五分鐘前，聽眾席坐滿了九成。
「怎麼啦，雪祈？幹麼一直看聽眾席？」
「女人啦。他肯定是約了超漂亮的美女來。」

「白痴，才不是那……」
就在這時，平現身了。
身上穿著黑夾克與黑褲子。
臉型輪廓方方角角，毫無笑容的嘴邊長滿鬍子。
一對粗眉下方銳利的雙眼宛如掃視全場般緩緩轉動。
當那視線看過來的瞬間，雪祈的心臟用力一跳。
上臺兩分鐘前。
雪祈轉回頭看向已經脫離初學者等級的鼓手，以及擁有稀世才華的次中音薩克斯風手。
自己要和這兩人一起上臺拚勝負了。
「玉田，大……」
「嗯，我今天會大幅減少失誤次數給你看！」
玉田拿鼓棒「喀！」地互敲一下。
「拿出幹勁上場唄！」
大把薩克斯風固定到頸帶上。
雪祈把自己全部的心情都託付到這些話上。
「拜託你們了。」

玉田一如他自己所言，失誤次數減少了相當多。

老實來講，應該是雪祈自己沒什麼餘力去數他的失誤次數，不過他確實打得幾乎沒犯什麼錯。雖不到營造出旋味的程度，但也負起責任把全曲的節奏都打滿了。儘管沒有獨奏時間，不過在大和雪祈獨奏結束的時候，他也會加上一點展現個性的擊鼓表演，而非單純接續打拍子。戴氈帽的客人揮揮帽子表示稱讚，而玉田也有餘力露出害臊的表情。第二次表演時到場的爵士樂社那些人，似乎也為玉田的成長感到開心，紛紛送上熱烈的喝采。

整體來說，玉田的打鼓表現很出色。

至於大，這次也依舊讓人驚豔萬分。

他全力吹出的聲音傳遍會場每個角落。場內的玻璃杯彷彿在顫動，牆上的壁紙彷彿在震盪。客人們的眼睛與耳朵則是恰恰相反地，把激烈演奏的景象與聲音全都吸收進去。雪祈腦中不禁浮現出一隻黑貓的身影。一隻直往前方走去的黑貓。大吹奏出豐潤的音色，讓草木猛然發芽的春季開始。黑貓周圍的季節不停變化，但牠不會躲避夏日的豔陽，不會因秋日的落葉而感傷，只顧不斷往前。儘管寒風刺骨也依然跳到圍牆上，即使被狗吠叫也毫不畏怯。接著穿過結冰的湖面。在一片銀白世界中，只有黑貓與牠身後一步步增加的腳印讓人感受到生物的氣息。然而天空卻無比晴朗，直往高潮攀升。黑貓站到宛如世界頂峰的場所，這才第一次用力伸展身體。大全身後仰，高高舉起薩克斯風，靠著驚人的肺活量把氣吹入樂器中。黑貓叫了。

大叫著：我在這裡。我活在這世上。在聽眾席可以看見有女性摀著嘴巴啜泣，有男性感動至極地叫喚大的名字。平則是把雙手交握在臉前，前傾上半身注視著大。他的身影接著便消失在起身的客人後方。

演奏結束時，爵士俱樂部內宛如一片感情的漩渦。笑容與淚水混雜的表情占滿視野，男性低沉的聲音與女性高亢的歡呼聲充滿耳內。

奏完安可曲後，三人並排鞠躬。

掌聲絡繹不絕。

毫無疑問，這是至今最棒的一次演出。

雪祈抬起頭望向會場後方的桌子，平的身影已不在那裡了。

「太厲害了唄！今天感覺太厲害了唄！」

「大的獨奏超讚的。都被你打敗啦！」

「就是說唄！玉田也不錯啊！」

「是嗎？我有打好嗎？」

雪祈只從滿身大汗的玉田背後拍了一下他的肩膀，便走進休息室深處。如果是平常，像這種時候應該還會多少稱讚他幾句的。

但自己現在滿腦子只在意平的反應。

對方聽完這場演奏後，究竟會說些什麼……

打開手機一看，發現有收到訊息。
【我在附近的酒吧。】
「大、玉田，抱歉，我要先走一步了。」
「怎麼啦？不去家庭餐廳辦慶功宴嗎？」
「果然是女人對吧！可惡～太令人羨慕了唄。」
「抱歉，明天 TAKE TWO 見。」

走出休息室，店內還能看到一些沉浸在演奏會的餘韻中喝著酒的客人。為了不要被拖延時間，雪祈快步走向店門。

推開門一看，還有許多客人逗留在店前。就在雪祈穿過人群的時候，忽然被叫住。

是要求簽名的聲音。對方是一名戴銀框眼鏡的白髮男子，手上拿著簽名板與麥克筆站在那裡。

如果是平常，雪祈應該會欣然答應。但今天狀況不同。

我有急事——留下這句話後，雪祈便趕往酒吧。

眼角餘光一瞬間看到，白髮男子的臉上露出了寂寞的表情。

平的一頭烏黑頭髮隱約浮現在酒吧幽暗的燈光中。

他坐在吧檯深處的座位，似乎正在書寫什麼文件。對於雪祈推開店門時「噹啷」的鈴聲沒有任何反應。手邊雖然放有一杯威士忌，不過依然抖擻地挺直著背脊，給人毫無破綻的印象。

雪祈內心差點感到畏縮，但還是踏出步伐。無論前方是灼炎或凍土，自己總要往前邁進。再說，既然都來到這裡，彼此間應該就是站在舞臺負責人與演奏者的立場。

為了不讓嗓音變調，雪祈在口中輕咳一下。

自己的樂團還沒有留下什麼成績……但正因為如此，最起碼在發言中要展現出自信才行。

逐漸可以看清楚平的側臉了。他全身散發出一種絕不接受任何拙劣客套說詞的氛圍。

「我是澤邊。」

「幸會，我是平。」

對方抬起頭，用平坦低沉的聲音回應。

在這時，唐突的尖銳嗓音從一旁傳來。

「歡迎光臨。請問要喝點什麼？」

「都可以。交給你決定。」

平伸手指了一下他旁邊的位子。

於是雪祈坐上椅子，身體卻宛如飄浮在空中。

感覺隨時都會往前或往後倒下。

此時此刻，那個 So Blue 的關鍵人物就坐在自己旁邊。

光是這個事實就讓人快要暈過去了。

因此雪祈裝作若無其事地把雙手放到吧檯桌上，支撐自己的身體。內心則是被剛才大吹過的獨奏支撐著。

不要害怕，看向前方，保持自信——

「請問我們的演奏如何？」

平的視線往下放低。動了一下右手，讓他夾克的袖口微微搖晃。粗壯的手指往前伸，從小指依序觸碰酒杯表面。杯子輕輕地失去重力，沿著平緩的弧線往上升。

這一切看起來都宛如慢動作播放。

接下來，對方就要說出評價了……

平的嘴脣啜飲一口琥珀色的液體後，緊閉一下，又張開。

「首先，是鼓手。」

這句開頭讓雪祈感到意外。

「他是一位初學者吧。」

自己不可能騙得過平的目光，於是點頭回應。

樂團中最令人擔心的要素就是玉田了。因此雪祈也有準備好萬一對方認為他實力不足時應該做的對應。不是像初次演奏時反駁店長那樣感情用事，而是要說明玉田至今的努力以及壓倒性的練習量。更重要的，是他的成長速度。只要再過半年左右，他一定可以表現出比現在更高好幾個等級的演奏——就在雪祈準備這麼說時，平那張黑鬍子圍繞的嘴巴又繼續說道：

「沒有安排獨奏，只有打完最起碼的節奏。雖然無可否認他技術不足，但更重要的是他盡了自己的全力拚命打鼓。換言之，是能夠討人喜歡的一場演奏。」

平這段簡短的評價中，感覺把雪祈自己原本想說的東西幾乎都講出來了。

真不愧是平。

他並非只看技術就判斷一個樂手。

真不愧是玉田。

你的努力，有確實讓這個人感受到了——

「薩克斯風。」

平把手放到下巴，望向半空。是在回想大的演奏。

他究竟會如何評價那段演奏——

「我認為他很有趣。他使盡全力地想要往前邁進，音色也很獨特，具備勇於挑戰的厚實感。尤其他的即興演奏很有獨創性，給客人非常強烈的印象。老實說，我很期待他將來的發展。」

儘管語氣平淡而缺乏起伏，但聽在耳中簡直是無上的稱讚話語。

雖然關於大的部分原本也有準備好許多想強調的魅力，不過這些恐怕對方都很清楚。要是我擅自補充，反而只會畫蛇添足……

「至於你，完全不行。」

對方究竟說了什麼，雪祈一時無法理解。

視線忍不住看向平。那對彷彿深不見底的黑眼睛，正盯著自己。

深黑色的鬍子動起來，繼續說道：

「一連串賣弄耍帥的表面伎倆。令人厭煩的琴聲。一點也不有趣的演奏。你的鋼琴簡直無聊透頂。So Blue 自認是日本第一的俱樂部，但你是不是瞧不起我們？」

內心的表面出現龜裂。

話語的意義從裂縫滲入心中。

我並沒有瞧不起你們——正當雪祈想如此開口的時候……

「那麼，你為何沒有演奏真正的獨奏？」

嘴巴接不下去了。

名為「自信」的面具被剝開，感覺自己的臉逐漸崩落。

耳邊聽見酒保用碎冰錐削鑿冰塊的聲響。

平始終面不改色地繼續說著。

「你沒膽子嗎？」「是個懦夫嗎？」「看不起音樂嗎？」「自以為是地認為自己只要保持現在這樣就行了嗎？」

「傾注全力表現出自我——這才叫獨奏吧？」

臉上與內心的表面都徹底遭到剝除，自己的核心被一把抓住。
酒保手上的冰塊逐漸被鑿成球形。
「獨奏就是應該將五臟六腑都挖出來，徹底展現自我吧？你辦不到這點？」
雪祈一句也無法反駁。
接下來的話語，是過了好一段時間後才回想起來的。
「歸根究柢，你莫說是瞧不起音樂了，根本是瞧不起人。」「點酒時傲慢無禮，與人初次見面連一句幸會也不說。」「只會貪婪利用川喜田先生的人脈尋求我們邀約。散發出的氛圍感受不到絲毫謙遜。」
這次的事情就當沒談過了——平如此總結後，起身離去。

自己究竟走了幾步，無所謂。
這些都沒有意義了。
但腦中只能想到要往前走。
首先，走向剛才演奏過的爵士俱樂部。
招牌已熄燈，店門前空無一人。
那位白髮男子也不在。
所以，決定再往前走了。
人行道上沒有行人。

馬路上盡是計程車與貨車。

一輛接著一輛追過自己。

車燈照出人影。延伸，疊出好幾重的輪廓，扭曲，消失於下一個黑暗。恆久反覆。

延長的影子，是趾高氣揚的自己。仗恃自己從小學琴，仗恃自己偶然之下比別人更早接觸爵士樂，仗恃自己比同年代的人稍微有點優勢，就得意忘形的影子。好幾重的輪廓，是不斷搖擺的自己。明明剛開始只是純粹喜歡爵士樂，卻不知不覺間開始算計，思考一堆膚淺的計畫；幸運認識了大這個男人，卻想要利用對方的實力；起初還那麼拒絕玉田，卻又不自覺間擅自產生感情投射而袒護起來；有那麼多人願意成為自己的粉絲，卻冷淡拒絕簽名。

扭曲的，是一直以來對纏在腳上的那份迷惘不願正視的自己；是就算被大點出問題也只會找藉口逃避的自己；是遭到平揪出毛病後，什麼也無法反駁的自己。

自己的獨奏……

彈不出來的即興演奏。

那當然會扭曲了——

又照出一道影子。

既然裹足不前也一樣會照出影子，就往前走吧。

沿著國道行進，踏遍無限的黑影。

就在腦中已經沒有事情可以思考的時候，混雜在車輪聲中回想起大的即興演奏。

那隻黑貓總是心無旁鶩地不斷往前走。雖然孤獨，但感覺不寂寞。一心只朝著自己的目的地邁步行進，沒有任何算計、傲慢或搖擺。所以才會聽得那樣感動，因為那音色之中看見的正是自己嚮往的姿態。

當時，聽眾的腦中是浮現什麼樣的景象？肯定各不相同吧。也或許根本不是影像。有人因為滾滾而來的音潮而感動，有人看到大超越極限吹奏的模樣而獲得勇氣，想必也有人被演奏者毫不畏懼失敗的精神震撼了內心。

總歸一句話，大是為了向聽眾的心靈傾訴而演奏。

而且他每次現場演奏的時候都會吹出完全不同的獨奏。縱然表現上多少有些起起伏伏，但至少到現在二十次以上的表演中從沒聽過類似的獨奏。

相較之下，自己對獨奏的探究手法總是千篇一律。

上臺日之前在自己房間花一個禮拜的時間創作。為了不要跟上次的演奏雷同，替換其中的組合模式；盡可能插入一些新的樂句，並始終留心於疾馳的節奏。為了靠技術把聽眾的腦袋塞滿。

為了不讓人察覺那是預先準備好的獨奏。

本來獨奏應該是即興表演，也就是完全即時演出，必須在現場演奏的同步創作。沒有什麼思考的時間，而是感受演奏會的流向與會場中的氣氛並立即轉換為旋律。雖然聽起來好似茫無頭緒，但其實有路標可循。那就是音階（scale）。在演奏當下能夠使用的音有限，而要從中挑選並互相組合。在這樣的過程中力求最佳的旋律。若要打個比方，或許類似火鍋。只要是海產食材，無論用怎樣的順序放入鍋中，都會煮出像個海鮮鍋的東西；假如是丟菇類，就會煮出鮮菇鍋。至於放入食材的順序與時機，就會展現出演奏者的個性。大的獨奏則是靠著突破音階的框架，把有毒的食材接連丟入鍋中。所以會那樣刺激舌頭，煮出令人難以忘記的味道。

自己可沒有把毒丟入鍋中的勇氣。說到底，自己要是沒有按照食譜調理，就會怕得不敢端出來給客人品嘗。所以才會在家中先把食譜想好，再裝出一副現場調理的樣子。自己一直以來都是反覆這樣的手法。

平先生說我沒膽子。

說我是懦夫。

一點都沒錯。

他說獨奏就是應該挖出五臟六腑徹底展現自我。

我也知道。

但我辦不到。

我害怕把曲子彈壞。

是因為學古典樂時，那些音符的排列深深烙印在自己的眼中嗎？

因為那些來學琴的學生們拚命想按照樂譜彈奏的模樣留在腦中揮散不去嗎？

因為閉上眼睛總是會浮現小葵那寂寞的笑容嗎？
不管怎麼說，總之自己不能失敗。
自己的心意也好，熱情也好，都沒辦法吐露出來。
剛才在臺上看見的那隻黑貓，無論發生什麼事都不會回頭。不會害怕失敗。即便把自我徹底展現出來，絕不妥協的信念肯定依然掛在臉上。
直往前去——
所以，自己最起碼也要繼續往前走。
回過神時，自己來到了青山。
沿著骨董通行進。
在道路的白線上，浮現出大的臉。
相信別人也相信自己的大。
在號誌燈上，浮現出玉田的臉。
克服並跨越恐懼的玉田。
So Blue 的店門上，浮現出平的臉。
對於像自己這樣的人，這樣滿嘴要求的小伙子，這樣不諳世事又無禮的膽小鬼，能夠當著面點出真相的平。
在門板上，是 So Blue 的標誌。
屋子頂多只有兩層樓高。不瞭解爵士樂的人如果從前面經過，肯定不會發現這裡是一間爵士俱樂部。
然而，它看起來是如此巨大。
會為了我講到那種地步。
會為了這種人生氣指責。
我應該心存感激。
因為對方說的全都是真的。
自己與店門只隔了兩步的距離。
但是無法伸手觸碰。
因為自己已經被揍飛到千里之遙了。
耳中只留下大的即興演奏。
只留下那強烈的餘音——

6

便利商店的購物籃都被塞滿了。
水、飯糰、杯麵、果凍飲料、香蕉——全都是以熱量為優先考量挑選。
結完帳後，前往TAKE TWO。
對於大和玉田，雪祈已經告知團練要暫停一段時間。被問了理由也沒回應。畢竟要是繼續對話下去，會不小心把一切都告訴他們。

讓他們知道之前，自己想要先嘗試看看。

來到 TAKE TWO，招牌已經熄燈。

「晚安，明子小姐。」

「唉呦，這時間來呀？打烊了喔……」

「沒關係。」

明子小姐目不轉睛地朝雪祈的臉看過來。

「要彈鋼琴是吧？」

「是的。另外，請問明天是公休是對吧？我可以一直在這裡彈琴嗎？」

她看了便利商店的袋子一眼後，「請便」地指向鋼琴。

於是雪祈脫下外套，把購物袋放到桌上。

明子小姐快快收拾整裝後，推著店門說道：

「離開的時候，記得關燈鎖門喔。」

「我知道了。」

如此回應後，坐到鋼琴椅上。這恐怕將會是人生中坐最久的一次。

雪祈打算在這裡彈上整整兩天的琴。

捨棄算計。

捨棄思考。

捨棄恐懼。

捨棄一切，在某種情感的擅自驅使下演奏。

就像大一樣。

那就是現在的目標。

首先來複習所有音階。從低音到高音，從高音到低音。這些都牢記在腦中，不可能會彈錯。但依然埋頭反覆彈奏。沿著五線譜上的音符階梯往上爬，往下降，往下降，往上爬。

從小窗戶透進乳白色的晨光時，轉移到別的演奏方法。彈奏和弦時，把音階套用進去。和弦名稱浮現腦海後，將合適的音階名稱扣上去。指尖沒有任何失誤，流暢彈奏著。

窗外隱約可以看到大樓外牆反射的陽光。當那顏色逐漸轉變為橙紅色時，自己才赫然察覺。什麼都沒有改變。

五線譜、音符、名稱，這些東西都牢牢地印在自己的頭蓋骨內側。

當窗戶的玻璃透進外面其他店家的燈光時，雪祈開始不顧一切地彈奏。既然是即興演奏，彈得亂七八糟也無所謂。總之要不斷地敲打鋼琴鍵盤——

從指尖傳出旋律。

一段接著一段，流暢不停。

店外的燈光熄滅而變得幽暗時，雪祈絕望了。

因為這些旋律，全都是以前彈奏過的樂句。指尖自然而然彈奏出來的，都是自己以前獨奏用過的東西，傳奇樂手知名演奏的音符流向，以及大吹奏過的音調。

接下來，雪祈沒有餘力再看窗戶了。

用指頭掀開自己靠理論武裝起來的厚實皮膚，把音符塞滿骨髓的肋骨挪開，將吸收了不完全的經驗而硬化的內臟翻倒，尋找在深處究竟有什麼。

只有手指不斷動著。

淚水溢出眼眶。

沿著臉頰往下滑落。

什麼都沒有。除了音符以外，什麼都沒有——

沒有勇氣，沒有影像，沒有想要表現的東西。

離開鋼琴，看向不知不覺間空無一物的購物袋。

不，並非空無一物。

有飯糰的包裝袋，有香蕉皮，有果凍飲料的空殼。

這，就是我——

【我有些事情要講。偶爾也到我家來吧。】

雪祈寄了這樣一封訊息給大和玉田。

【三茶啊，感覺真緊張。】【我盛裝赴會唄。】【要不要帶什麼過去？】

看著這些愉快的回訊，雪祈只回應了在三軒茶屋車站的集合時間。
「雪祈，你是不是瘦了？」
現身在車站的玉田開口第一句就這麼問。
「誰曉得？我沒在量體重，也不清楚。」
「難不成你想讓自己變得更有型？你休想。給我吃下這些發胖唄。」
大的手上提著平價零嘴店的大袋子。
「我才沒有想要讓自己受女生歡迎啦。要走大約十五分鐘的路喔。」
三個人就這麼出發走向公寓。雪祈自己走在前面，大在中間，玉田殿後。
領頭帶隊的行為讓自己不禁感到討厭。
自己其實應該要走在最後面才對。
「話說回來，你以前都不讓我們到你家的，今天卻忽然招待我們，是吹了什麼風啊？」
那兩人一看到公寓的外觀，當場變了表情。
「這裡……？」
「在二樓。」
鐵製的室外樓梯嘎嘎作響。每響一聲，把真實的自己攤出來的覺悟就越加堅定。
打開單薄的家門。

見到裡面昏暗的房間，大用明亮的聲音說道：

「真意外！我還以為你住在更高檔的房間欸！」

「這就是真實的我。進來吧。」

然後，雪祈把一切都說出來了。

對 So Blue 的憧憬；持續嘗試與平先生取得聯絡，邀請他來聽演奏的事情；演奏結束後被講的那些話；一直以來都因為彈不出即興演奏而痛苦的自己；總是想盡辦法掩飾這件事的我；在 TAKE TWO 連續彈奏了整整兩天，卻一無所得的經過。

玉田盤腿坐在地板上，默默聆聽。

大則是坐在床鋪上，仰望斑黃的天花板。

「……抱歉。提出 So Blue 這個目標的是我，卻自己斷了這條路。」

隔著牆壁傳來鄰居看電視的聲音。也許是綜藝節目，可以聽到好幾重的笑聲相疊。

首先打破沉默的，是玉田。

「那位平先生的耳朵是不是有問題啊？竟然說雪祈的獨奏很爛，太誇張了！」

他明明總是被雪祈說打鼓打得很爛，現在卻如此為雪祈抱不平。見到受了傷的雪祈，還加重語氣聲援袒護。

這就是玉田。讓人開心得想要發抖，但高興不起來。

因為他講得並不正確。

「平先生說得對。」
大的口氣很嚴肅。
「我也一直有同樣的感覺。雪祈的獨奏沒有真的在挑戰勝負。靠那樣是不行的。」
他講的這句話才是正確的。
這次雪祈真的無從反駁。取而代之地，是玉田幫忙駁斥：
「等等啊，大！你這樣講太過分了吧！」
「當我在獨奏的時候，我都認為自己是全世界最棒的。實際上是不是那樣無所謂，重點是我希望客人們在那段時間只注視我一個人。如果抱著自己是二流的想法吹奏，對客人就太失禮了。」
正是如此。
所以大的獨奏才能超越一流，而我的獨奏連二流都不如。
「玉田，我們走唄。」
大從床鋪上起身。
「要去哪裡啦？雪祈現在很失落啊！」
「你要講的事情我知道了。現在沒有我們能做的事情。」
「大，難道雪祈不是夥伴嗎？夥伴遇上問題時就該挺身相助才叫夥伴吧！」
玉田也站起身子，瞪向大。

大則是面不改色地看著玉田。

「……玉田，謝謝。可是大說得沒錯，這是我自己的問題。」

「那你也對我那樣說啊，大！」

鼓手用力地繃緊手腳。

「說我打的鼓很爛，跟垃圾一樣啊！為什麼你只會講雪祈！」

大頓時把眼睛別開。

「怎樣？你根本打從心裡瞧不起我才不說對吧！沒把我放在眼裡才不說對吧！這樣還叫哪門子的樂團！」

玉田用力推開單薄的門，奔出房間。樓梯接著傳來彷彿要被踩壞似的嘎響。

大站在原地，望著沒關上的門。

「大……抱歉。」

「雪祈，有什麼話想問我嗎？」

「問什麼……？」

「就是說，對於能夠即興演奏的我，你有什麼想問的嗎？」

他說得對，自己從來沒有請教過他。

他究竟是怎麼吹奏的？是怎樣的感覺？演奏時的心境是如何？到底看見了什麼景象？之所以問不出口，是因為自己無聊的自尊心。覺得不甘心向大請教這些東西。

如果想捨棄累贅的自尊心，要趁現在——這就是大的言下之意。

雪祈嚥下唾液，輕撫自己每天彈奏的數位鋼琴。

若想改變自己，就是現在。

「……大，告訴我。你都是如何吹奏的？」

大依舊背對著雪祈，開口說道：

「我還很小的時候，母親就因病去世了。」

雪祈第一次知道這件事。

「前一天我還去探過病，聊了很多話。母親當時雖然消瘦，但臉上依然帶著笑容。然後就在隔天，她離開了。當我看到遺體時，簡直判若兩人。」

大望著門外，繼續描述：

「她那張臉，該怎麼形容……好硬。肌肉全變得僵硬，一點表情都沒有。明明之前還會那樣笑，還會那樣生氣，卻變得像從沒見過的陌生人一樣。當我看到那景象，心中就在想：這是母親的容器。裡面原本裝著什麼東西，現在洩出去了。至於去了哪裡，我也不曉得。」

他說著，稍微轉回頭。

「中學畢業時，我第一次聽到爵士樂的現場演奏。即使現在回想起來，那依然是很棒的四重奏。我聽到全身顫抖，嘴巴都合不起來。心想他們為什麼可以演奏到這種程度，自己為什麼會聽得這麼感動。過了一會我才明白，因為此時此刻，我看見了從母親身體洩出去的東西。」

大舉起拳頭，敲響自己的胸膛。

「我現在，就是用這個東西在吹奏。」

說罷，他回去了。

這次樓梯安靜無聲。

在兩人都離去後的房間裡，雪祈反覆思考剛才的事情。

玉田率直的溫柔。

大嚴厲的溫柔。

茫然望向窗外，看見一輪小小的月亮。

大總是用他心中的東西在吹奏，所以才能打動人心。

那麼在我心中也有那東西嗎？

光靠我自己，沒辦法找出來。

這時，腦中不經意浮現出一個人物。

向自己要簽名的那位白髮男子。

那個人，是否從我的演奏之中看到了什麼？

7

「戴銀框眼鏡的白髮客人……？畢竟不是本店的常客，我也不清楚。」

「這樣啊。如果知道了什麼消息，煩請跟我聯絡。」

「好喔，倒是說你們，下次再來我們這裡演奏吧。我把舞臺空檔的時段寄給你。」

「非常感謝。如果有機會，請務必多多關照。」

雪祈說著，離開了當初平先生來聽過表演的爵士俱樂部。

從那之後，樂團又辦了兩次現場演奏。

玉田和大雖然在後臺休息室互動得有點尷尬，不過上了臺還是會一如往常地演奏。

雪祈自己則是為了彈奏出真正的即興演奏而努力掙扎。然而雙手總是很快就感覺要停下，結果又回到原本的獨奏旋律。

關於即興演奏的事情，後來都沒再跟那兩人討論更多了。

大選擇放著不管，玉田則是靜靜觀望。

立場簡直和以前相反。

「澤邊！這邊要放行四輛囉！」

左耳的耳機傳來引導員前輩的聲音。

「四輛，瞭解。通過後這邊也會放車。」

雪祈把紅色的交通指揮棒打橫，攔下車輛。

背後有地下工程正在動工。為了在有限的時間內結束作業，工人們連水也不喝地持續趕工。

雪祈負責的工作是站在工地兩端將車輛攔下又放行、放行又攔下的交通引導員。這種工作在演奏會結束後的深夜時段也容易排到班，而且時薪也不差。雖然上工之前需要參加一段長時間的研修，不過研修期間也照樣有錢可拿。缺點是必須一直站著，還要忍受寒暑。另外由於要站在馬路上，也多少有些風險。至於好處就是高時薪，而且腦袋可以順便想事情。

即興演奏……

自己一直在思考這個問題。明明現在的目標應該是不經由腦袋思考的演奏，但是想要放空腦袋卻又辦不到，所以只能繼續想了。

不對，假如堅持讓自己不要去思考，或許……

「這邊要放行五輛了。」

「五輛，瞭解。」

大型卡車從眼前通過。司機熟練地轉動方向盤操縱車輛。那或許就跟即興演奏很類似。油門、煞車、檔位、方向盤、方向燈、警示燈……上駕訓班的時候會把注意力放在全部的東西上開車，然而等熟悉之後，這些都會成為無意間的習慣動作。腦袋裡只要想著前往目的地，無論眼睛或手腳都會自然動作。不會猶豫也不需要經過計算。

不對，爵士樂的即興演奏和這又不太一樣。

並非任何人都能辦到的事情——

下一輛小型貨車經過時，雪祈的視線忽然被吸引過去。

因為難以置信的人物就坐在那駕駛座上。

一頭白髮，戴著銀框眼鏡——

即使跑遍其他爵士俱樂部打聽也找不到的人物，此刻竟出現在自己眼前。

回神時，那輛車已經穿過身邊。

剎那，眼睛看見了車門上的文字。

是豆腐店的名字——

雪祈立刻打開對講機的麥克風。

「不好意思，我肚子忽然痛起來了。雖然還有三十分鐘，但請問我可以提早離開嗎？」

用手機查了一下，那家店就位於從工地走路二十分鐘的地方。

以前在電視上有看過，豆腐店都必須從一大清早就開始製作豆腐。

因此這個時間或許已經開店了。

雪祈在途中找了幾間便利商店，終於在第三間買到想買的東西。

雖然不知道對方願不願意收下，但總之還是前往那家豆腐店了。

在道路兩旁，約十層樓高的公寓櫛比鱗次。每個房間都關著燈，安靜無聲。夜路上既沒車也沒人，只有自動販賣機的燈光淡淡地照亮路面。

彷彿時間都停止了一般。

轉過最後一個轉角，終於看見唯一一處有活力的燈光。

雪祈從遠處窺視，發現了那個人物。頭上綁著毛巾，已經展開一天的作業。在蒸氣濛濛的店內忙碌地走來走去，實在不是可以上前打擾的狀況。於是雪祈決定在一旁等待。

男子在容器中加水後，打開類似攪拌器的東西。容器裡裝的想必是大豆吧。途中好幾度停下攪拌器，伸手確認攪拌過的豆子。微微點頭後，將容器裡的東西倒進大鍋子中，又加水熬煮。用銳利的眼神仔細調整著火力。過了一段時間熄火後，攤開一大塊白色的布料，將煮好的東西全部倒在布上，然後使出渾身的力氣擰起那塊布。

雪祈站在遠處觀望這些過程，深夜的寒氣逐漸從地面傳上來。即使嘗試原地踏步也沒什麼效果，只能立起衣襟縮起脖子。相對地，只穿短袖T恤的那位男子額頭上卻滲出斗大的汗珠。

就在那雙手準備把白色液體倒入木箱的時候，雪祈的耳朵聽見音樂聲。是爵士樂。想必是為了不要吵到鄰居，所以只開到隱約可以聽見的音量，一邊聽著爵士樂一邊作業。

同樣的一套流程，這個人恐怕已經做了好幾十年。在大家還沒起床的時間，在誰也沒看到的情境下製作豆腐。認真注視大豆；無論冬夏都在大火旁流著汗，用力擰布濾水，把雙手伸進冰冷的水中切豆腐。一旁總是小聲播放著爵士樂。始終只有爵士樂陪伴自己。

對這個人來說，去聽現場演奏肯定是很特別的事情。他平常就寢的時間應該很早，如果去聽現場演奏也會打亂自己的作息時間。而且既然會特地帶簽名板來，就表示他至少來聽過兩次以上——在這種生活之中還來聽過兩次以上。

看看手機，不知不覺間已經過了一個小時。

男子摘下頭上的毛巾，走到店外。就在他伸展筋骨的時候，雪祈上前搭話：

「那個……」

男子抬頭看過來，但雪祈怎麼也不敢和他對上眼睛。

畢竟自己上次對他那樣失禮，實在不曉得對方會對自己有什麼想法。

「哦哦，那個彈鋼琴的！怎麼會到這裡來？」

對方回應的聲音一點也不濁重，聽起來彷彿那些失禮的事情從沒發生過。

「……我一直在找您。剛才看見您在開車，用店名查了一下，才找到這裡的。」

「那可真是偶然。其實現在內人住院，才會剛好由我來開車的。」
「請問夫人還好嗎？」
「沒事，健康得讓人頭痛呢。還吵著要自主出院，應該明天就會出來啦。」
「這樣啊，那真是太好了。」
「不過話說回來，你找我有什麼事呢？」
「我想要將這個交給您。」
剛才在遠處等待的時候，雪祈在便利商店買來的簽名板上簽了名。
JASS 澤邊雪祈——雖然只有這些字，但盡可能簽得細心，簽得誠心誠意。
雪祈遞出簽名板。
男子稍微驚訝了一下後，開心地伸出雙手。
「這樣啊……謝謝你。」
雪祈看見了對方的手。長年來浸泡冷水的那雙手卻漂亮得令人驚訝。白皙得就跟簽名板幾乎一樣。
「非常抱歉，這麼晚才給您。請您下次再來聽我們演奏。」
雪祈深深鞠躬後，男子語調溫柔地說道：
「那是當然。我會去聽你的演奏。因為你感覺會彈得更好。」
聽你的演奏——對方確實是這麼說的。
「可以請教您一件事嗎？」

「嗯，請說。」

「請問……您為什麼想要我的簽名？不是次中音手，也不是鼓手的？」

「因為你感覺很難受啊。」

這回答出乎預料。

「你的音色聽起來，彷彿從中流露出很苦的心情。」

不行了——

「為什麼……您會聽得出來？為什麼、您會覺得那種音色有價值……？」

「就跟豆腐一樣，並非每天做出來都是相同的成品。不但會根據當天的狀況在製作過程上有些微調整，另外其實也會做些嘗試讓味道變得更好。然而改良之路總不會那麼順利，而且就算味道稍微有點變化，客人也幾乎不會察覺。這種事情，是不是很難受呢？」

雪祈只能點頭。

「不過我認為，在這點上持之以恆是很棒的事情。在沒有人看見的地方持續努力雖然很辛苦，但也是很帥氣的。我從你的音色中聽出這樣的感覺，讓我獲得了勇氣啊。」

從喉嚨深處頓時有什麼東西湧上來，不自覺間往外溢洩。

那隻漂亮的手伸過來，輕輕拍了一下自己的肩膀。

「我……做得到嗎？真的能彈出更好的聲音嗎？」

雪祈強忍著哽咽，好不容易問出這句話。
男子的眼鏡改變角度，反射出店內青白色的燈光。
他走回店裡的同時，開口說道：
「你拿一塊回去吧。」
對方遞給自己的豆腐，綻放著充滿潤澤的光芒。
「很棒的顏色對吧？豆腐也是有顏色的，不是單純的白色而已喔。」

雪祈搭乘首班電車回到家，把豆腐裝到盤子上。
不淋醬油，也不用筷子，直接用嘴巴咬了一口。
味道複雜得令人難以相信。
宛如那段拚命思考的記憶。
宛如一路彈奏至今的自負。
眼淚又流了出來。
味道變得像那段苦澀的日子。
口感就像無止盡的煩惱。
接著飄出大豆的香氣。
彷彿老家那間鋼琴房。
水的味道。

彷彿女生們送來音樂教室的冷飲。
輕微的酸味露出臉來。
眼前浮現出賢太郎的臉，小葵的臉。
有鹽巴的味道。
看見了大、玉田和平先生。
最後是一股甜味。
第一次到 So Blue 時的記憶重新浮現腦海。
吃完時，雪祈明白了男子送自己豆腐的意義。
這塊豆腐還會變得更加美味。
總有這樣的感覺——

「雪祈，你搞不好已經很接近了唄？」
上臺前，大如此唐突表示。
「接近了嗎……？」
「感覺只差一步或兩步了。」
「這很難講……或許是這樣，也或許不是這樣。」
「總之在我眼中看來，你很接近了。」
一步或兩步——就是這段距離很遙遠。

自己還是老樣子，繼續掙扎著。動腦思考，同時放空腦袋，再摸索其他方法，又嘗試把一切都忘掉。

每一次上臺、每一首曲子都改變手法，嘗試即興彈奏。有時候確實感覺伸手可及，感覺站到了門前，但很快又雙腳發軟，無法動彈。總是如此反覆。

今天也把歲月轉化為自信，嘗試掙扎。

今天也鼓起挑戰心，嘗試打敗恐懼。

今天也嘗試了各式各樣的事情。

因為這想必就是自己能夠對客人、對那位豆腐店老闆展現的誠意。

「大～！」

「宮本～！」

「澤邊～！」

「JASS～！」

「雪祈同學～！」

「玉田～！」

把腳踏上舞臺，便能聽到熱烈的掌聲與歡呼。

聽眾席的後方還有站票的客人，來捧場的聽眾超過七十人。回想當初大決定的第一次現場演奏只有四位客人，如今已成長到這個規模了。

雪祈走向鋼琴的同時尋找豆腐店老闆，但是沒有看到。也許因為很忙碌吧。倒是看見了那位戴氈帽的人，這次同樣坐在爵士鼓前。另外也有許多跟自己同世代的人，包括爵士樂社的那些人。另外也有看起來是同行的四人組。

坐到鋼琴椅上，低頭致意後再把臉抬起來。

大開始數拍：

「ONE、TWO、ONE TWO！」

就在演奏剛開始的瞬間。

雪祈想要確認聽眾的反應時，不經意看見了。

為什麼能夠一眼認出對方，就連雪祈自己也不知道——

但心中抱著確信，絕對是那個人沒錯。

從舞臺數過去第三排的位子——一位很特別的人物坐在那裡。

是那個人。

雪祈感受到自己的身體逐漸變化。

大開始吹起獨奏。

如暴風雪般的聲音，把腦中吹掃一空。

煩惱也好，思緒也好，恐懼也好——

最後只有溫暖的記憶依然浮現腦海。

即將輪到自己獨奏……

內心已經不抱恐懼了。

即便是尚未破殼的模樣，依然希望能坦率地呈現出來。

氣息聚集為團塊，從嘴巴吐出。

很單純地，讓手指跳動。指頭準確地落在音階上，不會跳出框架。

自己的十指彷彿逐漸溶化於鋼琴中。

回過神想要抽離鍵盤，卻又像是被黏住似地移動到下一個琴鍵。手指宛如要化為樂器的一部分——雖然恐怖得差點叫出聲音，但還是強忍下來，再往前踏出一步。既然手指如此，乾脆讓鋼琴把自己的肩膀都帶走吧。萌生這個念頭的瞬間，整個上半身都被樂器同化了。甚至搞不清楚自己究竟在彈奏鋼琴，還是被鋼琴彈奏。手臂的肌肉如波浪般開始蠢動，透過肩膀增幅的波動將全身都包覆起來。

整個身體都開始搖盪——

記憶的溫度也緩緩傳遍全身。

有如跳舞般彈奏的姿態隱約浮現。

然而手指卻動得如此快速。

就在這時，注意到一件事。

腦中的音符消失了——

「Yeah！」的叫聲傳來。

趕緊抬頭一看，發現大的眼神正發出燦爛的光彩。

不知不覺間，自己的獨奏將要結束。

聽眾沒有激動歡呼，肯定是因為這段獨奏沒有那麼出色。

儘管如此，自己還是感覺有碰觸到門了。感覺是自己至今最真誠彈奏的一次。

這樣的一段獨奏，要結束了——

雪祈為了配合時機而看向玉田，但視線卻忽然被手指遮掩。

豎起一根手指的大，讓指頭轉動幾圈。

是再彈一輪的手勢——

他在對我說：把門推開！

接下來，自己就在門前拚命地彈奏。雖然最終還是沒能把門推開，但也竭盡全力敲門了。彈奏到緊閉雙眼、齜牙咧嘴。

對於來聽過好幾次現場演奏的客人來說，這模樣肯定很醜陋吧。

看在第三排位子的那個人眼中，或許也非常沒有出息。

但是無所謂。

就算丟臉也好，此刻只想毫不隱瞞地把自己展現出來。

因為人家都特地到這裡來了。

自己要一如往常，並且比平常更加賣力地，把曲子彈完。

回到後臺休息室，雪祈被大用力拍了一下肩膀。

「只差半步了唄。」

玉田也說道：

「今天是過去以來最棒的一次啊，雪祈。」

雪祈默默頷首回應後，稍微撥開簾幕窺視聽眾席。

那個人還坐在位子上。

「大、玉田，跟客人的互動我等一下會做，現在可以給我一點時間嗎？」

從背後傳來大的聲音：

「──知道了。」

於是等客人稍微離開一些後，雪祈走向第三排的餐桌。

那個人立刻從座位起身。

「好久不見，小雪。」

睽違十二年不見的她，保留著小時候的模樣長大成人了。

睜著一雙杏眼站在那裡。

「好久不見，小葵。」

除此之外，講不出更多話了。後來過得如何？是不是很辛苦？自己依然有繼續彈琴，後來想了很多，認識了爵士樂，回想起過去，又陷入瓶頸，一直好想見到妳──這些話，全部都講不出口。

「小雪。」

她的臉上帶著笑容。不是以前從樓梯上看見的寂寞微笑，是第一次在鋼琴房相遇時的那張笑臉。
「我呀，一直有繼續喔。」
——大說對了。
不，或許是因為大這麼說過，所以成真了。
搞不好是因為大那樣直率地深信不疑，甚至連過去都如此改變了。
「鋼琴，我一直都有在彈。」
這是自己一直以來最想聽到的話。
「謝謝妳……」
雪祈知道大和玉田都在偷看。
但實在無法克制自己。
憋不住的某種東西，從眼眶滾滾溢出。
即使知道自己的聲音在發抖，還是想把這句話講出來：
「謝謝妳，一路持之以恆。」
小葵瞇起眼睛，露出微笑。
只要她在我眼前就好。
那段愉快的音樂又再度響起。
宛如那些聲音化為人形，回到了自己面前。

訪談　葵

從大馬路轉進兩條小巷子，就能看見那棟集合住宅。雖然房子本身老舊，但似乎管理得非常細心，還有種植一些綠色植物。記者一路上與親切的居民們打招呼，並來到五樓。家門一打開，便看見房間的屋主站在玄關。這位有著圓潤的臉蛋與杏眼，令人印象深刻的女性，露出更加令人印象深刻的笑容迎接記者。在她招待下來到的房間經過重新裝潢，相當明亮。牆上貼有現代藝術的時尚畫作以及相當有歷史的爵士樂活動海報，在客廳旁的房間裡也能看到一臺直立式鋼琴。等女性坐到一張兩人座的布料沙發上後，我們便開始訪談——

「我叫葵。年齡……比澤邊稍微大一點。」

據說兩位初次邂逅是在他五歲的時候。請問您還記得那時候的事嗎？

「小時候對他的印象……嗯～臉上總是帶著很苦惱或者說很複雜的表情。不過當他看我演奏時也會晃起小腿，哼起鼻歌，所以我想他應該聽得很開心吧。其實，當時的我想盡辦法要讓他別露出那麼複雜的表情。畢竟彈鋼琴應該是很快樂的不是嗎？讓他明白這件事情彷彿變成了我的一項任務。所以不知何時開始，我變得會誇大地表現出快樂彈琴的模樣。」

聽說後來因為家庭因素，讓您和他分開了。

「是的，離開松本之後，我們就完全沒再聯絡。一方面因為當時家境真的很苦，我也不想害佳子老師擔心。不過想彈琴的話，其實還滿多地方可以彈的。像學校就一定會有鋼琴，如果想彈也是有辦法彈。雖然沒辦法再參加鋼琴教室的發表會，不過學校舉辦合唱比賽時我一直都是擔任伴奏。像那種時候，我總是彈得春風得意呢。」

在那段期間，請問您都記得他的事情嗎？

「小雪——請容我刻意這樣稱呼——嗯，關於小雪的事情，我一直都放在心上。畢竟他個性總是很認真。剛開始我還以為他因為自己是鋼琴老師的小孩，才會抱著必須彈得很好的義務感，但實際上不是那樣。他在彈鋼琴時每次都會歪著頭。

長大後我問了他才知道，原來他當時是在跟心中難以協調的感覺搏鬥。講起來就像是感性與理論的互鬥。」

後來，他的音樂生涯就逐漸產生了改變。

「對，我當時聽到就在想：怪不得呀！就是因為他天生具備那樣的感性，後來才會有那樣活躍的表現。當然，我從小就覺得小雪將來肯定會成功。分隔兩地的那段期間，我偶爾也會在網路上搜尋他的名字。後來在一場爵士音樂祭的網頁上找到他的名字，但畢竟距離太遠了，我沒能到現場去聽。不過內心還是很佩服，原來他開始玩爵士樂了，而且還能在音樂祭上臺演奏，好厲害。我後來從短大畢業出來就業，又因為公司的人事調派而來到東京。而我抵達東京的第一天就馬上去聽他現場演奏了。真不曉得他那時候為什麼會認出我來呢。這點我還沒問過他。感覺太害羞了。」

看您家裡有擺鋼琴，請問您平時也會彈嗎？

「我每天都有在彈。而且到現在，連我也都變得只彈爵士樂了。當然沒有說彈得很好，不過真的開心到不行呢。」

第5章

1

「昨天那個人，是小葵對唄？」

團練前，大一邊把吊帶掛到脖子上，一邊如此問道。

「畢竟那時候你都哭啦，痛哭流涕啦。真高興能見到她是唄～」

在TAKE TWO的舞臺上，他這麼調侃著。

不過，雪祈今天懶得跟他生氣計較。

「吵死了。」

「真好喔～感人的重逢！這是爵士樂的功勞唄。爵士樂真厲害。」

他說得沒錯。實際上，也有一部分要歸功於大。

雖然知道這點，但自己打死也不會把道謝講出口。

「夠了，開始練習啦！」

「等等，雪祈。那之後你連慶功宴都沒參加，是到哪裡去了？我在意得沒辦法練習啊……樂團內部嚴禁祕密對吧……？」玉田裝出消沉的表情，把兩根鼓棒的頂端輕輕互點兩下。

雖然那樣子令人火大。不過玉田確實也有功勞。

「到首班車之前都在家庭餐廳啦。畢竟有很多事要聊。」

在家庭餐廳，小葵描述了自己過去至今的經歷。雪祈也講了自己的過往。聊完各自的經歷後，話題又換成音樂。小葵會聽的音樂類型很廣，關於古典樂及流行樂方面的知識甚至遠比雪祈知道的還多。就這樣不知不覺間，聊到了天亮。

「真好喔～真好喔～」兩人合唱起來。

「你們夠了吧！開始練習！」

「不，雪祈，等等。」

大忽然露出嚴肅的表情。

「你昨天的獨奏真的很棒。轉變的契機肯定是因為小葵。所以今後團練時也叫她過來唄。」

他果然還是在捉弄人。

「你說你啊……！」

這下實在令人火大起來了，可是大說的事情也有道理。當時自己之所以能抓到獨奏的頭緒，確實是因為看見小葵。讓自己回想起她過去那種不受理論拘束的演奏模樣。

這或許只是小小的線索，但說不定能連接到某種重大的東西。

說到連接——

「話說你又如何啦？」

「什麼如何？」

「拉麵店的南川小姐。」

「呃！你！為什麼知道她的名字？騙人的唄？你瞞著我偷偷去過嗎！」

大當場面紅耳赤。

「而且我還跟她聊過了。」

「不准聊！跟雪祈一聊就有可能會出事啊！」

「南川小姐，很不錯嘛。感覺很清爽，工作又認真。」

「殺了你！你敢再跟她聊，我就殺了你！」

玉田「哈哈哈」地笑出聲音。

不知不覺間，三個人一起笑了。

不知不覺間，凝聚成一個小隊了。

三個人一起練習傳接球，然後三個人一起上場比賽。

這裡或許就是自己過去至今感受最舒適的場所。在老家的鋼琴房也好，在學校的音樂教室也好，自己總是一個人。來到東京後，也有好一段時間繃緊神經奮鬥。

然而，如今有理解自己心中煩惱的玉田，有知道自己心中重要對象的大。

笑了一場後，大感慨呢喃：

「話說回來，你能見到小葵真是太好了。」

「也是啦。」

雪祈說著，把身體轉向鋼琴。

樂團接下來的日程預定安排了五次現場演奏，也有小規模的活動來邀請樂團登臺。想必之後也會有更多計畫吧。樂團的招客量如今已超越七十人，在現今的爵士樂界來講算是不差的數字。不，應該說是相當好的數字了。

換言之，至今的比賽已經贏了。

不過自己沒有忘記。

沒有忘記最終的目標。

等小葵下班後，兩人約在一家餐廳前碰面。

餐廳位於一棟住商混合大樓中，是價格比家庭餐廳稍微貴一點的義大利料理店。

兩人都點了柳橙汁，另外挑了披薩、義大利麵以及最便宜的肉類料理。

「工作如何？還順利嗎？」

「這個嘛，其實還頗累人的呢。公司的人雖然都很好，但工作量多得跟鬼一樣。」

「出了社會還真辛苦。不過總覺得小葵在敲電腦鍵盤的時候應該也會敲得像在跳舞。」

「哪有可能嘛！我都閉著嘴默默打字好嗎！」

不久後，兩人便聊起現場演奏的話題。

「你們上次的演奏真的好厲害。客人們都亢奮到好有魄力。我是第一次去聽那種爵士樂的現場演奏，都不曉得該怎麼辦才好呢。」

「是喔，原來妳是第一次。再多講點感想來聽聽吧。」

「嗯～就是呀，跟古典樂完全不一樣，難以預測接下來會是什麼音，這點很有趣。咦！居然會來這個音嗎？下一個音竟然是這個？——像這樣，總是驚奇不斷。所以說耳朵雖然聽得很幸福，但腦袋都累壞了。我這樣是不是很奇怪？」

「很有趣的感想。然後呢？」

「到途中，我乾脆放棄預測了。想說乾脆接受它是這樣的音樂吧。結果腦袋就逐漸變得自由，身體感覺好像從地面微微飄浮起來呢。」

雪祈以前從來沒有像這樣仔細傾聽過初次來場的客人發表感想。這可說是相當寶貴的意見。

「印象最深的是那個次中音薩克斯風的聲音！響亮得跟暴走族的排氣聲一樣！我剛開始被嚇得忍不住往後仰，覺得這聲音也太強了吧！不過很快又能從中感受出音色的細緻感。」

「細緻感？」

「嗯，感覺他其實知道很多東西，並刻意選擇了那樣強勁的聲音。而且呀，他看著聽眾時的眼神，有時候會流露出溫柔的神色。」

雪祈第一次知道這種事。

自己還以為大總是一直用很強烈的眼神在吹奏。

「大家日子都過得辛苦了，不過讓我們昂首往前邁進吧——總覺得他好像在這樣激勵著聽眾，所以讓人會鼓起勇氣。明明沒有歌詞的說，真是厲害。」

那肯定就是大心中的感情。他這麼主張著，這麼吹奏著。

「還有那個打鼓的呀，感覺很認真，很棒。他一直都在注意那個薩克斯風手跟小雪，流露出一種『我要支撐他們』的心情。」

的確，自己在演奏中跟玉田對上視線的次數，如今已增加到數不清的程度了。

「另外，他還感覺像在炫耀一樣。」

「炫耀？」

「我的夥伴很厲害吧？這兩人很強吧？——像這樣炫耀著。」

正因為對爵士樂不熟悉，小葵這樣的感受肯定很正確。

原來玉田是抱著這種心情在打鼓。

那個玉田嗎……

為了保持自己的情緒，雪祈把義大利麵塞進口中。

「至於小雪，彈得很棒，音色豐富多彩。可是又有一種很煩惱的感覺。」

她的感受果然很正確。

「……嗯，我確實很煩惱。」

雪祈道出了關於即興演奏的事情。

關於 So Blue，以及自己被平先生講過的那些話也都說了出來。遭到大拒絕幫忙的事情也是，應該存在於胸口深處的東西也是，上次現場演奏時總算站到門前的感覺也是。

自己最終沒能推開那扇門的事情也是。

聽完這些話後，小葵講起關於音樂家們的故事。例如莫札特、貝多芬、美國饒舌歌手的故事，都是他們在音樂創作上的一些逸聞。

雖然都是很珍貴的啟發故事，但是都跟雪祈本身遭遇的問題有些不同。

吃完飯後點心，小葵接著提起：

「小雪的媽媽——佳子老師呀，以前問過我一個問題。」

「什麼問題？」

「她問說：小葵有從聲音中看過顏色嗎？」

「顏色……？」

她究竟在講什麼？

「我回答說『沒有』之後，又問老師為何這樣問。結果她說：咱們家的雪祈以前似乎會把聲音看成顏色，所以想說如果是小葵或許也知道這樣的感覺——這件事我記得很清楚，因為我本來想要當面問你到底是怎麼回事的。可是後來我很快就搬家了。」

顏色……

聲音的顏色……

想不起來。

她究竟在講什麼，自己完全不明白。

在幽暗的房間中，戴上耳機。

打開電源，按下數位鋼琴的琴鍵。

接著閉上眼睛，再按一次。

繼續閉著眼睛在椅子上轉一圈，以不清楚鍵盤位置的狀態下再按一次。

聲音傳入耳中。

也能正確知道這是什麼音。

視野依舊黑暗。

就這麼嘗試了一個小時。

和諧音、不和諧音，全都彈過。

試著長壓琴鍵。

試著短促放開手指。
什麼顏色，一點都看不見。
既沒有自己曾經看過顏色的記憶，也感受不到能看見顏色的跡象。
就在雪祈心想乾脆問問看母親而把手伸向手機時，螢幕亮了起來。
黑色畫面上，有綠色的接聽鈕與紅色的拒接鈕。
綻放白光的，是自己從沒見過的電話號碼。
時刻已過晚上十一點。
東京區碼開頭的電話號碼，為什麼會在這種時間——
心中頓時有種不好的預感。就算不是壞事，也肯定是什麼重大的事情。
雪祈抱著緊張的心情，按下綠色按鈕。
「喂？……請問是澤邊嗎？」
從手機中傳來的，是缺乏起伏的聲音。
教人印象深刻，是三個月前在酒吧聽過的聲音。
「我是 So Blue 的平。」
不成聲的驚訝從口中迸出。
自己該怎麼回應才好？謝謝對方上次來聽演奏嗎？感謝對方點出自己的缺點嗎？對於自己後來都沒有任何聯絡的失禮行為致歉嗎？
然而對方的聲音先傳來了：

「請問現在方便講電話嗎？」
「可、可以的。」自己的聲音都變調了。
「一週前，貴樂團的宮本老弟光臨過本店。我有上前搭話，結果他一看到我的名牌就對我說了一句承蒙關照。」
大完全沒提過這檔事。
「我問他，澤邊老弟後來如何了，他立刻露出很明亮的表情。」
對方竟問了這種事。原來還會感到在意……
「沒有問題，他很快就能克服瓶頸了——他當時強而有力地這麼表示。」
克服瓶頸……
或許可以，也或許不行。
然而大為了我這麼說過。
「因此，我決定打這通電話了。」
因此——是什麼意思？
特地打電話來詢問是否克服了瓶頸嗎？
怎麼可能？對方不是會做這種事的人——
「Fred SILVER——你應該有聽過吧？」
缺乏起伏的聲音道出時下火紅的爵士樂手的名字。那是一名在紐約活動的黑人薩克斯風演奏者。雖然年紀尚輕卻擁有傳奇人物們也認同的實力，延續現在爵士樂血統的同時也致力創造全新音色的明星樂手……

如果沒記錯，他好像準備要來日本演奏了。

「是、是的。」

然而此時此刻，這些知識並沒有意義。

畢竟自己連對方詢問這種事情的用意都還不清楚。

「從本週的週日開始，他會在 So Blue 公演。」

這是在邀請我嗎？叫我去聽？

確實，那段期間 JASS 並沒有安排公演……

「那個 Fred 的鋼琴手並沒有隨行來日。因為發了高燒，在美國無法出國。」

平先生語氣平淡地單純闡述事實。雪祈完全無法理解對方究竟想說什麼。

唯有一件事情非常清楚，對方絕不會講沒有意義的話。

「我們正在尋找能夠代替出場的鋼琴手。」

那應該有很多人選。

自己腦中都可以想到好幾個名字。

「澤邊老弟，你願意來演奏嗎？」

明明在幽暗的房間，眼前卻霎時變得一片白了。

那個人在黑藍色的大海前吹奏著。

比平常那座橋又往下游兩公里左右，在一座面朝東京灣的公園裡，看見了大的身影。

運河黑濁的水注入海中，吞沒彩虹大橋熄燈後的影子。另一頭的海面上，映著品川方向的燈光。

大就像是要劈開那片海面般，激情吹奏著。

雪祈為了調整剛才一路跑了兩公里的急促喘息，坐到階梯上觀望大練習的景象。

他上下左右不斷搖擺的背影，每吹出一個音就彷彿變大一圈。

明明是深夜時分，卻幾乎每一分鐘都有一個人慢跑經過大的身後。對於大那般宛如在跳舞似的動作，有人感到好奇也有人毫不在意。

有一位二十多歲的男性慢跑者停下了腳步。正確來講，是一邊原地踏步一邊在背後聽著大的樂音。大約兩分鐘後，男子從慢跑用的背包中拿出一瓶寶特瓶，朝大走去。

到這時雪祈才發現了原本被薩克斯風的箱子遮掩而沒看到的東西。在大的腳邊，放了好幾個飲料罐與寶特瓶。男子在其中追加了一瓶後，又繼續慢跑。

雪祈之前來偷看他練習的時候還沒發生過這種事。當時大家都只是露出訝異的表情跑過他身後而已。從那之後過了一年，如今大家都注意到大的聲音了。

注意到那聲音有多麼特別。

無所畏懼。

——但我好害怕。

堅定而率直。

——但我一直在搖擺。

很堅強。

——但我懦弱無比。

大的聲音停息了。

他轉回頭的瞬間發現自己腳邊那些人家送的飲料，立刻發出「哦哦！」的聲音，從裡面抽出一瓶。扭開蓋子，讓薩克斯風繼續掛在脖子上，將瓶口放到嘴巴。手扠腰，仰首暢飲。

明明應該是很遜的動作，卻不知為何看起來如此帥氣。

大慢慢變成一個做什麼都有型的男人了。身為一名爵士樂手往上爬的同時，身為一名男人的魅力也逐漸增加。

多餘的念頭不經意閃過腦海。

他究竟還會跟我一起組團多久——

雪祈趕緊甩甩頭，站起身子。

「大！」

「嗚喔！什麼？誰？哦，是雪祈！」

「你接一下電話行不行！我打了多少通啊！」
「咦！真的假的？抱歉抱歉，我放在薩克斯風箱子裡都沒注意到。」
他根本不在意手機的動靜。這點也跟我完全不一樣。
「有啥事嗎？在這種三更半夜找我。急事？」
走近一看，大的輪廓都被汗水圈出了一個外框。
面對一個把每晚如此勤奮練習視為理所當然的男人，一個演奏實力遠比自己精湛的男人，雪祈道出來意：
「我——可以一個人踏上 So Blue 的舞臺嗎？」
大的輪廓稍微搖了一下。
「我接到平先生打來的電話，說是 Fred SILVER 的鋼琴手因為臨時生病無法到日本來。為了找人替補，平先生不知為何就聯絡我了。」
大的眼神在一片昏暗中綻放著光芒。
「我真的不曉得為什麼。也許是因為你跟平先生講過我的事情；也許是其他鋼琴手都拒絕上臺，才奇蹟般找到我這邊來。不管怎麼說，總之對方來找我了。」
大的輪廓一下子變大，一下子變小。
「——那你怎麼回答人家的？」
「對方似乎很急著找人，不過我請他等我三個小時。現在已經過了兩個半小時。」

「——為什麼要讓人家等啦？」

「So Blue 是我們三人樂團的目標，而且當初是我提出來的。我沒有辦法自己先偷跑還瞞著你們兩個。我想要先告訴你跟玉田之後，再做決定。」

「這個白痴。」

大語帶怒氣地低沉說道後，轉身向後，朝薩克斯風箱走去。

從裡面拿出手機，一邊操作著一邊走回來。

接著，他冷不防地亮出手機螢幕。

畫面上顯示著「購票完成」的字樣。

「好險！差點沒買到。」

日期是週日。場次是 FIRST SET。

大的牙齒亮著潔白的光澤，輪廓模糊不清。

「……可以嗎？」

「當然唄。像這種時候，就要馬上答應人家啊。」

「我一個人出場，真的可以嗎？」

「我在生氣的，是你如果因為顧慮我們而錯過大好機會，我絕對會揍你一頓。你難不成以為我們會反對嗎？」

「不……」

不是那個意思。

自己壓根也沒想過會被制止的可能性。

「那麼，你是來報告的對唄？」

大伸出右手。

於是雪祈握住那手掌。好熱，好燙。

對，自己想做的或許就是這個。

「雪祈，要是你感冒就不妙了，快回去。你還要背曲子對唄？話說你不要特地跑到這種地方來好嗎？玉田那邊我會幫你轉告啦。」

雪祈點點頭後放開手，轉身背對大。

從背後傳來聲音：

「放手一搏唄，雪祈。」

為了攔計程車回家，雪祈走向馬路。

大又開始吹奏了，吹得比剛才還要強勁。

聲音逐漸遠去。

這點，讓自己感到害怕。

2

透過電子郵件收到了樂譜。

爵士樂的樂譜通常一首曲子是一到兩張。
到便利商店把合計十二張的樂譜印出來後，帶回房間。
播放 Fred 的專輯，與樂譜對照。
如果可以，自己希望盡量不要把樂譜帶進場。
明明四重奏的其他三個人都沒帶譜，要是只有自己在看譜，也會害客人分散注意力吧。
光是代替上場就很特殊了。
光是身為唯一的日本人就很突兀了。
光是個無名小子就很讓人在意了。
用右邊的耳機播放演奏影片，左邊耳機接到數位鋼琴。
眼睛則是注視著樂譜。
背熟曲子的同時，掌握四重奏樂團的演奏韻味。
Fred 的爵士樂和 JASS 完全不同。如果將 JASS 形容為豪邁，Fred 就是緻密而豪華。宛如下酒菜的烤內臟和——雖然自己沒有吃過——熟成和牛的高級牛排一樣天差地別。
雖然如今感覺烤內臟似乎比較適合自己，不過要在高級牛排館當服務生應該也沒問題才對。畢竟自己就是為了這點才會在百貨公司賣鞋子。
不分晝夜地練習。

如果頭開始痛，覺得快到極限了，就在床上躺一下。但那段時間依然繼續用耳機聽著 Fred 的曲子。

整整兩天，反覆這樣的行為。

到了週六早上，沖澡。把身體與頭髮上黏膩的油脂與汗水沖乾淨，換上清潔的貼身衣物。

然後，出門前往青山。

雪祈還是第一次看到白天陽光下的 So Blue。

感覺和晚上是完全不同的建築物。

本來以為是黑色的房屋外框其實是灰色，門旁的木頭牆壁不是深棕色而是淡褐色。

簡直有如一名大牌女歌手卸了妝之後的模樣。從耀眼巨星變成了平常的素顏。這就是晚上為客人們提供一流享受的爵士俱樂部真正的樣子……

平先生那對深不見底的雙眼，就是這感覺。

那缺乏起伏的聲音，就是這感覺。

自己現在將要闖入這樣一棟房子中。

心中頓時有種宛如惡夢的感覺，忍不住凝視貼在門旁的演出日程表。上面的確寫有 Fred 的公演計畫，而且確實是從明天開始。

雪祈深呼吸後，認為總要先進去裡面再說而推了一下門，卻發現上鎖。於是趕緊傳訊息詢問平先生，對方便立刻回應從右側的小巷子進去有個後門。

所謂的後門，是一道水泥牆裸露的細窄階梯。

為了多少緩和緊張的情緒，雪祈一邊數階梯一邊走下去。

一、二、三、四、五……

在十八階處，來到一扇鐵門前。

只差一步了。

緊張、恐懼、畏縮、喜悅——各種感情在心中打轉。雖然很想整理一下心境，但總覺得不管花上多少時間肯定都靜不下來，於是索性把手放到門把上。

踏出最後一步。

平先生就站在裡面。

身穿西裝，雙手交握在腰前。臉上沒有任何表情。

「啊……」雪祈一時說不出話。

「歡迎。Fred 他們比預定時間提早到來了，請先去打個照面。」

是工作中的講話語氣。

聽起來彷彿對過去那些事情一點也沒放在心上。

「好的。」自己好不容易才擠出這麼一句回應。

平先生頷首後，在狹窄的後臺走道邁步走去。

他面朝著前方開口詢問：

「澤邊老弟，你英文行嗎？」

「不……但如果是爵士用語應該可以理解。」

學校的課業中唯獨英文課，自己上得很認真。也看過相當大量的外國影片。諸如美國的即興合奏會、舞臺表演、音樂祭、錄音景象、練習影片——都是為了學習爵士用語。

這些肯定就是為了此時此刻——

「只要能理解到那程度應該就可以了。假如遇到什麼問題請跟我說，我可以幫忙口譯。這裡是休息室，不過是提供給今天的表演者。Fred 他們在舞臺上。」

兩人通過休息室淡褐色的門前，又經過廚房旁邊，裡面可以看到四名左右的廚師。

鴨、白身魚、入味、麵包、特餐、嘗味、醬料——呼喚聲隔空來去。

這就是專家們的工作場所。

雪祈心中的緊張一口氣飆升。

就連這些忙碌工作的廚師們製作出來的料理，在這間店中都不算主角。這裡的主角是音樂。萬一自己演奏失敗，會連這些人傾注心血做出來的料理都被糟蹋。

廚房與聽眾席之間隔著一道巨大的門。

是自己以前在聽眾席看過好幾次的門。

呈現不鏽鋼的銀色——
平先生在門前停下腳步，轉回頭。
「我有把你的事情告訴過 Fred 他們。要是合奏練習發現不行，這件事就到此為止。可以嗎？」
雪祈只能點頭了，但最起碼要點得堅定有力。
門接著被打開。
眼前就是那片熟悉的會場。
聽眾席的椅子都被搬到桌子上，工作人員正在清潔地板。
左側的角落處可以看見大約十位服務生們，正在開小組會議。
至於 Fred 一行人就在舞臺上。
他們正在輕鬆調音。
看到了鼓手的 Steve Sullivan，還有低音提琴手 Darren Lewis。兩位都是著名的音樂家。
然後最出名的爵士樂手就在中央，吹奏著中音薩克斯風。
「Guys！」平先生對那三人叫了一聲。
頂尖演奏者們的視線都集中過來。
接下來就要合奏練習了……
要是覺得不行，事情就到此為止——

平先生用流暢的英文為大家介紹雪祈。
雪祈自己口中則是只能擠出一句「……Hi.」而已。
Fred 伸出手來，用英文說道：是你啊，幸會。
雪祈內心想著但願自己別太發抖並回握對方的手，看向對方的臉。
那雙眼睛還綻放著溫和的光芒，但無法預料等一下會如何變化。
接著 Steve 與 Darren 也前來握手。
Fred 隨後表示：
「OK, let's JAM.」
雪祈坐到鋼琴椅上。
至今彈過的鋼琴中最高檔也最大型的鋼琴就在眼前。
抬起頭，可以看見自己過去想像了好幾遍、好幾千遍的景色。
就是這個角度……
可以看見鼓手的臉，可以看見低音提琴的弦，可以看見薩克斯風手的側臉。
——就是這個角度。
Fred 頷首開始數拍。
第一個音絕不能漏拍——僅將這點銘記於心。
演奏開始了。
可以發現那三人明顯只發揮出五成的功力在演奏。是顧慮我嗎？還是他們例行的步調？搞不清楚。
無論如何，總之自己要拚命彈奏。
不能落後，不能搶拍，不能失誤——
「Hey, Yuki!」
雪祈聽到有人叫著自己的名字而抬起頭，發現 Fred 正看向這邊。
「Relax! Relax!」
這狀況怎麼可能放輕鬆！——雖然心中這麼想，但還是嚥了嚥喉嚨，點點頭。
那三個人在計算著進入獨奏的時機。
輪流演奏了形式上簡短的獨奏。
自己需要獨奏嗎？還是不需要——
「Piano solo, Yuki!」Fred 叫了一聲。
準備進入自己的獨奏了。要配合那三人，只在形式上簡短獨奏一下就好嗎……
雪祈立刻改變念頭，全力彈奏。
因為不想敷衍自己，也不想說謊。
心意雖如此，但是分配到的時間實在太短。
就算要一口氣飆上去，彩排的低調氣氛也成為一塊天花板擋住了往上衝的空間。
儘管這樣，自己還是竭盡所能，不加矯飾地全力彈奏——

Fred的嘴巴放開吹嘴。

彩排結束了。

新獲得的情報塞滿腦袋。

Fred他們會在一些細節的部分透過調換、強弱與小休止符等方式提升音樂的品質。這恐怕是他們四重奏在最近期的活動中創生出來的改編。到了關鍵時刻，自己也必須讓手指徹底熟悉這些東西才行。

雪祈從包包中拿出樂譜，添寫註記。

剛才一直站在臺下的平先生叫了Fred一聲。

兩人不知在交談什麼。

——自己能做到的事情，都做了。

無論最後答案如何，都只能坦然接受。

「澤邊老弟。」

「是。」

「Fred說，就選你沒問題。」

缺乏起伏的聲音進入耳中，沿著全身緩緩往下。

當它傳到腳尖時，自己才總算注意到一件事。

在聽眾席區，服務生們陸續將椅子從桌上放下來，開始擺設現場。而自己此刻正站在比那裡更高一階的地方。

不知不覺間，自己已經爬上了通往舞臺的階梯。
然後，明天自己也會站在這裡。
咖噹、咯咚——排列桌椅的聲響傳來。
正當雪祈茫然聽著那些聲響時，平先生的聲音又傳來：
「澤邊老弟……關於那天的事情。」
是有高低起伏的聲音。
「你們三人樂團，真的很有趣……所以我才忍不住當個多事的老人，講出那些逆耳的話。對於當時那樣的講話方式，我感到很抱歉。」
他已經不是工作中的講話語氣了。深不見底的黑眼睛被眼皮些微遮掩，音量也變得微弱。
聽到這些話，自己的頭頓時往下放低。很自然地越放越低。
最後，盯著舞臺的地板說道：
「我才應該向您道歉。自己當時表現得那樣失禮，那樣目中無人……我覺得平先生指點了我真正的事情。」
這些都是真心話，是自己一直想要向對方說的話。
「我不清楚這次為何會選上自己，但我會盡我的全力演奏。所以——」
雪祈盯著自己不知不覺間已經站上來的舞臺地板，說道：
「請您再對我重新評價一次。」

視野中看見了平先生的鞋尖。
好有光澤，一絲不苟地徹底擦過。
自己的嘴巴又繼續表示：
「以前，您說過我們樂團的次中音與鼓手都不錯。因此，如果我這次的演奏夠好，如果我的鋼琴夠好，請您再給我們一次機會。請為JASS再保留一些站上這個舞臺的可能性。」
鞋尖絲毫不動。
「你所謂好的演奏是……？」
「挖出五臟六腑的獨奏。」
自己究竟能否辦到這點，還不清楚。
但如果辦不到，就無法再往前擴展。
在So Blue演奏——
這個心願，明天就能實現。
然而，這已然不再是自己的目標了。
和大與玉田一起站上這舞臺。
這才是現在的目標。
鞋尖稍微動了一下，從頭上傳來聲音：
「……我明白了。」

那聲音又再度失去起伏。

是專業人士的聲音。

3

雪祈把自己添寫註記的樂譜，與排演時利用手機錄音下來的樂聲對照。

公演場次為一天兩場，第一場與第二場的內容完全不同。因為要考量到同樣的客人可能會連續聽兩場的情況。

再加上安可曲，總共要演奏十曲。

雪祈將全部的曲目都重新確認。

利用數位鋼琴讓自己手指熟記起排演時體會到的韻味。雖然就算這麼做，到了正式上場時肯定又會有更多變化。不過為了能夠臨場應對，現在還是必須預先熟悉才行。

明天公演的音樂入場費超過一萬元，這也意味著演出上必須要求到這個水準。縱然客人們幾乎全都是為了 Fred 而來，但自己萬一扯了後腿還是會糟蹋掉整場公演。

會毀了 So Blue 的招牌，讓平先生蒙羞。

也會害 JASS 背負永遠無法抹拭的汙名。

而且 Fred 竟然還為我安排了獨奏的時間。
可是……自己現在卻沒有時間針對那部分練習。
只能到正式上場時放手一搏了。
手機發出收到訊息的通知聲。
是玉田寄來的，兩封──
【我聽說囉，你被 Fred 看上了對吧？不愧是JASS 的雪祈！】
真像他會傳的訊息。
【去實現你的夢想吧。拿出自己的全部！我們會在聽眾席為你加油！】
實現夢想……此刻實在不是那樣的心境。
拿出全部……這點倒是沒錯。
抬頭望向窗外，看見了天上的明月。
至於大，並沒有傳任何訊息來。

預定集合時間前三十分鐘，雪祈站在店門前。
總覺得從昨天之後好像只經過兩個小時，又好像過了三天左右。
對自己的時間感抱著不安的同時，看向門旁的海報。已經換上新的一張。
是 Fred 單獨入鏡的黑白海報。
下面印刷有名字。

Steve 的名字，Darren 的名字，再下面還有一行。

PIANO（鋼琴） YUKINORI（雪祈） SAWABE（澤邊）——

但自己實在沒有心情照相留念。

「請您加油。」

「請問您就是傳聞中的澤邊先生吧？」

「我想您應該是本店有史以來最年輕的演出者喔。」

「真高興有年輕一輩的可以登臺演出。」

「我很期待您的演奏。」

走下 So Blue 的階梯，櫃檯人員與服務生們紛紛對雪祈如此表示。並非形式上的客套話語和表情，大家都把雪祈當成夥伴似地對待。雪祈對他們一一道謝，並打開後臺休息室淡褐色的房門。

在大約五坪大的房間中，擺有餐桌與沙發。桌上排列著輕食與水果，也有咖啡壺與瓶裝水，簡直是自己至今看過的休息室所無可比擬的空間。

視線望向沙發，是許許多多傳奇人物坐過的地方。他們究竟是抱著什麼樣的心境坐在那裡的？肯定不曾在意過什麼心跳聲吧；肯定沒有緊張到臉頰泛紅吧；肯定沒有雙手發抖吧。自己實在沒有勇氣坐到那上面去。

「Hey, YUKI!」

伴隨明亮的聲音，Fred 一行人進來了。

「Fred, Steve, Darren, un……How you doing?」雪祈用英文打招呼。比起昨天，稍微可以做一些對話了。

「I'm very nervous.」說出自己非常緊張的事情後，那三人便「Easy, Yuki.」「Relax.」地過來拍拍肩膀。

接著在Fred的帶領下，前往彩排。

舞臺上的景象與昨天不同。Steve專用的爵士鼓坐鎮在上面，筒鼓與鈸的數量增加為兩倍。充滿魄力的鼓組，和玉田的迷你爵士鼓完全是不同等級。Darren的低音提琴上的木紋強調出樂器的歷史。那是遊歷過世界各地的低音提琴，受到全世界讚譽的低音提琴。唯獨鋼琴和昨天相比一點都沒變。然而，在腳邊多了一臺喇叭。就在雪祈觀察這東西時，忽然有人來搭話：

「我是PA的內山。澤邊先生，這是舞臺監聽喇叭，會放出鋼琴和低音提琴的聲音給演奏者聽。假如音量太大或太小，請跟我講一聲。」

「好的，謝謝您。」

就這樣，比昨天更正式的彩排開始了。

從彩排結束到正式開場前還有兩個小時，期間能夠彈奏鋼琴的只有一小時。目送要回飯店一趟的Fred一行人離開後，雪祈獨自留在舞臺上。

要利用這段時間掌握獨奏——掌握即興演奏的頭緒。

雖然抱著這樣的想法敲彈琴鍵，卻得不出一點靈感。服務生們正在聽眾區進行準備。井然有序地排列桌椅，仔細擦拭桌面，擺上蠟燭並點燃。頭頂上的燈光些微轉暗。

在鋼琴上可以看見蠟燭的火光。

以前在老家曾遇過一次晚間停電，點蠟燭彈鋼琴的經驗。印象中是自己幼稚園大班的時候。母親在旁邊，自己則是彈奏著簡單的曲目。儘管如此還是因為看不清楚琴鍵而老是彈錯，結果母親就建議嘗試閉著眼睛彈琴。當時自己閉起眼皮後，立刻宛如黑暗逼近而感到恐怖。不過還是試著敲彈琴鍵後，對了——好像變得稍微明亮起來……

「澤邊老弟。」

轉回頭，是平先生站在那裡。

「客人要進場了。回休息室吧。」

雪祈沒有回應，只是點點頭後，走向後臺。

隨後，時間感又開始變得奇怪。

每當自己抬頭看向休息室牆上的時鐘，就會同時湧起噁心想吐的感覺與亢奮高昂的情緒。究竟那個感覺才是真的？——如此思索之間，時間繼續流逝。當開演時間逼近，甚至會擔心起掛鐘有沒有正常在動，而一再拿出手機確認。

就在開演五分鐘前，收到一封訊息。

是大寄來的。

自己實在沒心情點開。按照大的個性，肯定不會約定俗成地寄什麼加油打氣的訊息。要是他在這種關鍵時刻寄些莫名其妙的內容過來，自己根本沒餘力承受。此刻的自己可是處於極限狀態下。

假如換成大，此刻會在這間休息室做什麼呢？

也許正暗爽偷笑。也許正開心於自己將要站上日本第一的舞臺。畢竟他跟自己是完全不同人種，腦子裡不會想著今天恐怕是人生最後一次進來這間休息室。

假如是大……

雪祈點開訊息。

【你用鋼琴死了也無所謂。或者說——】

簡直莫名其妙。

死？用鋼琴？無所謂？

【乾脆讓自己奮力死一遍唄。】

終於，看懂意思了。

房門被打開，平先生探出頭來。

「全席客滿了。再三分鐘上臺！Guys, 3 minutes!」

Fred 一行人從沙發起身。

自己的手在抖。

走出休息室。
經過廚師們拍手目送演奏者的廚房邊。
手還在抖。
看見了通往聽眾席的大門。
將手掌握拳又張開。
然而顫抖依然停不下來。
平先生將手放到銀色的門上。
自己究竟是因為恐懼而發抖，還是臨陣亢奮而抖擻？
畢竟，我接下來將赴死地。
在臺上彈奏到死——

4

跟在隊伍的最後，走向舞臺。
從銀色大門近處開始響起的掌聲，逐漸擴散到容納超過兩百五十位客人的整個會場。也能看到在走道邊站起身子的客人。
走在前頭的 Fred 與客人擊掌，Darren 熱情揮手，Steve 高舉鼓棒。
雪祈雖然想尋找大與玉田的身影，但實在沒有餘力環顧會場。

一旁傳來聽眾間交談的聲音。
「那個鋼琴手，幾歲呀？」
「十九喔。」
「真的假的？」
「好年輕。」
在陣陣聲音之間，自己掩藏著顫抖的雙手往前走去。
踏上舞臺後，掌聲停息。
寂靜之中，在鋼琴椅上坐下的瞬間，自己一路來堆疊的時間、流過的汗水，全都消散了。
宛如全身赤裸地坐在臺上。
簡直就是初次現場演奏時的玉田。本以為自己明瞭這心境，但其實一無所知。
就在這時，會場響起突兀的叫聲。
「雪祈——！」
是玉田的聲音。
他在呼喚我。
「ONE、TWO……」
Fred 開始數拍。
指尖停止發抖了。

「ONE TWO！」

手指接著動起來。

第一個音勉強合上了。在激昂的心情中，繼續彈奏主題。究竟有沒有合拍？有沒有跟上其他人？自己連這些都搞不清楚，只知道額頭不斷噴出汗水。簡直不敢相信，自己完全無法抬起眼睛。視線離不開白與黑的琴鍵。既然抬不起頭，至少也要掌握聲音才行，於是把自己的注意力硬是集中到耳朵……聽見了鼓聲，接著是中音薩克斯風的聲音。低音提琴的聲音……也能聽見。

霎時，自己彈錯了一個音。

糟糕——反射性地抬頭一看，卻發現 Fred 也好，Darren 也好，Steve 也好，沒有一個人看向鋼琴。他們明明應該有發現，卻彷彿什麼都沒發生似地繼續演奏。縱然會有失誤也不會託辭辯解，這才是一流的做法——當雪祈心中理解這點的瞬間，Fred 朝著聽眾席微微點頭。是進入獨奏的暗號。

Fred 開始吹起即興演奏，高音旋律眼花撩亂地展開。客人們彷彿將看不見的手緊握又張開，讓僵硬的手指暢通血氣後，伸過來想要支撐起 Fred。可是卻無法介入其中。Fred 的獨奏遠遠超越了彩排，超越了預想。首先響起的是他在波士頓學習的音色，接著加入了在芝加哥歷經磨練的聲音，在紐約成熟的音律開始迴盪。名為經驗的氣息吹入薩克斯風，轉化為最新的樂音竄出。彷彿可以聽見聽眾嘆息的聲音，因為這是多麼豪華奢侈的獨奏。

全體聽眾的掌聲與喝采包覆著Fred。

在這樣的喧囂中，進入Steve的獨奏。毫不吝嗇地用上所有的鼓、所有的鈸，高低強弱長短，立體性地展開各式各樣的技巧。豐富多變的聲音，讓人感覺光是爵士鼓就能聽上兩個小時也不厭倦。宛如初生的幼馬成長後奔馳於草原上的景象。蹄聲讓客人們耳朵昂揚的同時，進入Darren的獨奏。彷彿表露出他柔和的性情，左手平順地在弦上滑動，右手輕柔地撥彈琴弦。可是聲音卻清晰分明，一點也不混濁，猶如低音提琴在開口講話。對著聽眾席述說般的和弦綿延展開，客人們陶醉的視線都集中在Darren與他的樂器上。這三個人都是一流的。毫無疑問，都是頂級的獨奏。

Fred這時看過來。

樂團領隊用眼神說著：下一個輪到你了。

再十秒就要開始。

大寄來的訊息是【讓自己死一遍】——

再五秒就要開始。

賢太郎的臉浮現腦海。

再一秒就要開始。

腦中一片空白。

左手動了，自動接續了Darren的聲音，右手追隨在後。至今做過的事情在無意間湧現；換言之，這是自己一直在彈的獨奏。指尖高速彈動；換言之，這是自己彈過無數次的樂句。我知道，這樣是不行的，可是我不能停下自己的手。回想起上次自己站到門前的那段獨奏。小葵的身影，兒時回憶中的她。然而這樣終究也是對別人的模仿。

從這裡還能生出什麼？

什麼都沒有。自己空無一物。

多到驚人的汗水沿手臂滑落。

彷彿在一片全白的沙子上。以前在電視上看過的，美國的白色沙漠。在這裡只有鋼琴，還有自己。要是把汗水都流盡，剩下只能等死。白色的沙子上只有白色與黑色的琴鍵，沒有其他顏色。就好像自己一無所有。在這個舞臺上最爛最礙眼的是自己。汗珠從手肘滴落，落到乾燥的沙子上無意義地消失。

拚命嘗試尋找些什麼。

在白色的世界——尋找著應該存在於胸口中的什麼——

突然，出現了。

在汗珠滴落的地方出現小小的水漬。一片白色中混雜淡淡的褐色。是褐色。手指從老套的樂句錯開一個音。接著萌現幼芽。黃綠色的芽頭冒出來，變成翠綠色的雙葉。手指從樂句錯開兩個音。把頭抬向正上方，天空映入眼簾。天藍色的空間往外擴張，右手提升了八度音。就在右邊小指捕捉到琴鍵的同時，幼葉覆蓋沙漠。左手也降低八度音，從葉片間綻放出花朵。紅、黃、橙、紫，還混入了褐色變化為一棵棵的樹木。手指捕捉到和弦的瞬間，樹上結出無數果實。某種東西開花結果了。

不知是水果還是什麼，色彩繽紛的物體圍繞在自己周圍。

已經沒有五線譜，沒有音符，也沒有音階。

霎時，景色消失。

只留下各式各樣的顏色，明暗閃爍。

總有一種感覺——自己曾經見過。

心中有種確信——這就是一直在尋找的答案。

彈動十指，將聲音變化為顏色。色彩高速湧現，相互融合。在三原色中添入黑色再用白色沖淡並且拿銀色與金色圈出邊框。把曾經能夠看見色彩時還不認識的顏色也加入其中。用了許多年的棒球手套的顏色，弄髒的制服的顏色，大的薩克斯風的顏色，玉田的鼓棒的顏色，後巷水泥牆的顏色，平先生眼睛的顏色也加進去。

看見了小葵最後來道別時身上衣服的顏色。看見了自己體育課待在一旁觀看的躲避球的顏色。看見了老家的鋼琴顏色，音樂教室的鋼琴顏色，松本那間酒吧的鋼琴顏色，還有數位鋼琴的顏色。已經變得在聲音響起之前就先冒出了顏色。

手指追趕在顏色後面。

無數的顏色灑落在眼前的空間。

有令人懷念的顏色，也有嶄新到教人害怕的顏色——

應該可以再彈出更好的顏色。不，不一定要是好的顏色，只要能彈出有自己風格的音色就好。

只要能彈出那樣的音色，肯定就——

「Yeah！」

響亮過頭的聲音，把自己抓回了現實。

是大的叫聲。

趕緊抬頭一看，發現 Fred 在笑。

把眼睛轉向左邊，Steve 與 Darren 朝這裡點點頭。

把視線望向右邊，看見了聽眾席。

臺下都是平常客人們會對大露出的表情。

在最後面，可以看到大和玉田振臂喝采的身影。

前前後後都被色彩覆蓋著。

獨奏即將結束。

真正的獨奏，結束了——

在後臺休息室也能聽見客人們高呼安可的聲音。

Fred 他們脫下都是汗水的衣服，快速換裝。但雪祈沒有準備換穿衣物，只能在一旁呆呆看著。就在這時，Fred 說道：

「You great good, Yuki.」

Steve 與 Darren 則是走過來要求擊掌。

他們恐怕都知道，雪祈就在剛剛突破了一道高牆。

手掌對上手掌的同時，雪祈回應一聲：「Thank you.」

帶著自己從前以來最真誠的心，如此道謝。

大家接著走出休息室準備回到臺上，結果平先生就站在門外。

「澤邊老弟。」

雪祈無法預料對方究竟要說什麼。

自己搞不好會被罵。

假如是那樣也沒辦法——雪祈並不這麼想。都把自己的全部展現出來了如果還被罵，那也是沒辦法的事——雪祈一點都不這麼認為。倘若真是如此，只要再讓自己演奏得更好就行了。

平先生什麼話也不說。

只是伸出了他的右手。

於是雪祈緊緊握住了對方的手。

「請問，我有把五臟六腑都挖出來了嗎……？」

平先生也緊握起手掌。

「你讓我見證了一場精采的演出。」

回到舞臺上，這次雪祈稍微有點餘力環顧聽眾席了。
在最遠處的座位，大和玉田用力揮著手。
那模樣簡直跟這地方格格不入。
完全就是進城來的鄉巴佬。
令人看得開心不已。
與 Fred 他們的公演還有五場。然而大和玉田能來的只有這場。
我已經沒問題了——
為了讓他們安心，雪祈拿出全力演奏安可曲。
接著在舞臺上四人搭肩，深深一鞠躬。
地板反射著鼓掌、歡呼與淡淡的燈光。
穿過起身拍手的聽眾與服務生之間，進入銀色大門。廚房的員工們也熱烈拍手歡迎演奏者歸來。
回到休息室之前，雪祈先來到洗手間。
因為想要一個人安靜一下。
鎖起廁所門，從胸口深處深深嘆出一口氣。
把氣息都吐光後，雙手又顫抖起來。
這已經不是因為恐懼或亢奮了。
就算緊握雙手，顫抖還是停不下來。甚至傳遍全身，化為淚水溢出。

是不想讓任何人看見的眼淚。
因此為了不讓別人聽見，雪祈小聲對自己說道。
無論如何都想對自己說的一句話：
「我辦到了……」
就這樣，在洗手間靜靜坐了五分鐘。

5

最後一天的慶功宴是舉辦在青山一間小型日本餐廳的和室。
除了 Fred 一行三個人外，還有平先生，ＰＡ的內山先生以及大廳的負責人出席。
雪祈首先坐在內山先生旁邊。
「澤邊先生，你彈得真棒。真是超精采的。」
握著一個啤酒杯的他，些微泛紅著臉如此表示。
雖然獲得 So Blue 的工作人員如此稱讚，可謂是一件讓人開心得想要手舞足蹈的事情，然而捫心自問這次的獨奏有沒有達到自己能夠接受的程度，其實只有到一半左右。
「不敢不敢，自己真的還有待精進。」

內山先生把杯裡的啤酒一飲而盡。

「這次 Fred 的演奏會啊，有客人每一場都有來聽。哎呀，其實是我們這裡的常客啦。那個人每次聽完都會寄感想給我喔。」

「請問有提到我嗎……？」

「他說你越彈越棒。到了第三天甚至都沒在看 Fred 了，從頭到尾關注著你啊。」

Steve 這時來到旁邊。

他用一臉親切的表情問了一句：你何時要到美國來？

雪祈回答對方自己正在參加一個三人樂團，暫時還會留在日本後，他便說了一句「最好早點過來喔」，並帶著笑臉走開。

雪祈接著移動到正在享用串燒烤雞的 Fred 旁邊，請教他對於自己獨奏的感想。

結果從這位頂級樂手口中說出了「emotional」這樣的單字。

另外也表示，超乎了原本的期待。

坐在餐桌對面的平先生挺直背脊緊閉雙眼，聆聽著兩人的對話。

Fred 接著說道：

「Keep playing, Yuki.」

平先生這時緩緩睜開眼皮。

在日式餐廳明亮的燈光下，那對眼睛不再是深不見底的黑色，還映出桌上煎蛋捲的黃色與番茄的紅色。

不，或許正因為是現在，才會看起來是那個樣子。
他略為斑白的鬍鬚動了起來。
「澤邊老弟。」
「是。」
「謝謝你。」
「哪裡哪裡，我才應該感謝您。」
「你的演奏很精采。」
「我彈錯了好多地方。」
「就算如此，這三天還是非常地美好。」
平先生端起裝有冰塊與日本燒酒的杯子喝了一口。
雪祈自己也用烏龍茶滋潤緊張乾渴的喉嚨。
「對我來說，這幾個月真的受益良多。在酒吧被您點出問題後，我不斷思考。翻出五臟六腑般徹底展現自我的獨奏……不懂得好好打招呼就坐上酒吧座位的失禮行徑……當時對酒保先生的態度，以及單方面不斷寄信催促的厚顏無恥行為。正因為您當時把這些全部都點出來，才讓我能夠自我反省，也實現了這次演奏的表現。」
喉嚨越講越渴。
雪祈又灌了一口烏龍茶，繼續說道：
「然後……」可是關於接下來的內容，卻依然怕得問不出口。

結果平先生用指頭搔一搔他有點寬的下巴。
「你想問關於JASS的可能性是吧……？」
被提出正題了。
雪祈跪坐的雙腳忍不住用力。
「……請問，我們還有可能性嗎？」
「So Blue在東京開業三十五年來，上場演奏的樂手之中就屬澤邊老弟最年輕。而事實上，這件事在業界成為了相當受到關注的話題。然而，這次是由於緊急狀況下臨時找人替補，才讓這件事得以成立的。」
「我明白。」
這種事，自己也非常清楚。
「若要講到年齡僅十多歲的三人樂團單獨公演，那又完全是兩碼子事了。或許很有話題性，然而最本質的問題還是在於So Blue這些客人們的耳朵是否能夠接受。」
肯定能夠讓人接受的。
只要讓大吹奏起來——
只要我能彈奏出更棒的獨奏——
平先生放下杯子。
「實際上，我認為是有可能的。」

雪祈差點把烏龍茶的杯子捏破。

「本店的公演內容相當多樣。有恐怕是最後一次來日的傳奇樂手舉辦的公演，也有走在紐約流行最前端的樂團上臺演奏；有來自歐洲的音樂人，也有日本的歌手。毫無疑問的是，這些表演的水準都很高，能達到讓人安心聆聽的品質。然而，爵士樂並非只有如此。」

「Taira（平）, what are you talking about?」一直沒講話的 Fred 詢問起兩人的對話內容。

就在平先生用英文說明的時候，雪祈雙手緊握杯子，回想剛才的對話。

平先生說，或許是有可能的。

另外也說，爵士樂並不僅限於高水準而讓人可以安心的音樂。

Fred 接著問了平先生一句話——

什麼時候輪到 Yuki 的樂團在 So Blue 演出？

結果平先生稍微頓了一拍、兩拍後，開口回答：

「ＡＳＡＰ。」

ＡＳＡＰ——假如我的知識正確……

會盡快安排——平先生是這麼回答的。

後來的英文對話全部都從左耳進右耳出。

雖然好像有聽見像是「humility」或「arrogant」之類的單字，可是在腦中都沒有轉化成任何意思。
雪祈重新倒了好幾次烏龍茶，一杯接一杯地灌下肚子。
為了冷卻自己的腦袋、身體與胸口。

6

公演結束後，手機訊息不斷。
都是來自耳聞雪祈在 So Blue 出演一事的人們。
爵士樂社的人、松本市的店長、在松本一起演奏過的那群中年樂手們、小葵、豆腐店老闆。
雪祈都一一回訊。
另外也接到母親打來的電話。
「為什麼沒有告訴我啦！」
「當時很緊急啊，而且票都賣光了。」
「我可是聽學生講才知道的喔！怎麼好意思跟人家說我不知道嘛。兒子站上了So Blue 的舞臺可是大事一件呀！」
「抱歉抱歉，是我不對。」
「然後呢？怎麼樣？」

雪祈於是描述起整件事的來龍去脈，So Blue 員工們的專業與服務精神。關於後臺休息室有多豪華的事情，Fred 一行人有多親切的事情。

還有小葵的事情。

「咦！你說那個小葵？」

「她過得很好，現在在東京上班。」

「唉呦，是這樣呀！真是太好了……」

從電話的另一頭傳來深深嘆息的聲音。可見母親長年來都對這件事很掛心。

「還有啊，她說她有繼續在彈琴。」

這次母親默然無聲了。

雪祈決定靜靜等待。畢竟此刻母親心中肯定百感交集。她或許一直很後悔當初要小葵繼續彈琴的事情，或許此刻才知道自己當初那麼做並沒有錯，也或許正在哭泣。

母親輕輕擤了一下鼻子。

接著，雪祈詢問起關於顏色的事情：

「我聽小葵說，我小時候會把聲音看成顏色，是真的嗎？」

「是呀，你以前會把一個音一個音用顏色記在腦中，而且是對鋼琴的聲音。肯定是你從嬰兒時期就天天在聽學生們彈鋼琴的緣故吧。所以後來我要教你 Do Re Mi 的時候，你感覺很不甘願。可是過一陣子後，你在不知不覺間就會講 Do Re Mi 了。」

好像有這麼一回事，但又想不太起來。

「其實呀，每次見到你皺著眉頭看樂譜的時候，媽媽就一直很在意這件事。尤其後來你開始學習爵士樂，我就更後悔了。如果早知道你要演奏自由的音樂，當初就應該讓你更自由自在地彈琴才對。」

平時總是表現得很開朗，但其實私下總會靜靜地獨自苦惱——母親就是這樣的人。

「媽並沒有錯。什麼都沒錯啦。」

母親又擤了一下鼻子。

那模樣自然而然地浮現腦海。

她此刻肯定也一如往常地穿著那件紅色的羊毛衫與黑褲子，腳下套著一雙米色的拖鞋，坐在淡綠色的沙發上。

搖曳著褐色的頭髮，擤著鼻子——

「上雜誌啦！上雜誌啦！」

「玉田，不要同一句話講兩次。感覺很蠢。」

「因為真的很厲害啊！居然會登上雜誌！」

在烤肉店的座位上，玉田高高舉著一本爵士樂專門誌。

雜誌的專題頁介紹了 Fred 這次的公演。除了四人的合照之外，還大大刊登雪祈在彈奏鋼琴的照片。報導內容則是描述著——躍動的十九歲鋼琴手，展現不輸頂級演奏家的即興獨奏。

雪祈故意擺出理所當然的表情。

「哎呀，憑我的實力，會登上雜誌也很正常啦。」

「可惡～也太帥了！雪祈太帥了！」

「玉田，你倒是快點烤肉啊。」

玉田把店家標榜特價大折扣的牛五花放到鐵網上。桃色的肉片慢慢變白，從邊緣逐漸成為淡褐色。玉田就像在煉金一樣，目不轉睛地盯著肉片看。大則是接過雜誌，埋頭閱讀。

三人樂團的現場演奏就在今天超過了四十場。初次表演時的慶功宴是喝罐裝飲料，如今卻在烤肉店烤著牛肉。縱然只是一盤不到千元的平價店家，縱然大和玉田吃的白飯比肉還多，但還是很厲害的一件事。

大闔起雜誌，竊笑起來。

「怎麼啦，大？」

「既然雪祈能夠上場，我一樣也可以在 So Blue 演奏唄。既然雪祈能登上雜誌，我肯定能登上封面。」

「真像你會講的話。」

而且，大就是讓人真的有那種預感。

「烤好囉。」

玉田動作熟練地把肉夾到盤子上，彷彿火爐跟鐵網是鼓，而夾子就像鼓棒一樣。而且他烤出來的肉確實很好吃。

「玉田……你真的很會烤肉欸。」

「烤肉講求節奏感。就跟曲子一樣，每一片肉根據部位不同，烤熟的時間也不一樣，需要持續掌握那個速度。更重要的是聲音。就像配合鋼琴一樣，不可以漏聽任何細微的變化，適時翻肉。再來是節拍，要配合你們動筷子的時機把肉烤好。」

「讚！不愧是玉田！」

大把肉夾進嘴裡，又大口扒飯。

「大，你吃那麼多沒問題嗎？」

「有什麼問題？」

「你等一下要到橋下練習，最後又要去拉麵店對吧？」

大的臉色頓時變得跟爐中燃燒的木炭一樣。

「我很擔心啊。畢竟你萬一被人家甩了，連吹出來的聲音都會變得很失落。是說，你到底有沒有什麼進展？」

剛才還自信滿滿的他，現在卻低頭放下筷子。

「……我稍微可以跟她聊天了。」

「聊到什麼程度？」

「……能夠邀她來聽現場演奏的程度。」
「你告訴她自己在搞音樂了嗎！然後呢？」
「……她說她工作很忙。」
「你啊，該不會被人家以為只是吊兒郎當地在玩音樂而已吧？」
「……我有清楚跟她說了，我的目標是成為世界第一的爵士樂手。」
大的聲音越來越小，還萎靡地垂下肩膀。真是捉弄起來很有趣的傢伙。
「我看人家肯定是不相信吧。你講話太沒有說服力了，至少也要像我一樣登上雜誌才行啊。」
「你這渾蛋～」
「開玩笑啦。來，為你的拉麵留點肚子吧。別再吃肉了。」
玉田聽了立刻把烤好的肉放到大以外的盤子上。
「喂！我還要吃啊！給我肉！」
「大，我可是為了戀愛中的你著想，才會這樣狠下心腸欸。你要明白我的苦心。」
「玉田，我們再加點一些肉吧。我要里肌肉。」
「乾脆點特級里肌肉好了。」
「嗚嗚嗚嗚。」大不甘心地咬起下唇。
從隔壁桌以及再隔壁桌傳來熱鬧的笑聲。

玉田和大在交談，還有烤肉的聲音。
雪祈重新看向玉田和大的臉。
假如這三個人真的站上 So Blue 的舞臺——
假如在那臺上演奏出更棒的獨奏——
肯定沒有比這更厲害的事情了吧。
這時，一個念頭不經意浮現。
雪祈立刻甩頭，把那思緒拋出腦外。
然後趕緊把肉一片片夾入口中，試圖讓腦中的血液集中到胃部。
可是，那個疑問依然遲遲沒有消散。
假如三個人在 So Blue 登臺之後，將來又會如何……？

雪祈來到大型書店，購買關於顏色的辭典。
回到公寓，持續彈奏數位鋼琴。
到現代美術館參觀常設展覽。
在 TAKE TWO 摸索讓自己更深入即興演奏的方法。
去公園欣賞花壇。
三個人一起團練。
到熱帶魚店請教了關於螢光魚和水草的事情。

在連續兩天的現場演奏中，有一天看到了顏色。
前往一座小型動物園，把鳥類的羽毛花紋烙印到眼中。
一個人去參加了深夜的即興合奏會。
打工前眺望一下白天的大海。
欣賞主流樂團的現場演奏，加以研究。
在玉田家三人談笑。
在連續兩天的現場演奏中，聽眾全都起身鼓掌。這天自己看見了美麗的顏色。
回到家，埋頭彈琴。
和小葵去聽了鋼琴獨奏會。
回到家，彈奏爵士到天亮。
樂團三個人一起去聽了日本傳奇小號手的公演。
在公寓嘗試彈奏比以前更加激烈的獨奏。
去了植物園。
在 TAKE TWO 連續練習了一個禮拜。
三個人坐在公園，邊看落葉邊喝罐裝咖啡。
莫名有種保持現況就很好的感覺。
在玉田的提議下，團練後幫忙打掃了 TAKE TWO。
在連續三天的現場演奏中，有兩天看到了顏色。

租借隔音練習室，一個人持續彈奏鋼琴。
在連續三天的現場演奏中，整整三天都被色彩圍繞著。
總覺得自己別無所求了。
豆腐店的老闆帶夫人來聽現場演奏。
夫人笑了。
三個人一起簽了簽名板。
感覺就這樣把目標都遺忘也無所謂了。
在聽眾席逐漸可以看到一些熟悉的爵士樂手。
開始有種只要別踏上顛峰就不用害怕往下滾的念頭。
在許多站著聽演奏的客人中，好像看見了平先生的身影。
某個寒風刺骨的日子，三個人卻在 TAKE TWO 全身冒出蒸氣。
大丟掉了破破爛爛的毛衣，買了新的一件。
是深藍色的毛衣。
就在調侃他沒品味的時候，手機震動起來。
接到聯絡了——
「意思說，So Blue 的人終於……」
小葵嘴上沾著卡布奇諾的泡泡如此說道。

「對，跟我聯絡了。我們明天要見面。」
「有說要談什麼事情嗎？」
「那只有實際見了面才知道。對方可能會說我們的實力終究不足，或者知名度還不夠。畢竟我們現在能夠吸引到的聽眾人數確實只有So Blue容量的三分之一而已。」
「可是現在也有很多人站著聽呀。如果換成比較大的會場，或許會有更多人不是嗎？」
「是沒錯啦……」
「一定是要找你談好事的。」小葵如此說著，又啜飲一口卡布奇諾。
雪祈點點頭後，喝起咖啡歐蕾。
其實自己也寧願相信是要談好事。
然而，關於接到聯絡的事情，自己還沒有辦法告訴大和玉田。
正因為沒辦法講，所以才會像這樣把加班結束的小葵約到家庭餐廳來聽自己講話。
「小雪，你是不是有點害怕？」
「咦？」
雪祈與眼前這位女性已經共餐過十次以上，但依然沒能把自己的心意告訴對方，甚至連該不該告訴對方都不知道。心裡會怕。就跟So Blue的事情一樣，有種難以講出口的恐懼。
「你在害怕三個人達成了目標嗎？」
她說對了。
小葵看著無法反應的雪祈，又繼續說道：
「這樣喔。可是目標達成之後，應該又會出現下一個目標吧？例如進軍海外之類的。」
確實，如果要講更遠大的目標，那就是海外了。在紐約有好幾間歷史悠久的爵士俱樂部，歐洲每年也會舉辦好幾場大規模的爵士音樂祭。
然而，關於這點有個問題。
「……在這件事情上，我們不能強求玉田。他並沒有打算將來要靠爵士樂謀生。他只是現在想要跟我們一起演奏而已。」
「是喔。」
小葵用咖啡匙攪拌卡布奇諾的白泡，細沫逐漸融化到液體中。
如今雪祈已經無法想像沒有玉田的三人樂團了。無論在精神面或演奏面上，玉田都成為了樂團的支柱。明明最早是自己和大先組團的，但如果現在玉田脫團，剩下的兩人甚至會有種沒理由繼續組在一起的感覺。
「小雪，玉田同學或許才是正確的喔。」
正確……？

「此時此刻，自己想要演奏所以演奏——這種想法很正確的意思。」

此時此刻……？

「之前小雪不是說過嗎？你會執著於二十歲之前出演的理由。」

自己確實有說過……

「如果年紀輕輕就站上了 So Blue 的舞臺，肯定可以掀起話題。如此一來或許能吸引同年代的人們對爵士樂產生興趣，讓更多人會來聽爵士樂——這樣。」

自己確實是這麼說的。因為那就是當時心中的想法，到現在也依然如此認為……

「我聽到你這麼說的時候呀，就覺得你好厲害，居然會為了爵士業界這樣思考。可是過一陣子後，我又開始覺得其實不需要去想那種事情吧？」

不需要為了爵士樂……？

「像我自己從來都沒想過要為了鋼琴業界而彈奏什麼的呀。」

確實，那時候的她，只是單純在彈鋼琴。

「只要盡情去演奏就好啦。」

因為鋼琴彈起來很開心——她的理由僅此而已。

端上桌的黑咖啡還沒停止搖蕩，對方便開口告知：

「日期預定在這一天。平日的單日公演。」

液面平靜下來後，映出平先生的臉。

「場次分為第一和第二場，也就是兩次公演。」

平先生四四方方的臉型映入眼簾。

「雖然本店通常是三天六場公演，但我想僅在東京有知名度的你們要吸引到足足三天份的客人應該很難。因此我提議先辦單日就好。」

雪祈抬起頭，看向對方真正的臉。

「即便如此，合計起來還是有五百席。我想你應該知道，本店並不會幫忙宣傳，只會在網頁上刊登公告。換言之，也有可能到了當天客人寥寥無幾。」

平先生本來應該是黑色的雙眼，現在卻能看見棕色的虹膜。

「我希望你們在公演之前能全力衝高粉絲人數。」

他的眼神搖曳起來。

「本店對於音響設備有絕對的自信，因此希望你們在音色上也能多加磨練。」

不對——

「假如能夠接受以上條件。」

在搖曳的是自己的眼睛。

「我希望正式向你們提出登臺邀請。」

雪祈用力眨眼，壓抑眼神的搖曳。

光是這麼做都很吃力了。

「對本店而言，這是相當破例的邀請，不過你們那邊的宮本老弟同樣是個很跳脫常識的人物。」

恐懼心不知躲藏在何處的陰影中。

「讓表現直率的玉田老弟上臺，對於本店也可說是一場勝負。」

眼前這個人背負著風險。

平先生不惜冒險，也要嘗試讓我們的樂團登上日本第一的舞臺。

「這究竟會是怎麼樣的一場演奏，我實在無法想像。」

大絕對會擲出強而有力的高速球。這點不用懷疑。

「不過正因為如此，我希望讓客人們聽聽看全新的爵士樂。」

而玉田會穩穩接住大的球，一球也不漏。

「更重要的是，我很期待你們會有什麼表現。」

至於我，要全力彈奏。

一方面也是為了報答眼前這個人——

「讓年紀尚輕的你們在本店公演，這件事具有相當非凡的意義。」

為了曾經點醒自己的這個人。為了回到自己面前的小葵。為了母親。為了那位戴氈帽的客人。為了豆腐店的老闆。為了爵士樂社的人們。為了安原先生。為了川喜田先生。為了至今來聽過我們樂團演奏的所有客人。

「——是。」

從自己口中只說出這麼一個字。
感覺光是這樣就很充分了。
「咖啡，趁熱喝吧。」
雪祈為了不讓液面搖盪而小心翼翼地端起杯子，喝下第一口咖啡。
明明心中還有話想問，卻有種不能再多問的感覺；明明還有話想跟對方說，卻感覺難以表達。
平先生只是靜靜地看著那樣的雪祈。
他給了我消化事態的時間。
當咖啡喝完時，平先生拿起結帳單說道：
「澤邊老弟，Fred 要我給你捎個口信。」
Fred 的口信……？
「你的演奏非常精采——不過，似乎唯有一件事讓他感到在意。」
會感到在意的問題應該很多才對。
「他說你的謙虛表現是很好，但希望下次能見到你把更多的自我展現出來。」
不自覺間，雪祈來到一間花店前。
明明以前從來沒有買過花的。
店裡看到玫瑰，有紅色也有粉紅色。

百合綻放著又白又大片的花瓣。
其他盡是自己不曉得名字的鮮花。
不過每一朵都鮮豔地綻放著。
是為了擺飾它們的人們而染上顏色嗎？
是為了搬運花粉的飛蟲而如此鮮豔嗎？
還是為了讓自己身為花朵而展現美麗嗎？
「啊，請問是要送禮嗎？」
抬頭一看，一位套著素色圍裙的三十多歲女性從店門探出頭來。
「呃、不……」
「若要送花給人，最好趁早喔。」
「是這樣嗎……」
「請進來看看吧。」
走進店內，看到的顏色更多了。
有紫色、紅色、黃色、藍色，或濃或淡地混合排列。
「請問是要送給什麼樣的對象呢？還有您的預算是？」
「呃……一位六十多歲的人。」
「奶奶？」
「啊，不是那樣的。」

「那就是受過關照的人囉？」
「是的。」
「請問預算如何呢？」
「呃……不用太大束沒關係，方便裝飾就好……」
「我明白了。另外也可以指定要什麼樣的色調喔。」
交給您搭配就可以——這句話說到嘴邊，但又吞了回去。
「紅色……請以紅色為主，稍微加點紫色與白色。」

由於太早到了，雪祈決定暫時先把花束藏在鋼琴後面。
十分鐘後，大和玉田一邊爭執著牛舌派還是牛五花派一邊走進店門。
「玉田，我真是對你徹底失望了。你身為仙台人的氣概都到哪裡去啦？」
「大，我才要說你究竟要惦記仙台到什麼時候？這裡可是東京欸？」
「你、你、你竟然說欸！」
「廢話欸。我打從出生以來就是喜歡牛五花欸。」
「應該是牛舌唄～！仙台知名料理——仙台牛舌，沒有比那更好吃的肉唄！」
「你啊，該不會以為那是仙台產的牛吧？」
「呃……不是嗎？」
「那些大部分都是進口牛啦。」

「騙人的唄！」
真是一段讓人都懶得向他們報告好消息的對話。
明明到剛才那個平先生還提過關於他們兩人的事情地說。
「雪祈，時間到啦。開始練習唄。」
「好，不過你們稍微等一下。」
「為什麼啦？你平常不是都對時間很嚴格的嗎？」
玉田露出感到奇怪的表情。
「我剛才聯絡過明子小姐，她說她很快就會過來了。」
「為什麼要等明子小姐？」
「好啦，就別問那麼多了。你們也別碰樂器，乖乖等著吧。」
五分鐘後，明子小姐現身。雖然還是老樣子散發出慵懶的氛圍，不過見到那模樣卻莫名讓人有種安心的感覺。
「唉呦，大家早呀。澤邊小弟，你找我有事？」
「明子小姐，早安。其實我有件事情要向您報告。」
「什麼事？」
「我們確定要在 So Blue 公演了。」
慵懶的氛圍頓時從明子小姐身上消散。
「咦！」的聲音從玉田的嘴巴迸出。

「真假……？」的聲音從大口中溢漏。
明子小姐變得直立不動。
「給我等一下！你剛說了啥？」大用力叫了出來。
玉田則是全身僵硬。
「就是說，JASS 要在 So Blue 登臺啦。兩個場次，合計四小時。所以我要再多寫個一、兩首曲子才行。」
「啥啊啊？So Blue——為什麼你現在才講！」
「這種事應該要第一個向平時最關照我們的人報告才對吧？我們能夠有這麼多時間練習都要感謝明子小姐啊。」
明子小姐的嘴角緩緩上揚。
「恭喜你們囉……」
只留下這句話後，她便走進廚房裡面。
「雪祈，這事情啥時決定的？」
「就在今天。我剛才跟平先生見過面。」
「嗯？玉田？喂，你振作啊！」
大如此大呼小叫，抓著玉田的肩膀用力搖晃。
從廚房裡傳來水龍頭的水聲。
明明現在應該沒有東西要洗才對。

那麼是在沖什麼東西？

明子小姐是個寡言的人。無論開心或難過，她總是面不改色地站在店裡。儘管如此，她依然比誰都溫柔。願意信賴我們這種小鬼頭，讓我們自由使用店裡的東西，甚至把店門鑰匙都交給我們。每次現場演奏結束後，她都會若無其事地詢問聽眾人數與演出表現。一路來都在為我們掛心。

果然，剛才沒把花束拿出來是正確的。

自己可不願意看到明子小姐的慵懶表情崩潰的景象。

等一下回去時再放到桌上吧。

然後，一定要招待她到 So Blue 最好的座位。

7

So Blue 的首頁貼出公告的同時，雪祈將消息貼到社群網站上。

很快地，帳號追隨者們紛紛留言。

青天霹靂、壯舉、捷報、奇蹟……

貼文底下盡是驚訝與欣喜的聲音。

雪祈也不忘拜託：因為當天場地很大，請大家務必呼朋喚友一起前來。

在松本市的那些人則是直接傳送訊息告知。

酒吧店長立刻打來興奮的電話。

「你這次總不是幫忙代打了吧！咱們這家店終於也出了個不得了的樂手啦！」

「這都要感謝店長當年對我的關照。」

賢太郎也回寄訊息來了。

【恭喜啊！我一定會跟大學請假到東京去！】

謝謝。一起在東京來場傳接球吧——雪祈如此回覆。

母親為了決定該穿什麼衣服而慌忙不已。

小葵則表示她兩個場次都會來聽。

就這麼花了三個小時聯絡完後，雪祈放下手機。

接著戴起耳機，坐到數位鋼琴前。

從松本帶來的這臺淡褐色的老搭檔，只要打開電源就會點亮紅色的燈光跟自己打招呼。由於是便宜的機型，彈奏了十年也處處掉漆了。

有人說，彈數位鋼琴無法進步。這麼說或許沒錯，但肯定也有很多東西是只有數位鋼琴才能創造出來的。例如在隔音這麼差的房間裡也能練習鋼琴，也能作曲。靠著這樣一臺寬度一百四十公分的玩意，甚至可以創造出足以傳遞到地球另一側的名曲。

準備開始作曲的雪祈按下琴鍵，卻忽然察覺異狀。

八十八個琴鍵之中，右半部都發不出聲音。

即使把電源插頭拔掉再重新插上，依然修不好。

「所以你買了一臺電子琴？」

在橋下，大伸手指向那個附有提把的紙箱。

「是啊，好痛的一筆開銷。」

「講這什麼話？薩克斯風可是一直在花錢啊。」

大從吹嘴上拆下簧片並如此說道。

在正式分類上，薩克斯風其實並不是像小號那樣的銅管樂器，而是木管樂器。演奏者首先要對著一片蘆葦製的簧片吹氣使其震動，讓震動的聲音傳到樂器整體。而這個簧片是消耗品，如果像大這樣每天吹奏，就必須頻繁替換新的簧片。

「而且簧片的品質經常有好有壞。」

「這麼說來，你薩克斯風怎麼保養的？」

「因為我一直沒有做過很正式的保養，所以之前去找樂器店商量了一下。他們說會趁我們表演的空檔期盡量在三天內完成。」

「是喔，那太好啦。」

「那段期間他們會借我代用的薩克斯風，所以我可以繼續練習。」

在光線幽暗的橋下，大的次中音薩克斯風閃爍著黯淡的光澤。它原本應該是金色，但由於日晒和手掌皮脂的影響而變色，如今是呈現麥芽糖色。

在薩克斯風的頸部有個S的字樣。

「話說那個叫塞爾瑪（Selmer）的品牌應該很高檔吧？你是怎麼得到這把薩克斯風的？」

「這是大哥買給我的。」

「那好歹是一把要價五十萬以上的樂器吧！你哥是什麼人啊？」

「咦？以前沒講過嗎？大哥比我大三歲，高中一畢業就去工作了。他很早就出外獨立，好像還會給家裡錢的樣子。在拿到第一份薪水那天，他就突然抱著金光閃閃的這東西回來，送給當時剛上高中的我。」

「為什麼會突然送這種……」

「應該是因為我說過自己想吹唄。大哥跟我說：就算家裡沒有母親，就算有個年幼的妹妹，你也不需要強迫自己忍耐什麼。錢我會賺，所以你盡情去做你想做的事——然後他就拿著自己的第一份薪水到樂器行，簽了三年的貸款買下這東西。」

「這樣啊……」

大的哥哥給予了他演奏樂器的條件。而大將它轉換為堅強的意志，讓自己能持之以恆地在運河橋下練習。

「所以說，我要招待大哥到So Blue來。大哥也說他會請假到東京來。雖然因為是平日，我妹跟老爸沒辦法來就是了。」

大說著，站起身子。

這表示他要繼續練習了。

「打擾你啦，大。」
「不會啦，剛好可以消磨休息時間。」
「另外——」
「怎樣？」
「你沒有其他想招待的人嗎？」
「還、還沒決定啦。」
大朝著運河開始吹奏。
看起來跟平常沒有什麼差別。
其實雪祈是因為接到玉田的聯絡，才會特地跑來這裡一趟的。
就在上個禮拜，大似乎邀請了拉麵店的南川小姐來聽 So Blue 的公演，還順勢當場告白。
而據說對方會在今晚給出一個答覆。
雪祈原本是想來捉弄一下大，卻意外聽了一段兄弟間的故事。
而且還是很溫馨的故事。
溫馨的事情，肯定還會延續吧。
「玉田，你確定真的是在店後面？」
「我的情報不會錯啦。他肯定是跟南川小姐約休息時間在店後面見面。」

「都什麼時代了，不會用網路嗎？」

「就是不會用那些東西才叫大嘛。那傢伙不會用電波談感情，總是老老實實用老一輩的做法啊。」

「嗯～這樣講確實很像他啦。」

這裡是拉麵店後面的住宅區，能夠躲藏身影的地方只有自動販賣機後面。雖然從拉麵店的方向看過來是死角，但如果從另一側看過來，這兩人簡直是可疑人物。

「雪祈，剩下五分鐘！」

「玉田，最關鍵的大本人難道還在吃拉麵嗎？」

「對，肯定連湯汁都要喝光才罷休吧。」

「這樣喔……也就是說兩人要眼神照會一起出店……感覺還不賴。」

「是啊，拜託一定要成功！快點交個女朋友，住到人家家裡去吧！不要都不繳房租還每天晚上回我房間來啊！」玉田說著，雙手合十。

「等等，話說你跑來看是要幹麼？」

「喂，說要來看的人是你吧？我才要問你跑來幹麼啦？」

「我只是想說不能錯過這歷史性的瞬間。」

「什麼歷史性的瞬間，你講的是哪邊的意義？告白成功嗎？還是……」

「大也不是笨蛋，他總有勝算吧。」

「大是個超級笨蛋啊，雪祈。」

「這麼說也對。啊！來啦……」
首先是大現身了。手腳緊繃僵硬，走路動作也很怪。
「啊啊，我從沒看過他這麼緊張……」
接著，南川小姐也現身了。
她稍微低著頭。
大抓抓自己的腦袋，說了一句：「妳好……」
但南川小姐依然沒把頭抬起來。
「玉田，我有種不好的預感。」
「白痴，現在別講那種話。」
這時隱約傳來南川小姐的聲音：
「對不起，我只能出來五分鐘而已。」
「那、那就足夠了。請問那個，關於 So Blue 的事情，妳決定是？」
「我不能去。」
大的身體微微後仰。
「果、果然沒辦法請假嗎？」
「不，不是那樣的。我要離開這間店了。」
「喔！這、這樣啊。那是要換去別家店之類的……？」
「開拉麵店一直是我的夢想。」

南川小姐始終低著頭。

「……小時候，我家附近有一間樸素的拉麵店，煮的麵很好吃，是個能夠讓大家心裡暖和的地方。所以說，我想開一間同樣美味的店。雖然周圍的人都笑我傻，但我是很認真的。」

「我知道，妳真的很認真。」

雖然從這角度只能看到大的背影，但他現在臉上的表情恐怕也很認真吧。

「請問，宮本先生的目標是成為世界第一的爵士樂手對嗎？」

「是的，那是我的夢想。」

「我已經想放棄開拉麵店了。」

玉田把額頭靠在民房的外牆上。

自動販賣機發出微弱的震動聲響。

「我堅持了四年，但果然還是不行。以前我還想說，即使在這個都是男性的世界，我也絕對可以闖出一片天空。可是無論食材業者或業界裡的其他人，大家一直都看輕我，認為我只是玩玩而已。我很努力告訴他們不是那樣，也主張過同樣有其他女性的拉麵師傅。可是堅持了四年……已經到極限了。我果然還是做不到。」

「啊……」

大似乎想說些什麼，卻欲言又止。

「每天晚上看到宮本先生那樣疲憊的模樣都讓我很好奇，你究竟是從事什麼工作會做到這麼累。後來聽說你是在練習……就覺得你好厲害。聽說你的目標是成為世界第一，也能感受到你是認真的。」

大的肩膀無力下垂。

「雖然只是沒有根據的預感，但我相信宮本先生一定能成為世界第一。所以，我沒辦法。連自己都無法相信的我，不能待在你的身邊。」

大抬頭仰望天空。

「因為——那樣會讓我很難受。對不起，我就此告辭了。」

南川小姐轉身準備回到店裡。

「請等一下。」

大叫住對方。

「……請問還有什麼事嗎？」

「南川小姐煮的拉麵，真的好吃到爆了。我能夠堅持努力，都是因為有妳。」

他說著，拍拍自己的肚子。

「所以等到有一天我成為世界第一後，請妳儘管跟別人自豪說：就是因為有我煮的拉麵，他才能吹出那樣的聲音。」

大說著，彎腰鞠躬。

深深地把頭低下去。

「真的辛苦妳了。多謝款待。」

他直直盯著自己的髒鞋子，繼續說道：
「如果時間方便，請妳至少也來聽聽看我的演奏。」
南川小姐默默不語地回到店裡。
大也離開了現場。
一直把額頭抵在自動販賣機上的玉田發出顫抖的聲音：
「不行了……我好想哭啊。」
好一段時間，雪祈什麼話也不說。
因為不想讓玉田聽見自己的聲音也在發抖。
最後在玉田把額頭抬起來時，雪祈才總算說道：
「好了，回去吧……明天還要練習。」
從那之後，大的演奏聲更加厲害了。
甚至可以說完全聽不出任何迷惘。
同時，又多了某種莫名溫柔的音色。
也因為如此讓女性聽眾越來越多，再加上得知樂團將在 So Blue 登臺的爵士樂愛好者們，使樂團提升了招客人數。就連站票的聽眾排在牆邊的景象都逐漸變得習以為常。
雖然每次的演奏會變得熱鬧是件好事，但即便如此，估算起來依然無法把 So

Blue的座位坐滿。

到了公演前一個月，So Blue的ＰＡ內山先生忽然打電話來。

「雖然我很猶豫該不該告訴你們，但實在忍不住想說。」

「請問是什麼事？」

「平先生是不是跟你說他不會幫忙宣傳？」

「是沒錯。他說只會在網頁的預定場次欄稍微寫個介紹文而已，而且也確實是那樣刊登的。」

「可是其實啊，平先生他私下到處打電話喔。」

打電話？給誰？

「首先是紙本媒體和網路媒體的音樂記者們。不只是爵士樂領域而已，就連流行樂和搖滾樂的知名媒體都有聯絡。再來是各個主流與重量級的樂手們，還有音樂大學的老師們都打了電話。」

那位平先生竟然會為了我們樂團如此行動。

「可、可是這樣一來，到時候會場不就都是受邀來聽的相關人士了嗎……」

店家應該不會對受邀的來賓收費，這樣公演搞不好會虧錢。

「就算邀請了，應該也只有其中幾成的人會到場啦，而且也預定會照常收取音樂入場費。平先生都是跟對方說絕對不會讓你吃虧，總之來聽聽看。而且還特別強調說：我從以前到現在有哪一次撒過謊嗎？這樣。」

雪祈向內山先生感謝告知並掛斷電話後，閉起眼睛等待自己冷靜下來。

平先生的這些行動，想必大部分是出自善意。

但應該不是只有這樣。把座位填滿一方面也是為了生意。向聽眾收取音樂入場費，從中抽出表演費付給演奏者，並支付場地經費。然後讓客人點餐喝飲料，讓店家從中獲利。萬一客人太少，店家就難以經營，也無法繼續僱用員工。到最後客人們也會失去聽音樂的地方。

在這點上，演奏者也是一樣。

換言之，這是一種文化。

而平先生也是支撐著「爵士樂」這個文化的一員。

Fred透過平先生轉告，主張了傲慢的必要性。然而仔細想想，那或許也是平先生借用Fred的發言想要提供的意見。

要不然，他應該不會特地提起這點才對。

然而，自己實在無法變得傲慢。

對爵士樂理解得更深，對於業界相關的人物們認識得越多，只會讓自己越加謙虛。

在車站旁的不動產仲介屋前，雪祈忍不住停下腳步。

樂器可商量、可彈鋼琴等等的文字吸引著視線。

當然，這些房租都比現在住的這間公寓還要貴。假如是二十四小時可以彈鋼琴的房間，肯定價格更高。不過只要遠離這個三軒茶屋地區，遠離都會中心，應該還是可以在哪裡找到自己能夠負擔房租的房間。反正當初會選擇住在這個地區的理由也只是為了虛榮而已。

現在已經不需要保持虛榮，現場演奏的酬勞收入也逐漸安定，在金錢方面已經變得比較從容。而且也沒必要再同時兼職好幾份打工了，因此雪祈內心有打算在近日內要辭掉工地交通指揮的工作。

然而在 So Blue 的公演順利結束之前，暫時還不想改變現在的生活。畢竟總覺得要是冒然做出什麼改變，搞不好會壞了什麼事情。

雪祈搭上車身畫有草綠色線條的電車，前往 TAKE TWO。

自己已經去那家店多少次了？

在那裡團練對自己來說有如工作，有如修行，也有點像是社團活動。

而今天也是一如往常。

到單日公演之前，還剩下兩次團練。

如今車上的乘客們看在自己眼中都與以往不同了。大家都是可能成為樂團聽眾的人們。初次現場演奏時大選擇到街上發傳單的心理，如今自己也能深切體會。

走在繁華街上，一如平常地穿過冰塊配送車旁邊。

壓抑著想要對每個人搭話的心情，走向熟悉的那扇店門。

把手放到 TAKE TWO 門上，閉起眼睛。

隱約可以聽見鼓聲。

手掌感受到微弱的震動。

是新曲的節奏。

敲得很棒。

清楚聽見了大的次中音。

正在吹奏新曲的主題部分。

吹奏得是如此整齊而清晰，但只要想到反正他正式上臺後肯定不會乖乖照譜面吹奏，就忍不住湧出一股笑意。

經過一旁的行人用感到奇怪的眼神看過來。

畢竟自己現在把手放在店門上竊笑，看起來確實很古怪吧。

但是不用在意。

聽著兩人的演奏聲，在莫名的幸福感中沉浸一段時間後，雪祈打開店門。

「團練只剩下兩次啦，玉田！振作點！」

「瞭解！」

「大，再吹出更多旋味！」

「雪祈你才要彈得更起勁些啊！」

「啊~囉嗦。我會啦！」

持續合奏練習新曲兩個半小時後，三個人抬頭互望。
玉田的表情說著：剛才那次不錯吧？
大的表情說著：剛才真是太棒啦！
雪祈自己則是用表情傳達：剛才那次合格了。
彼此間不需要話語。
但還是忍不住想說出來。
「玉田，你進步得真多。」
「啥？雪祈你吃錯藥了嗎！竟然會那麼直接稱讚我……」
「你真的進步了。」
就是想說出口。
玉田彷彿感到渾身不舒服似地皺起眉頭，同時也露出複雜的笑臉。
回程路上則是跟大走在一起。
「大，我很喜歡作曲。」
「哦哦，你寫的曲子確實很棒。」
「就是說吧？我對自己的才華都怕得不敢睡覺啦。」
「笨蛋，聽你放屁。」
「講認真的。創造旋律，細部調整，又再分解並重新構築——像這樣把一個音一個音串聯起來，真的很有趣。」

然後三個人一起演奏創造出的曲子，看著聽眾開心的表情。
假如還能把曲子傳播得更廣，就好到沒話講了。
世界上應該沒有比這更棒的事情。
「雖然我也有寫過曲子啦，但稱不上是拿手。」
「大，你不能思考。」
你不能像我一樣用腦袋想……
「當著客人面前吹奏到死才是你的風格。」
希望有一天自己也能彈出像你這樣的獨奏，像你這樣拚盡全力——能夠讓人產生這種念頭才是大應該扮演的角色。
「到死，嗎——」
「Die（大）在英文不就是『死』的意思？」
「是啊，所以我超怕哪一天到美國發展的。總覺得大家會用奇怪的眼光看我。」
「我也有想過，但是對於一個爵士樂手來說反而是好事。你就放心吧。」
「此話怎講？」
「代表你是個會拚上性命演奏的傢伙——名副其實啊。」
大的臉上露出「是這樣講嗎？」的表情。
哪一天到美國發展。
剛才大確實是這麼說。

他的意思是三人樂團嗎？是他自己一個人嗎？還是跟我兩個人？腦中是浮現什麼樣的景象而講出這種話的……

雪祈問不出口。總覺得不是今天該問的問題。

「……那就到這裡啦，雪祈。」

臨走前，大的眼睛注意到雪祈提在右手的工具包。

「咦？雪祈，你等一下要去打工？」

「是啊，工地現場的交通指揮。雖然今天是最後一次了。」

「這樣喔。那明天見啦。」

「明天見。」

兩人如此道別後，便各自分開了。

8

一如既往的動作流程。

套上深藍色的長袖夾克，穿起黑色的安全靴，戴上白色的安全帽。

將兩線道的馬路封鎖一條車道，單線輪流通行。

在地下工程現場前後各站一個人，攔下車子，放行，又攔下車子。

詢問另一邊要過來的車輛數目，告知這一邊要過去的車輛數目。把亮著紅燈的交通指揮棒打橫請車輛暫停，放車輛通行時則是揮動指揮棒。
要說唯一跟平常不一樣的地方，就是月色很美。
今晚的月亮有點黃，又有點白。
只要凝神注視，也可以看到褐色。
月亮表面的褐色──自己過去可曾用肉眼看過？
「這邊放行五輛囉。最前頭是Toyota Alphard，殿後是一輛老計程車，車號末尾八十。」
「瞭解，八十。」
車尾燈陸續經過眼前。即便都是車尾燈，每輛車的紅色也都不一樣。有LED亮眼的紅，也有老舊柔和的紅。車號八十的車輛最後通過。
紅綠燈的綠色也是，雖然叫綠燈，但實際上是有點白的淡綠。
隨意移動視線，就有無數的顏色映入眼簾。
全都是不同的色彩。
那些並非只是照在視網膜上的不同波長而已，如今也是雪祈能夠自己創造出來的現象。
這個顏色也好，那個顏色也好，都能透過聲音創造出來。
兩天後，自己將會演奏出最棒的色彩。只要我們三人樂團站上那個舞臺，一定可以誕生出前所未有的色調。將紅色、黃色、藍色、黑色與白色互相組合，或濃或淡，再加上螢光色，漸層排列，肯定能夠展現出無限的變化。
我能夠辦到這點……
多虧大和玉田——
就在這麼想的瞬間，眼前忽然變成銀色。
整個視野都被銀色占滿。
身體的角度些微改變。
無意識中扭轉。
上半身受到衝擊。
全身飛向半空中。
眼睛看見工地現場的工人與車輛。
這才察覺自己被卡車撞到了。
三角錐迫近眼前。
不知哪裡流出的鮮血灑在空中。
地面逼近。
至少要保護頭部才行。
從腰部呈現斜角落地。
但身體停不下來。
疊在地上的工程用防水布擋住去路。

不，乾脆用那個讓身體停下吧。
全身往前滑動著。
轉動腳部，讓身體往防水布滑去。
雙眼一閉，發出「砰！」的聲音，身體停止下來。
可以感受到自己還活著。
毫無疑問地還活著。
抱著不知道是否還能看見東西的不安心情，睜開眼皮。
首先映入眼簾的，是看起來像右手臂的東西。
手肘關節扭向相反角度，前臂還有另一個手肘。
形狀變了。
指甲不見了。
手指各自彎向不同的方向。
從袖口流出血液。
自己反射性地抽出腰帶。
綁到手臂連接肩膀的部分，進行止血。
這時才察覺到。
左手可以動，手指也是。
大腦沒問題。

工人們紛紛朝這裡奔來。
「你沒事吧，澤邊！」
「嗚哇！」
「快叫救護車！如果來不及就用工程車載！去準備車子！」
「抓住那個駕駛！」
「快止血，手臂以外的部分也要檢查！」
眾人大叫呼喚之中，自己也想發出聲音。
可是聲音卻出不來。
自己必須打電話才行。
「怎麼？你要說什麼？」
一名工人把耳朵湊過來。
「手、機。」
自己的聲音聽起來極度微弱。
「手機……在包包。」
必須聯絡才行。
「手機是吧？知道了，我幫你拿！」
手機被拿到眼前。
用左手的手指解鎖。

「打、電話給、大。」
「大，是吧？有在通話紀錄中嗎？」
「喂，現在還打什麼電話！」
「人家搞不好是最後了，讓他打吧。」
沒錯，自己必須通知才行。
「好，撥了！」
左手接住手機。
現在沒餘力打訊息了。
自己很快就會失去意識。
拜託，快接電話。
雖然你平常都不接電話，但這次拜託你。
算我一生的請求了，快接電話——
「哈囉。」
大的聲音傳來。
「大。」
叫出他的名字。
「……抱歉。」
道歉了。

「怎麼？你怎麼啦，雪祈！」
「我車禍了。」
告知狀況了。
「雪祈！你說車禍嗎！」
「演奏……我不能上了。」
傳達要說的話了。
無論狀況如何，這是非常重要的事情。
「你沒事吧，雪祈！你在哪裡？」
有沒有事——自己也不知道。
連自己在哪裡，都不知道了。
發不出聲音了。
但拜託你明白。
你一定能明白吧。
就算不用講的，你也一定能明白我的意思。
「雪祈！雪祈？雪祈！」
聽著大的聲音，世界變成了一片血紅。
在白色的世界清醒過來。

眼前暫時只是一整片的白。
不久後，逐漸看見其他顏色。
也能看到物體了。
乳白色的天花板，紅色的液體在軟管中流動。
水藍色的被子蓋在身上。
黑色螢幕上顯示著紅色與黃色的數字。
戴著純白口罩的護理師現身，不知說了些什麼話。
接著是醫生走過來，用和緩安撫的語氣說道：
「請不用擔心，您沒有生命危險。內臟是有一點腫脹，不過沒有破裂。雖然有骨折，不過……嗯，並沒有截肢。」
看向右邊。
手臂被石膏直直固定著。
全部的指尖都伸出金屬棒子。
沒有感覺。
也沒辦法動。
但右手臂確實存在。
明明流了那麼多血，卻都停了。
明明原本像一條全身扭曲的蛇，現在卻被拉直了。

雖然沒有反應，但五指都在。

「現在已經盡可能做了能夠做的處置。我們接下來持續檢查，觀察結果。」

看向左邊。

左手就像騙人的一樣完好無缺。

連一片指甲都沒裂開。

自己那時候扭動了身體。

恐怕是在無意識間保護了左側，保護了心臟。

或者，是保護這隻左手。

「麻醉會讓您感到想睡，就請好好休息吧。您母親正在趕過來，請放心。」

好想問，今天是幾號？

好想問，究竟狀況如何？

好想說，請讓我起來。

我必須起來。

因為左手看起來還是這麼完好的膚色。

可是，視野卻全都是灰色的。

訪談　平良三

So Blue位於青山一處幽靜的角落。雖然是亞洲最出名的爵士俱樂部，但建築物本身卻相當小。記者打開厚實的店門，走下階梯。

這次要採訪的人物就在地下一樓迎接我們。高領毛衣外面套著一件夾克，頭髮與圍繞嘴邊的鬍鬚都明顯斑白。然而那對眼睛則是炯炯有神的黑色，是見證過好幾千名演奏家的眼睛。

我們繼續往地下室走，在舞臺前擺設椅子後，開始訪談——

請介紹一下您的名字以及現在的職稱。

「敝人是東京So Blue的平。現在擔任本店的執行經理。」

聽說當年的意外是發生在他所屬的樂團即將登臺演奏之前。

「……當我聽到宮本先生告知車禍的事情時，我甚至有種膝蓋以下的部分都消失般的感覺。搞不清楚自己究竟是坐在椅子上還是站著，只能趕緊把手伸到桌子上支撐住身體。講起來丟臉的是，那時自己明明都一把年紀了，卻當場腦袋一片空白。」

於是您不得不立刻做出判斷了？

「我聽說他沒有生命上的危險，但也聽說了右手的事情……腦袋差點又停止思考，不過我還是勉強讓它動了起來。畢竟當時距離開演只剩下不到三十個小時。我首先想到臨時找鋼琴手來代替上場，但時間實在太倉促。更何況，JASS是個相當特殊的樂團。那是奇蹟般的次中音手與鋼琴手搭配，並且有鼓手熱情支撐兩人才得以成立的樂團。無論找到任何人臨時替代，我也無法想像出成功的景象。因此我建議宮本先生中止公演。」

然而，實際上——

「宮本先生卻表示，他們要兩個人上場。我一時之間還無法理解，他為何會做出這樣的決斷。只有次中音手與鼓手，能有勝算嗎？能夠撐完長時間的公演嗎？能夠讓音樂成立嗎？我不知道。可是我聽了宮本先生的聲音，認為這場公演必須舉辦才行。因為我感覺這樣做才是為了澤邊先生……能夠幫助他康復。縱然沒有任何根據，但我不知為何就是這麼想。記憶中宮本先生在電話中的語氣也是流露出這樣的想法。」

為了幫助他康復，所以選擇不要中止公演嗎？

「……聲音是一種震動。震盪空氣，搖盪人的鼓膜。這間 So Blue 的舞臺位於地下二樓，理論上聲音是無法傳遞到地面上的。然而長年來從事這一行的經驗讓我體會到，音樂並不只是物理現象。它應該能夠超越物理的理論，擁有傳遞到遠方的力量。震動甚至應該能夠傳播到病房才對——我當時是這麼期望的。」

意思說您是基於非科學性的理由，選擇讓公演照常舉行了？

「直到今日，我依然會回想起當時的事情。就狀況來看，中止公演果然還是比較正確的判斷。而沒有做出這項選擇的我，以該次公演的負責人來說是相當失職的。」

不過那場演奏在一部分的樂迷間成了相當大的話題呢。

「是的，比起正確的判斷，那是更正確的答案——我如今依然這麼認為。」

第6章

1

銀白的底色被夜空的漆黑塗滿，月亮在上面畫出一道黃色的軌跡。柏油路的深灰色以一個點出現後，一口氣擴展面積，加上鮮豔的血紅色斑點。三角錐的紅在各處冒出又消失，防水布的藍在正中央框出四角形。右邊看見了深藍色的波浪線。是手臂。前端露出膚色，全被壓爛了——

不知不覺間，睜開眼睛。

這次可以清楚看見病房裡的景象。

母親在一旁。

好久不見的她，一次又一次地點頭。

「……對不起，媽。」

在母親耳邊，盡可能發出了聽起來有精神的聲音。

「不用在意。」得到的回應，是宛如勉強擠出來的聲音。

「妳什麼時候來的？」

「今天一早。我接到聯絡就馬上飛過來了。」

意思說現在還是車禍隔天。

經過了大概十二個小時吧。

「醫生跟你講過的內容，你還記得嗎？」

「哦哦……大致還記得。說我內臟沒事之類的。」

「嗯，太好了。雖然還沒進行精密檢查，不過醫生說應該沒有生命上的危險。」

看向右手臂。

果然還是被石膏固定著，從指尖伸出金屬線。

「……骨頭已經靠手術接起來了。整整花了七個小時喔。人家說你運氣好，被送到了這間大學醫院。肌腱可能需要做移植。至於神經，現在還很難講。」

「是喔……」

「或許可以治好。醫生說，說不定可以治好。」

母親的雙眼流出淚水，但她卻不擦拭。

可能是覺得反正又會流出來，擦了也是白擦吧。

為我慶幸還活著的淚水與悲嘆我右手毀掉的淚水，交互持續溢出。

但我自己卻哭不出來。

「……大呢？大怎麼說？」

母親拿起手機。

「宮本同學每一個小時就會聯絡一次，問你恢復意識了沒，狀況有沒有忽然變化之類的。」

「……他現在、在哪裡？」

母親流著眼淚搖搖頭。

「不知道。在我趕到之前，他似乎跟玉田同學在這間醫院待了一段時間。不過聽說你沒有生命危險以及手臂的事情，醫生又說更詳細的狀況只能對家屬講之後，他們好像就離開不知去哪裡了。」

「哈……」自己忍不住笑了出來。

不愧是大。不愧是那傢伙。

他果然明白我的意思。

「有什麼好笑的嗎？」

「……他們去練習了啦，兩個人。」

「咦！……怎麼會……」

肯定不會錯。

腦中可以輕易想像出他們在 TAKE TWO 團練的景象。

大拚著命在帶領演奏。

試圖把我的份也吹奏出來。

玉田帶著下定決心的表情打著鼓。
試圖填補我的空缺。
就在這時，自己流淚了。
「媽……幫我聯絡，叫他們別擔心了。」
母親默默點頭後，幫忙傳訊息給大。
手機很快又震動起來。
是收到訊息的通知。
母親把手機拿到我面前。
「看得到嗎？」
是短訊的對話框。
【太好了！真的太好了！】
訊息接著顯示。
【請幫忙轉告雪祈一聲：】
【我們這邊的事情也不用擔心！】
沒錯——
大就是應該這樣。
玉田就是應該這樣。
沒辦法上臺了。

但那是僅限於我的狀況——

在畫面上，訊息還有後續。

【雖然只有兩個人，但我們一定會在 So Blue 登臺！】

我就知道，他一定能明白。

我就知道，他們一定會站上舞臺——

最後的訊息傳來。

【我們會演奏出最棒的音樂！】

一整個晚上，在昏昏沉沉中思考，睡著，又思考。

公演將在今天傍晚開始。

只有大和玉田上臺。

腦袋冷靜下來後就能知道，這是多麼困難的一件事情。

鋼琴能夠彈奏出豐富多彩的音色，能夠彈出和弦也能彈出節奏。如果少了鋼琴的聲音，幾乎等於是照相機的三腳架缺了一腳，不，甚至兩腳的狀態。

在曲子上也必須進行大幅改寫。

除掉鋼琴的部分，只靠次中音薩克斯風與爵士鼓構成整首曲子。在聲音缺乏厚實感的狀況下，又要避免讓人聽起來單調。

光是改寫一首曲子就難如登天了。

現在還得改寫兩個場次，合計八首曲子。

而且還有演奏時間上的問題。

一個場次有九十分鐘，加上安可曲要一百一十分鐘。

換言之，兩場加起來兩百二十分鐘。

這下大必須毫不休息地吹完全部的時間。

薩克斯風是絕對需要換氣的樂器。假如還要填補鋼琴的部分，換氣就會變得短促，吐氣次數增加。

大的體能上究竟有沒有辦法撐下去？

必須解決的重大課題多達三項。

此時此刻，那兩人正拚命嘗試解決問題。

如果可以，自己真想幫他們的忙，真想坐在旁邊提供意見。

真想到他們身邊去。

只要拄拐杖，自己應該能夠走動。

只要請人幫忙推輪椅，自己應該能過去。

看看自己的左手。

絕不看右手。

不要對失去的東西耿耿於懷。

大和玉田現在就是這樣。

天亮後，護理師現身了。
「唉呦，澤邊先生，有睡好嗎？臉色看起來不錯喔。」
她說著，開始測量血壓、抽血。
「我想跟主治醫生見面。」
護理師一邊打開文件夾一邊說道：
「嗯～今天上午要進行精密檢查，報告出來後就可以跟醫生見面囉。」
「今天有一場重要的現場演奏。」
「嗯？」
「演奏會。我必須過去才行。」
「請問您在說什麼呀？您可是差點就喪命了喔！腦部或內臟也有腫脹的可能性，總之請您安靜休養。」
「拜託，我無論如何都要過去。」
「我說您喔，現在不是講什麼演奏會的時候了。請家長也幫忙說幾句呀。澤邊爸爸、澤邊媽媽，請進。」
在病房入口處看見了父親的臉。
「爸。」
「哦哦，臉色比想像得好嘛！」
語氣故作開朗的父親朝右手瞥了一眼，立刻把視線別開。

「爸，你明明還有工作的，真抱歉……」

「別在意，我已經跟公司說今明兩天要請假，沒問題。倒是你，會不會痛？」

「不太痛。狀況好得連我自己都很驚訝。」

其實，痛得要命。

大概是因為點滴的麻醉藥減量的緣故，除了右手以外的全身上下都開始痛起來了。

但是在關於右手的事情、關於今晚現場演奏的事情都隻字未提的父親面前，自己這樣回答應該比較自然。

母親則是始終沉默，抓著父親的袖子。

在兩人目送下，雪祈坐到輪椅上被推往檢查室。

扭動疼痛的身體，拍攝Ｘ光。

躺到ＭＲＩ的平臺上。

送往眼科，被光照射眼球。

「右眼毛細管有點破裂造成發紅，不過很快就會好了。眼球有一點受傷，我幫你上個藥然後蓋個紗布。」

右眼被紗布摀住了。

來到耳鼻喉科，測量聽力。

「左右兩邊的聽力都沒有問題喔。」

檢查結束，又坐著輪椅回病房。

來醫院看診的患者與探病家屬們都看向雪祈不自然吊掛的右手臂。穿著住院服的患者們則是不知已經對這種景象司空見慣還是顧慮到雪祈的心情，瞧也不瞧一眼就通過旁邊。搭上電梯後，一名小孩子從即將關閉的電梯門間溜了進來。背著小學書包，應該是小學三年級左右的男孩子。他一臉好奇地盯著雪祈被繃帶包住的頭、右眼與右手。

然後維持著那個表情問道：

「你怎麼了？」

「我遇上了一輛壞卡車。」

「被撞了？」

「剛好相反。我看它很不爽，就用身體撞過去了。」

「好強～然後怎麼樣？」

「卡車被我撞到粉碎啦。」

少年嘻嘻笑了起來。

「你是來探誰的病嗎？」

「對，我來看爺爺。那你多保重囉。」

少年下電梯去了。雪祈用沒被紗布遮住的左眼望著對方的背影。他穿著一條短褲，忍耐不要在醫院奔跑似地往前走去。

真是精神洋溢到令人羨慕的程度。
在他的左手邊似乎有東西在搖晃。
是一個長方形的塑膠盒子。
回到病房沒多久後，昨天那位醫生來了。
敝姓林——對方如此自我介紹後，語氣緩慢地繼續說道：
「聽說你今天想要去演奏會是嗎？」
「是的。」
「你應該也很清楚那是不可能的吧？」
「我知道。」
與林醫師對上了眼睛。
只靠自己的左眼感覺沒辦法說服對方。
「剛才檢查的報告出來了，我請你爸爸媽媽進來喔。」
父親進來病房。
「檢查辛苦囉。」
母親也進來了。
「會不會痛？」
還好，我沒事——雪祈這麼回答後，林醫師拿出平板電腦開始說明：
「那麼，澤邊先生，我們先從你身體上半部的狀態開始說起。你頭上的傷縫了十針，不過傷口並不算深，沒有什麼問題。雖然可能會留下傷疤，不過會被頭髮蓋住，不會很明顯。另外，腦部並沒有腫脹的現象。」

「關於右手臂，肩膀有脫臼，不過肩部沒有骨折。問題在於下面的部分。複雜性骨折、粉碎性骨折、開放性骨折都有。雖然骨頭有重新接起來，但肌腱還沒連接。應該還需要再開兩次到三次的手術。」

X光照片上看起來，骨頭彷彿長出了好幾處新的關節。

簡直就像玩具蛇一樣。

「再來是右邊的肋骨。這裡的四條骨頭有裂縫，不過看起來沒有折斷，這個只要等待自然痊癒就好。然後是腰部。右邊凸出來的部分可以看到裂縫，這個要再觀察。其他還有全身各處的撞傷與撕裂傷。至於眼睛就像眼科醫師說的，很快就會好了，請不用擔心。」

從母親的嘴巴可以聽見鬆了一口氣的聲音。

但自己可沒時間放心。

「醫生，那麼請問我何時可以出院？」

「一個月後，或者兩個月後。要看右手臂復原的狀況。」

「請問可以讓我今天出院嗎？」

「雪祈，你在說什麼傻話！」

母親從放心驟變為發怒。她的心情非常可以理解。

「這是不可能的，澤邊先生。」
「只要五個小時就好。」
「『絕對』不可能。」
「那兩個小時。」
「你如果那麼想看演奏會，不能透過線上轉播之類的嗎？雖然可能違反規定，不過請朋友用視訊電話幫你轉播之類的。」
「不是那樣的。爸。」
雪祈這時向父親請求協助。
一直沒有講話的父親於是開口。
「雪祈，你想要怎麼做？」
「你快點到四樓去，幫我找一位小學生過來。背著小學書包，穿短褲的男孩子。」
他沒有多問理由，立刻說道：
「知道了。我這就去。」
父親快步離開病房後，林醫師關掉平板電腦的電源。
「澤邊先生，我明白你很不甘心，但這是沒辦法的事情。」
「我並不是要去聽演奏會。」
「咦？」

「我是要去演奏爵士樂。」
「演奏？以你這樣的狀態？」
「醫生，我的左手可以動啊。」
雪祈伸出自己的左手。
從小鍛鍊出來的左手。
「它毫髮無傷，可以流暢動作。可是卻必須待在這地方，太說不過去了。」
「我們醫生有保護患者生命的責任。」
「我明白，我非常感謝。但我也聽說過，有一種叫自主出院的方法。只要患者在文件上簽名，就能夠堅持出院。」
「難道你要採取那樣的方法嗎？」
醫生的表情變得黯淡。
「我就是不想用這種方法，所以想說服醫生啊。」
父親回來了。
帶著那位小男孩。
「啊，果然是剛才那個超強的大哥哥。」
「少年，大哥哥有個請求。」
「什麼事？」
「你那個口風琴，可以借我一下下嗎？」

「是可以啦……」
少年把塑膠製的保護盒放到床邊。
「醫生，是爵士樂。在青山的一間叫 So Blue 的爵士俱樂部，我們將在兩個小時後開始現場演奏。」
從保護盒中，水藍色的樂器露臉了。
「我要和一直以來賭上生命一起演奏的夥伴們站上那裡的舞臺。」
少年把吹管接到鍵盤上。
「我不要求全部。只要一首，一首曲子就可以了。」
林醫師沉默了。
在病房中，一個年紀不小的大人想演奏小學生的口風琴。
肯定是前所未聞的事態。
但醫生沒有制止。
也許是為了順便確認肺部或肋骨的狀況，也許是為了讓雪祈自己明白這種事情有多勉強。
少年把口風琴遞出來。
「媽，給妳吹比較好。」
雪祈對始終板著臉的母親如此表示。
「只要保持一定的氣息就好，幫我吹氣。」

母親面不改色地點點頭。
實在看不出來，那究竟是要教訓兒子，還是想為兒子推一把的表情。
即便如此，她還是把吹嘴含到口中。
雪祈把鍵盤放到大腿上。
可以看到琴鍵。
已經看過好幾億次的黑白琴鍵。
父親與少年注視著自己。
醫生與護理師也注視著自己。
「醫生，請您判斷看看。如果您認為可行，就請幫幫我。」
醫生沒有點頭。
「ONE、TWO……」
口風琴響起又明亮又呆傻、跟病房氣氛完全不搭的聲音。
但是不在意。
只管彈奏爵士樂。
彈奏新曲。
全心全力，彈奏出呆傻的樂聲。
搞不好比之前跟 Fred 合奏時更加瀝血叩心。
只用左手，試圖表現出雙手以上的演奏。

音量也不大。但無所謂。

為了傳達到醫生心中，不斷彈奏。

身體的疼痛，搖晃的鍵盤，全都不在意。

自己也知道，這行為很突兀。

自己也明白，這是對現況視而不見。

但是，自己沒辦法謙虛讓步。

總算理解平先生講的那句話了。

我是傲慢的。

傲慢地，一心不亂地，只想急奔至 So Blue。

開始彈奏了三分鐘左右，林醫師的手動起來。

朝著這邊伸出手掌。

「停，再下去會影響傷勢。」

雪祈看向母親。

她依然板著一張臉。

看向父親。

他抬頭仰望著天花板。

感覺像在忍耐不讓什麼東西流落下來。

少年開口了。

睜大他的那雙眼睛。
「大哥哥還真的是超強的嘛。」
病房中只剩下父親。
他坐在椅子上，把雙手交握在臉前，盯著牆壁說道：
「你變得好厲害。」
「雖然右手沒辦法彈就是了。」
「就算那樣也很厲害。」
「或許口風琴比較適合我吧。」
平常應該會開玩笑回應的父親，現在卻不動姿勢也不改表情。
「雪祈，開始了。」
「咦？」
「演奏會開始了。」
下午六點。
大和玉田開始要奮戰了。
「我聯絡了在當律師的朋友。」
「咦？」
「你說得沒錯，患者似乎擁有出院的權利。那個朋友說，只要在保證醫生免責的文件上簽名就可以了。假如林醫師不同意，我就請律師打電話給他。」
父親臉上露出從沒見過的表情。
「當然，如此一來就沒辦法再回這間醫院了。必須在沒有介紹信的狀況下尋找其他醫院。不過從你身上可以感受到，你早有這種程度的覺悟了吧。」
是堅強男人的表情。
「我們就等到能夠趕上演奏會結束前的最後一秒。林醫師今天似乎是晚班，不會先離開。這點就放心吧。」
是做父親的表情。
「……媽呢？」
「誰曉得？不知去哪裡了。」
時間分秒過去。
自己無能為力，只能看著時間流逝。
從位於御茶之水的這間醫院搭車到青山，肯定需要三十分鐘左右。
還有一點時間。
父親手錶上的分針無情地轉動。
已經到第一場結束的時間了。
在後臺休息室，大全身癱到那組沙發上。
玉田用冰水冷卻著雙手……

黑色的分針在銀色的錶盤上滑動，第二場即將開始。
已經沒時間了——
父親拿起手機。
「我打電話給律師。」
就在這時，病房的門被打開。
林醫師現身。
母親也在一旁。
她已經沒有像剛才那樣板著臉了。
醫生開口表示：
「我們出發吧。」

2

林醫師坐進計程車的前座。
雪祈則是把疼痛的身體塞進後座正中央的位子。
林醫師接著告知目的地：
「司機，請盡速前往青山的 So Blue。」
「青山——那麼要走明治大學前面到代官町上首都高喔。這個時段的話這樣走比較快。

「那就這樣拜託你了。」

計程車於是起步。

坐在副駕駛座的人物接著朝後座轉過頭來。

「很抱歉我來晚了。因為剛才臨時有個緊急手術要開。」

披著一件大衣的林醫師臉上，已經不再是剛才身為醫生的表情。

「不會的，醫生，謝謝您。」

「我從手術室一出來，就看見你媽媽站在那裡。她一直在等我手術結束，然後一看到我就跑過來拜託，要我答應你的請求。」

坐在旁邊的母親頓時露出害羞的表情。

「雖然這是相當破例的處置，不過這次就當作是讓患者出去散散步了。而我只是負責陪同。」

「不過醫生，請問是為什麼？」

後座的親子三人異口同聲地如此詢問。

「是為什麼呢……？」

林醫師說著，把身體轉回前方。

計程車開始下坡。

來到的是樂器街。

車道兩旁都被樂器行圍繞。

店面掛有無數把電吉他，是搖滾樂或流行樂會使用的形狀。

在那些六弦樂器的濃密森林深處，看見了薩克斯風的影子。

次中音薩克斯風綻放出金色的光芒。

彷彿在主張著：爵士樂也是存在的。

一點都沒錯。

此時此刻，全日本最出色的薩克斯風，就是大的那把次中音。

在最棒的場所，呈現最艱難的演奏。

儘管如此，大的聲音肯定還是最讚的。

因為心意絕對能戰勝任何惡劣的條件。

這就是爵士樂。

「其實……」

從副駕駛座傳來聲音。

「我很喜歡爵士樂。」

林醫師沒有回頭，繼續說著。

「我一直很喜歡，現在也每天都會聽。」

計程車加快車速。

「所以，我莫名想去散個步了。」

計程車開上首都高速公路。

穿過皇居旁。這片廣大深邃的森林即使到了晚上，也會在周圍的燈光照耀下呈現一片綠色。

在高了一截的道路上，穿越六本木。從廣告吸引目光的黃色與招牌鮮豔的紅色之間穿梭疾馳。

下了高速公路，被塞車路段堵住了。

「司機先生，沒問題嗎？」

「這段很快就能通過了，不用擔心。」

一如司機所說，計程車很快便穿出車陣，進入骨董通。

只要在前面的號誌路口轉進去就能看見目的地。

總算，抵達了。在真正的意義上，抵達了。

計程車停下來。

第二場開始後剛好經過一個小時左右。

自己來到 So Blue 門前了。

在父親與林醫師的攙扶中下了車。

右半身感到疼痛。

「會痛嗎？」

「不，沒事。」

店門旁的海報映入眼簾。
在三個人的黑白照片上，印有JASS的字樣以及三人各自的名字。
旁邊還貼了一張紙。
紙上說明有鋼琴手臨時無法出演的事情。
就算這樣，自己還是來了。
現在就要打開這扇門了。
雪祈不經意把頭轉向後方。
「怎麼啦，雪祈？」母親詢問。
「快，趕時間。」父親催促著。
只要五秒鐘就好。
雪祈尋找著貓的身影。
之前的那隻貓。
那天晚上默默聽自己表述真心的貓。
在大的獨奏中登場的貓。
簡直不敢相信。
竟然真的看見了那個輪廓。
在馬路對面的牆上。
豎著耳朵。

雙眼反射綠色的光芒。
貓開口了。
看起來好像叫了一聲——

在傳奇人物們的照片圍繞中，走下樓梯。
請父親和林醫師一左一右地攙扶著，來到地下一樓。
櫃檯的女性當場睜大眼睛。
「咦！」的一聲奔上前來。
「澤邊先生！聽說您受重傷了呀！」
「不好意思，給各位添麻煩了。我現在有醫生同行，沒有問題的。請問可以讓我們下樓去嗎？」
那當然——櫃檯人員說著，點點頭。
然後又附加一句：
「樓下，現在很厲害喔。」
通往舞臺，通往地下二樓的樓梯門被打開。
次中音薩克斯風的大音量霎時震撼鼓膜。
居然吹得如此誇張。
居然把壯烈的音色吹到這種程度。

沿著樓梯竄上來的樂聲甚至像要衝到屋外去一樣。
是主題。
新曲的主題。
明明現在必須下樓梯才行，雙腳卻動也不動。
眼睛看不清楚前方。
淚水宣洩不止。
「澤邊先生，怎麼了嗎？是不是會痛？」
「……不好意思，不好意思。」
自己只能講出這句話。
新的聲音震盪鼓膜。
是大鼓的聲音。
玉田腳部的聲音。
彷彿強而有力地行進著。
手的聲音接著加入。
在狹小的階梯中，鼓聲彈跳迴盪。
是玉田的獨奏。
他打得如此賣力。
玉田在敲打獨奏。

節奏、拍子與打擊音起伏翻騰，直升天際。
雪祈癱坐到階梯上。
已經走不下去了。
父親、母親與醫師都在樓梯上停下來。
可是玉田的鼓聲與自己的淚水卻不停止。
竟是如此厲害的獨奏。
即便在遠處也能清楚感受到。
假如自己此刻在臺上，絕對會大叫出來。
大聲吶喊玉田的名字。
像現在，耳朵就聽見了他的名字。
是聽眾的聲音。
聽眾在推動著玉田的背部、腳部、手部。
雪祈站起身子，繼續下樓梯。
就算到了樓梯的最低一階，依然還看不見舞臺。
聲音聽起來更加響亮。
大和玉田回到了主題。
什麼聲音會缺乏厚實感，自己完全想錯了。
那兩人的聲音宛如爆炸般響徹四周。

看到了銀色的門。平先生站在門前。
他一見到雪祈，全身當場僵住。
大大張開的嘴巴顫抖起來。
「澤邊老弟！」
漆黑的眼睛被蓋上一層透明的膜。
不難看出，這個人一直在為我擔心。
不難看出，這個人一直在奮鬥。
「對不起，平先生。」
「不，澤邊老弟……」
溼潤的眼睛見到這條右手臂，變得更加溼潤。
他就這麼講不出話來了。
「在這裡可能會影響到演奏，我們到後臺去吧。」
於是平先生嚥下氣息，回應一聲：
「我明白了。」
在穿過銀色的門之前，眼角看見了舞臺。
是那兩人的身影。
聽眾對著他們大聲歡呼著。
也可以看到好幾個人甚至站起身子。

在這樣異常亢奮的氣氛中，被燈光照耀的兩人前所未見地激烈演奏著。
玉田被包覆在紫色的燈光下。
大則是綻放出藍光。
林醫師轉頭望向舞臺說道：
「好厲害啊……」

平先生用雙手的中指輕彈一下自己的眼角。
「澤邊老弟，沒想到你竟然會過來……」
那兩人的演奏聲突破門板傳到後臺。
或許光靠他們兩人就有足夠的聲音了。
可是——
「我希望在安可曲時上臺。」
平先生的眉間皺出深縫。
底下的雙眼述說著：那是不可能的。
他會這麼想也很正常，畢竟現在自己只有左手。
平先生必須顧慮到自己身為 So Blue 舞臺負責人的立場。
「平先生，請您准許。」
平先生看向醫生。

「我是他的主治醫生，敝姓林。我想如果是演奏五分鐘左右，應該沒問題。如果發生什麼狀況，我會立刻制止。」

粗指頭摸了摸下巴的鬍鬚。

讓一位重傷者上臺簡直是痴人說夢。無論以娛樂觀點來看，以店家格調的觀點來看，這都是不被允許的事情。實在難以預料聽眾會有什麼反應，也有讓這場脫離常軌的表演現場激情的氣氛當場冷卻的風險。

他肯定是如此認為的。

「平先生……」

鬍鬚動了起來。

「在這次公演開始前，我拿起了麥克風。」

雪祈立刻明白，那是多麼破例的狀況。

自己從來沒有看過也沒有聽說過平先生會握起麥克風。

「我向客人們說明了你身受重傷的事情。不知情的大家都很驚訝。緊接著，宮本老弟與玉田老弟進場了。而聽眾，本店的客人們，都接納了他們兩人。」

鬍鬚溼了。

聲音傳來。

鼓聲在引導著大。

次中音放出彈跳般的音色。

可以聽見客人們呼喚大的聲音。
可以聽見大家熱情的掌聲。
「因此就算讓澤邊老弟上臺，大家也肯定能夠理解。肯定能夠明白其中所代表的意義。」
「萬分感謝。」
雪祈留下平先生與林醫師，自己扶著牆壁走到後臺休息室的洗手間。
不是為了小解。
而是拿下右眼的紗布。
用左手轉動水龍頭，用左手洗臉。
因為自己死也不想被看見淚痕。
死也不想讓演奏得那樣絕讚的兩人看到自己的淚痕。

走過廚房前，可以感受到裡面工作人員們的視線。
大家都停下雙手，看過來。
眼神中交織著擔心與驚訝的感情。
雪祈向他們輕輕點頭致意並回到銀色門前，發現平先生不見了。
稍微打開門，看向二十公尺前方的舞臺。
那兩人正在演奏第二場的最後一首曲子。

大高高抬起腿，吹出響亮的聲音。
腳尖接著朝向側邊。
放下腳，維持著激烈的音色，向玉田的方向靠近。
舞臺上只有他們兩個人。
雖然有平臺鋼琴，但無人坐在椅上。
所以那兩人會想拉近距離也是當然的。
不過就在這麼想的瞬間，大忽然轉朝反方向。
朝鋼琴走去。
對著鋼琴吹奏。
簡直就像有人坐在鋼琴椅上，對著誰述說似的，看著鋼琴吹奏。
不知是誰大叫出來：
「澤邊——！」
玉田用快得看不見的速度甩動左手。
可是右手卻緩緩動著鼓棒，指向鋼琴。
不知是誰叫了：
「雪祈——！」
啊啊，真糟——
自己剛剛才洗過臉地說。

不知又是誰大聲呼喚：

「JASS——！」

拜託不要這樣——

我還想看清楚點。

看清楚那兩人的身影啊。

最後的一分鐘，簡直壯烈。

那兩人彷彿在燃燒著體內的什麼東西般演奏著。

紅色的燈光包覆兩人。

表現出激情的景象。

看見了玉田的牙齒。

他緊咬著牙根。

抬高下巴。

仰望天花板。

以前從沒看過他那個樣子。

大也突破了極限。

每三秒就要換氣一次。

然而樂音卻持續著。

依然吹奏著強而有力的聲音。

他用力吸氣。

玉田的鼓聲不讓曲子出現空隙。

大開始吹起最後的樂句。

玉田撐著已經快抬不起來的手臂，激烈敲打銅鈸。

大把全身用力往後仰，將自己的全部從薩克斯風吹出來。

碰——玉田的鼓聲響起。

聽眾同時起身。

看起來幾乎全場的人都站起來了。

大家把雙手高舉到頭上，鼓掌歡呼。

大彎下腰，把雙手撐在膝蓋上。

背部大幅彎曲。

玉田也垂下頭，幾乎要倒在爵士鼓上。

雪祈努力壓抑想要奔上前去的衝動。

看到了父親站在銀色門前。

用手帕摀著口鼻。

也看見了母親。

用雙手遮著臉。

看見了平先生。
他挺直背脊，跟雪祈一樣忍耐著內心的衝動。
視線轉向一旁，看到服務生們。
有人把餐盤拿在胸前緊緊握著。
有人用手遮掩嘴巴。
看向身旁，林醫師在哭泣。
大緩緩地撐起上半身。
往前踏出一步，握起麥克風。
在久久不息的歡呼聲中，響徹天際的拍手聲中，他調整著急促的呼吸。
「鼓手。」
用左手比向玉田。
「玉田俊二。」
聽眾彷彿要蓋過大的聲音般吶喊起來。
「Tamada——！」
「玉田！」
「獨奏太讚啦！」
「玉田——！」
臺上的鼓手舉起鼓棒回應。

「次中音。」
大接著點頭。
「宮本大。」
「Yeah！」
「Dai——！」
「宮本——！」
「宮本老弟！」
「大！大！大！」
「你是最棒的！」
「宮本！」
「宮本！宮本——！」
男男女女的聲音，聽起來年輕的聲音，不年輕的聲音，各式各樣的聲音都有。
掌聲是自己過去至今在 So Blue 聽過最響亮、持續最久的一次。
「還有——」
大動起右手。
「今天所演奏的曲子。」
他比向位於右手邊的鋼琴。
「幾乎全部都是澤邊雪祈創作的。」

聽見了自己的名字。
有人在呼喚著——雪祈。
有人在吶喊著—— Yukinori。
有人連續叫了好幾聲。
簡直就像在縣立球場的那時候。
我的名字，被人呼喚了。
而且是好多好多人。
玉田走上前，來到舞臺中央。
大把手臂攀到他肩膀上。
玉田也把手臂勾到大的肩上。
「感謝各位！」
兩人深深鞠躬。
「以上，就是我們 JASS 的演奏！」
雪祈也同樣地，把額頭貼在門上深深感謝。
感謝來場的客人們。
感謝支持著大和玉田的人們。
感謝同意公演的平先生。
感謝父親、母親、醫生。

感謝JASS的兩位夥伴。
抬起眼睛，看見了準備退場的大和玉田。
內心做好覺悟。
一切即將要結束了——

3

兩人走在震耳欲聾的掌聲之中。
大在前頭領隊。
玉田稍後跟隨。
隨著兩人的身影越來越近，雪祈腦中的記憶逐漸湧現。
——在洗手間與大相遇，在TAKE TWO聽他演奏。接著玉田來了，完全不會打鼓。
清楚看見了兩人的臉。
——三人合奏。反覆不斷團練。第一次現場演奏。三個人手握罐裝飲料。吵架。又演奏。
走在前頭滿身是汗的大，對著平先生頷首致意。看起來精疲力盡的玉田，勉強裝出笑容。

——參加音樂祭。被指出缺點。又吵架。但依然得到信賴。
平先生伸手指向銀色的門。
——大失戀了。哭了。
微微打開的門，動了。
——一起吃烤肉。三個人一起歡笑。
看見了大。
視線相交。
霎時，大的臉失去重力。
粗眉、嘴角、眼梢，全都垂了下去。
簡直像是小孩子快要哭出來時的表情。
至今背負的東西，彷彿都要炸開。
他一直在為我心痛，為我擔心。
可是卻拚命把那些雜念拋出腦袋，全心全意進行準備。
背負著異常沉重的壓力，上臺演奏。
那些思念都一口氣傳達過來。
但是拜託，你別哭。
因為那樣會害我也哭得像個小孩子。
既然是世界第一的爵士樂手，應該不會哭成那樣才對。

拜託——

大把眼皮用力閉起來，讓鼻梁皺出深深的紋路。

將力量注入眼睛和鼻頭，憋住氣息，把湧上來的情緒壓回去。

「噗哈！」地換氣後，大開口說道：

「雪祈……」

「嗨。」

熱烈的掌聲逐漸變化為有規律的打拍子。

客人們在要求安可。

「……抱歉了，大。」

大咬起乾燥龜裂的嘴脣，點頭回應。

「雪祈！」

玉田大叫出來。

咱們的鼓手沒哭。

他瞪大著雙眼奔過來。

「嗨，鼓手。」

「你！你沒事喔？」

「如你所見，一點都不叫沒事。但我還是來了。」

玉田的視線轉向左下方。

「你右手呢……？」
「不知道會怎樣。但至少還接在肩膀上。」
他一臉不甘地閉嘴沉默，緊握起明明應該快沒力氣的雙拳，顫抖起來。
聽眾打拍子的聲音越來越大。
彷彿連門都開始震動。
透過門縫看向觀眾席的平先生接著轉回頭看過來。
「安可曲，我也會上臺。」
大和玉田都啞口無言。
「就算只有左手，我也可以彈。」
玉田潰堤似地大叫出來：
「雪祈，你沒必要勉強自己啦！我們還能再來這裡！等你手治好後，我們再三個人上臺就好了！」
「不是那樣，玉田。」
「咦？」
「這是最後了。」
「最後……？」
玉田的聲音消了下去。
但還是必須講清楚才行。

「JASS——要解散了。」
玉田的身體往下沉。
他強忍著不讓自己癱坐下去。
並且保持著那個動作，轉頭看向大。
「什麼意思……？」
大始終低著頭。
看他那樣子就能知道，他跟我是同樣的心情。這點令人感到高興。
寂寞如暴雪般襲來。
但還是希望與欣喜依偎。
因為這才叫大。
我引以為傲的夥伴。
「我們不能讓大佇足等待。」
「呃……慢慢等就好啦。一直等到雪祈的手治好啊。我們不是三人樂團嗎……」
打拍子的聲音傳來。
客人們拍著手，要樂手回去演奏。
「我的手能不能治好還不知道，說不定會花上好幾年。再說，這是爵士樂。以前也說過了吧，這個業界不會一直跟相同人組團的。」
大依舊保持沉默。

玉田一把抓住大的手臂。
「大，難道你也是這樣想嗎？」
即使受到逼問，大也不回答。
「玉田，大要成為世界第一的爵士樂手對吧？所以他才能一路吹到今天。所以我——我們不可以拖住他。」
玉田張大嘴巴，像傻子一樣大大張著嘴。
「啊——」地發出微弱的叫聲，從雙眼溢出一顆顆斗大的淚珠。
客人打拍子的聲音稍微減弱。
開始討論著是不是沒有安可曲了。
大這時抬起頭，開口說道：
「上唄。」
交互看向樂團成員們，說著：
「雪祈，玉田。」
玉田抬起頭來。
「我們來演奏最棒的聲音。」
雪祈在玉田的攙扶下，穿過銀門。
大走在隊伍前頭。

那背影看起來比以往都巨大。

父親說著，加油。母親喚著，雪祈。平先生與林醫師彷彿要把手都拍紅似地鼓掌迎接三人登場。服務生們也是一樣。

「是澤邊！」

坐在近處的聽眾發現雪祈的存在。

掌聲中頓時加入了喧嚷。

「真的假的！」

燈光照耀到自己身上。

「好慘……」

「雪祈——！」

「他的右手……」

「啊啊！啊啊！」

莫名有種做錯事的感覺。

說不定讓人看到了不該被看見的東西。

玉田說，抬起頭來。

「看向前方，雪祈。」

於是自己點點頭，望向聽眾。

「澤邊——！」

「雪祈……！」

有人為自己吶喊著。

「澤邊同學！」豆腐店的老爹踮著腳大叫。

看到了川喜田先生的身影。他一臉茫然。

看到了戴氈帽的人。揮舞著他的帽子。

遠處看到了爵士樂社的傢伙們。大家都驚叫著。

看到了安原先生。他高高舉起拳頭。

看到了松本爵士酒吧的店長。用手摀著臉。

看到了明子小姐。癱在椅子上站不起來。

看到了賢太郎。他把雙手放在嘴邊，叫喚著我的名字。

看到了南川小姐。她用一臉下定什麼決心的表情望著我們。

看到了小葵。她明明在哭，卻笑得像當年一樣。

到達舞臺前。

「玉田，放心。我可以上去。」

唯有這段階梯，無論如何都要靠自己的力量走上去。

這是意義非凡的三步。

「知道了。」

玉田鬆開攙扶的手。

第一步，祈禱右手能平安痊癒。
第二步，感謝所有人。
第三步，獨奏。
接下來，我要彈出最棒的獨奏——
坐上鋼琴椅。
三個人都就定位，一如往常的位置。
聽眾同時安靜沉默。
「ONE。」
大開始數拍。
「TWO。」
已經不知聽過幾萬次。
「ONE、TWO。」
這是最後一次了。
〈FIRST NOTE〉開始演奏。
大的次中音，玉田的爵士鼓，只有左手的鋼琴同時響起。
可以感受到玉田的視線。
只靠左手彈奏主題，聲音遠比平常貧乏。但還是抱著有總比沒有好的精神，拚命摸索能夠彈得像樣的方法。然而立刻就發現光靠一隻手不可能照顧到兩隻手的音，於是不再糾結於無法辦到的事情。
把因為石膏的重量而傾斜的身體硬是倒向左邊，保持平衡。
將輕盈得難以置信的左手單獨溶入純粹的聲音中。
總算抓到訣竅，忍不住抬起頭。
和玉田對上眼睛。
鼓手用力點頭。
沒問題，你彈得很好——他用眼神如此表達。
視線接著轉向大。
他沒有瞧向鋼琴，始終朝著前方。
在舞臺上，不會擔心夥伴們的狀況。
這就是大。
打從一開始，大就是如此。
當主題的第二循環快要結束時，大才第一次瞥向這裡。
是準備進入獨奏的暗號。
大的獨奏開始了。
他彎曲膝蓋，深深往前傾，交互吹奏宛如地面震動似的低音與破土而出的高音。首先開始一場暴風雨。出現一片漆黑的烏雲，從頭頂上一口氣降下豪雨。雷霆驟響，閃電從天頂劈落，往四方竄開。距離近得搞不清楚是光芒先至或巨聲先來。

地面不知不覺間化為水面。大的身體左右大幅搖擺，水平放出聲音。猛烈的強風掀起波濤。自己站在一艘令人絕望的小船上，四周都被超越身高的巨浪包圍。船舟如樹葉搖盪，雨滴劃出直線從側面敲打身體。自己忍不住趴在船底，抱頭閉目不知向什麼存在祈求保佑。大把前屈的身子稍微挺回來。看見了人影。手握船槳，划動著。不知在做什麼，也不知打算做什麼。即便如此，那個人依然挺出身體，不斷動著雙手，把船槳伸進漆黑的海面。大反覆吹奏完全一樣的聲音。沒有高低，沒有強弱，只是不斷重複。船槳划動著。明明不可能有效果，但是聲音，但是船槳依然拚命反覆同樣的動作。那個人看起來簡直像個英雄。就在大全神貫注地如此反覆間，雲層變高了。船槳的動作驅趕了雷電。雙手停息了風雨。大又把身體挺得更高。聲音的節拍加速。船開始往前行進。天空逐漸明亮，看見了那個人的容貌。根本不是什麼英雄，只是個平凡人。那個人用決心與力氣繼續划船。雙眼直視著前方。明明周圍只有海面，卻毫不猶豫地盯著同一個方向。他不可能知道那個方向有無陸地，只是心中深信不疑。大把身體完全撐起來，挺直背脊。在連續聲音的餘音中，嘶地深深吸一口氣。船槳從海面露出來。又重新含住吹嘴的大，發出一個音。這次只有一個音，綿延持續。船在海面上開始划行。再次動起來的船槳推動著船往前進。只是內心相信著而已，只是雙手不斷划動著而已，速度卻越來越快，而且筆直朝前。究竟是南是北，連方位都搞不清楚。大的聲音只是朝著同一個方向，不斷持續。把肺掏空為止都吹著同一個音。既沒旋律也沒強弱，就連是不是音樂都不知道。儘管如此，聽眾還是大叫著。呼喚著大的名字。不知經過了幾十秒，還是幾百秒。只知道推進力是大的氣息，當他停下來，船也會停下來。看不見陸地。大皺起臉，變得難受起來。可是他依然不停止吹奏。船槳眼花撩亂地划動著。搞不好他的目的根本不是要划到陸地。感覺他的目的就像只是不停止划槳。大的頸部浮現青筋，雙腳開始顫抖。但他依然繼續吹奏。不放棄心中深信的東西。啊啊，我總算明白了。我的手一定可以治好。因為大是這麼說的。從聽眾席傳來地板震動似的聲音。大家發出聲音，拍響雙手，全力支援著大，支援著小船。明知遲早會沒氣，明知肯定會沒氣，卻依然吶喊著加油。大抬起腳跟，踮起腳尖。試圖把自己頭頂至腳尖的全部都化為聲音。感覺好像看見了陸地。看見了聽眾在等待的地方。接著，發生了難以置信的事情。大的聲音，變得越來越大。他把全身往後仰，用力睜大雙眼。主張著，任何事情都是有可能實現的。

大看起來好藍。

綻放著藍色的光輝。

大的腳往前踏出一步。

為了支撐快要倒下的身體。

他的嘴巴放開吹嘴。

就在薩克斯風停止聲音的瞬間，聽眾紛紛站了起來。

大家都把雙手高高舉起。

與之呼應般，爵士鼓響起聲音。

但客人們的目光依舊盯著屈起身子不動的大，移不開視線。

有人叫出玉田的名字。

是那位戴氈帽的人。

聽眾總算把眼睛轉向玉田。

玉田敲打著左邊。只使用爵士鼓的左側。右手打著小鼓，左手激烈地敲響鈸。是往前推進的節奏。彷彿在大的小船後面推著往前進的聲音。不，很快可以發現，他推的不是船而是大本身。因為那聲音一絲不亂又強而有力，不斷地往前再往前。玉田朝動也不動的大瞥了一眼。霎時，音量飆高，試圖衝上大的境界。想要藉此讚揚大。玉田的手臂忽然消失，只剩下鼓棒的殘影。聲音開始超越視覺。他緊咬起牙根。未免過於快速，過於強力。明明才剛開始，他難道就要迎接極限了嗎？正當如此想的瞬間，兩根鼓棒忽然往右移。縱向激烈甩動的擊鼓動作轉變為斜向，保持著原本的速度接連敲出繁細的聲音，同時也展現出好幾種技法。有人大叫JASS，有人呼喚鋼琴。沒錯，就是叫我。右上方的疊音鈸響起高音呼應右下方的落地鼓。鼓又發出低音呼應鈸，接著又進一步加速。玉田的額頭不斷滴下汗珠，頭上持續冒出汗水。但他不擦拭，靠著甩頭把汗甩散，牙齒與眼睛在鼓棒的殘影後方亮著光芒。短促的鼓聲不斷往上攀高，從聽眾席「Ｙｅａｈ！」地傳來許多叫好聲。霎時，玉田的手停了下來，雙手無力地下垂。本以為他是超越了極限，但聲音很快又竄入耳中。是大鼓。玉田的腳還在動。右腳的大鼓敲擊出不規律的鼓聲。接著左腳的腳踏鈸也響了起來。他只靠腳打擊。兩邊的拍子互相錯開。那是在表現他自己。聽眾叫起玉田的名字，然而聲音依舊兜不在一起。玉田低著頭，緊咬著牙。彷彿是第一次，也恐怕真的是第一次，只靠腳演奏。他拚命地動著腳。不知又是誰呼喚玉田的名字。就在這時，節奏誕生了。大鼓的低音震撼腹部，腳踏鈸的金屬聲響穿過耳膜。精準度不斷提升，以勇敢不懼的速度持續成長。玉田抬起頭，看向聽眾席，「這樣如何！」地望向聽眾。就在歡呼爆響的瞬間，右手與左手又動了起來。變成了三個人。左手激烈地，右手快速地動著。三邊的聲音互相咬合，怒濤之勢的聲浪不斷攀高。玉田抬起下巴。緊咬著牙齒，伸直著頸部，讓全身上下的肌腱抽搐起來。聲音又進一步飆升。玉田哭了。好幾位聽眾都站起來放聲吶喊。哭泣中放出的聲音彷彿穿破地面，從地底噴發出來。灑落到會場中的每個人身上。那聲音，就快要抵達了。

抵達這裡。

抵達 So Blue。

即將輪到我了。

有辦法演奏嗎？

只靠左手，有辦法獨奏嗎？

大在舞臺中央撐起身子。

雙手放開了樂器。
他的眼神說著：不用薩克斯風幫忙支撐也行唄？
他說著：那我就不打擾你了。
剩下三秒。
大深信著，相信我能夠辦到。
玉田用超越極限的獨奏為我鋪路了。
上吧。
我就是為此而來的。
剩下一秒。
玉田的打擊聲噴發得越來越高、越來越高——
彈奏。
左手的指頭在鍵盤上從左而右，從低音往高音快速滑動。
手指在動。
從高音又滑回低音。
全部的音都能彈。
那就沒什麼好怕的了。
不需要仰賴右手，不需要仰賴任何東西，自己肯定可以彈奏。
閉上雙眼，看見黑暗。也無法呼吸。左手摸索著低音區域。晦暗的聲音如泥濘般源源不絕地湧出。但是我知道，這並不是只有一片漆黑的世界。因為小船肯定能夠抵達，三個人必定能夠到達。屏著氣息，探索顏色。尋找一定可以看見的顏色。往向前方。絕不看向後方地轉向右邊。再轉向左邊時，看到了什麼東西在發光。白色的殘影。左手移向高音。仔細觀察可以看到膚色，看到手臂。是玉田的手。左手加快速度。玉田手上的表皮總是破的。可以看見粉紅色的真皮，滲著血。看見OK繃，看見繃帶的白，但很快又會被髒掉。左手開始疾馳。TAKE TWO的爵士鼓綻放的紅色光彩。看見了鼓棒的木紋。看到了玉田背包的顏色。看到他笑時褐色的眼睛。左手的手指交錯。是大。麥芽糖色的薩克斯風在橋下隱約發亮。在大海前反射著月光，溶化TAKE TWO燈泡的顏色。夏日中，大正在笑。晒黑的臉上只有牙齒看起來好白。初次現場演奏的燈光照耀著大的汗珠。左手彷彿被什麼東西附身似地動著。身體已經感受不到疼痛。彈奏出自己。我已經發現了，知道了全部的聲音都有顏色。各式各樣的色彩在腦中復甦。看見了母親的髮色。把用力張開的左手敲擊在琴鍵上。看見了小葵白色的上衣。彈奏和弦。看見了棒球隊的制服。如一灘泥般彈奏著。看見了公寓的階梯。彈奏鍵盤的左端。看見了明子小姐紅色的指甲。左手按下黑鍵。看見了川喜田先生的吉他。左手釋放出複雜的聲音。看見了So Blue的門。手無所畏懼地動著。看見了平先生的眼睛。左手溫暖地動著。隨後，手指自己率先動了起來。顏色與聲音，已經不知道是誰先誰後了。只知道手停不下來。各種色彩出現在眼前，用驚人的速度穿過身旁。有三原色、螢光色、自然色、人工色、金色銀色。麥芽糖色與天藍色開始混合。鐵樓梯與水泥階梯逐漸融化。小葵的卡布奇諾與玉田的鼓棒互相融合。左手舞蹈著。理論被拋到腦後。沒有音階沒有和弦沒有規矩。相對地，彷彿有什麼東西開始從毛孔跑出來。是汗水，也是聲音。同時又是顏色。自我誕生。歡呼傳入耳中。那也是很自然的。大家會歡呼也是當然的。汗水流過額頭邊，肯定也反射著臺上的燈光。石膏與椅子碰撞。右手也肯定在石膏中開始復原。打開的嘴巴擅自發出聲音。不成聲音的聲音。那也一定有它的顏色。從我的全部都發出了聲音。什麼技術、什麼車禍、什麼恐懼心，全都超越過去。此時此刻，自己在彈著鋼琴。沒有比這更值得驕傲的事情了。因為自己看見了顏色。聽見了玉田的吶喊。嗯，我知道。聽見了大的聲音。別擔心，因為顏色甚至有了深度。看見鮮血的赤紅又逐漸遠去。銅鈸的顏色忽近、忽遠、又忽近。薩克斯風的麥芽糖色圍繞在四周。琴鍵的白與黑迫近到眼前，要求我染出更多色彩。接下來，只要彈奏出自己想展現的顏色。想要給大家看的顏色——

彈奏出拚命追求什麼東西的顏色。

彈奏出內心不安而變得固執的聲音。

彈奏出難以順利表達的顏色。

彈奏出真誠地持之以恆的聲音。

彈奏出希望相信什麼人的顏色。

彈奏出想要鼓起勇氣卻又辦不到的聲音。

彈奏出不願意服輸的顏色。
彈奏出受到什麼人幫助的聲音。
彈奏出總算克服了難關的顏色。
彈奏出感謝大家的聲音。
彈奏出不輸給殘酷現實的顏色。
彈奏出不畏不懼，只屬於自己的聲音。
睜開眼睛。
淚水讓視線模糊不清。
看見了琴鍵。
看見了在上面舞動的左手。
看起來好藍。
或許是燈光的緣故。
也或許是自己產生的顏色。
總之，看起來好藍。
手臂也好藍。
是第一次聽到大演奏時的顏色。
自己內心一直憧憬的顏色。
抬起眼睛。

大在哭。玉田一邊哭一邊叫喚著。
好幾位聽眾都站起身子。
有明子小姐，有豆腐店老闆，有小葵。
全部看起來都好藍。
啊啊，原來如此。
是我變藍了。
我總算變藍了——

＊＊＊

窗外看到了山脈。
自己從來沒有想過，原來山的顏色是如此複雜多變。雲、日照、溼度與溫度，再加上季節變化，會讓眼睛看到無數的色彩。走在路上，四周充滿不輸給東京的各種顏色。有知名藝術家的雕塑作品，公園裡的遊樂設施也是色彩鮮豔。遊樂器材表面的鐵鏽同樣呈現出迷人的顏色。水渠中的水也是，圍繞四周的植物也是。
低下頭，可以看到收在固定器中的右手臂。只要大腦送出指令，中指就會微微抽動。拇指也會動。雖然其他手指還不會動，但自己知道它們遲早也會治好。肯定可以痊癒的。
左手按下琴鍵，淡褐色的數位鋼琴便發出聲音回應。從東京一起回來的鋼琴拿去修理後，很快就修好了。
狀況甚至比故障之前還要好。
用這臺回到自己房間中固定位置的鋼琴，做自己能做的事情。
就是作曲。
靈感如泉水般源源不絕地湧出。透過左手化為聲音後，將音符放到五線譜上。
這些音符也和從前在這房間看到的音符不一樣了。
它們不再只是單純的黑色記號。
因為是把顏色化為音符。
手機響起。
是玉田打來的。
「嗨，玉田。」
「雪祈，大剛才搭上巴士了。」
「上車啦？提著超大的行李箱？」
「不，只有一個背包跟薩克斯風。就跟當初闖到我家來時幾乎一樣。那傢伙，這兩年來沒有增加任何東西啊。」
「真像大的個性。他只要有薩克斯風，其他什麼都不需要。那麼玉田，你終於也可以一人獨居啦。」
「對！到東京來已經兩年，總算讓我等到這一天！」

從電話中傳來開朗的聲音。大的行李從那房間消失，應該會讓他很寂寞才對。大的牙刷不見了，掛在牆上的衣服，吵人的鼾聲都不見了。在玄關想必也不需要特地挪出空間來脫鞋子了。

更重要的是，聽不到大的聲音了。

「……恭喜你啊，玉田。」

稍微沉默幾拍後，玉田回答：

「嗯……這樣才是對的。」

不難想像玉田站在公車站打電話的模樣。

手上已經沒有ＯＫ繃或繃帶。

「大學如何？」

「哦哦，我總算漸漸習慣所謂正常的學生生活啦。很愉快。」

「鼓呢？之前你有說過要進爵士樂社看看對吧？」

「我有去看了一下，但最後沒參加。該怎麼說？總覺得～怎麼講……」

我知道。他一定是覺得沒辦法再像以前那樣愉快打爵士鼓吧。So Blue 的舞臺就是如此特別。當時在場的記者們、業界人士們、唱片公司的人一聽說我們要解散，似乎都惋惜得直跺地板。許多聽眾都在網路上發表來聽演奏的感想。有人寫說自己哭了，有人說那是一場難以置信的演奏會。字裡行間都流露出只靠簡短文字無法徹底形容那場表演的焦急感。

「雪祈，你手臂怎樣……？」

「開始做復健啦。剩下需要的似乎是骨氣與恆心毅力。總覺得跟我的個性很不合，所以我會盡量做得優雅精明些。」

「確實，我也不想看到你咬牙奮鬥的樣子。」

其實自己是真的都緊咬著牙根。而玉田應該也知道這點。

「下個月啊，我打算去松本一趟。」

「幹麼？」

「呃，那當然是……觀光啦。」

「別過來，別過來。這裡可不是像你這種大學生來觀光的地方。少跟我費多餘的心。」

「是、是喔……？」

「反正等手臂的狀況穩定下來後，我就會回東京去了。用不著你特地跑一趟，噁心死了。我要掛電話啦。」

「啊，再等一下。」

怎樣啦？——如此一問後，那鼓手忽然壓低了聲調。

「剛才不是說，大沒有增加過任何東西嗎……」

「……我知道啦。」

大有變得更大了。彷彿吸收了全部。玉田的努力、南川小姐的拒絕、不知吃了多少碗的拉麵、我的苦惱與成長，還有那條運河的水，他全都吞進肚子中，把一切帶走。

「那就掰啦，玉田。」

「再見啦，雪祈。」

切斷電話。

我也是一樣。從大和玉田身上獲得了許許多多的東西。

明明不知何時有機會發表卻埋頭作曲，也是因為這樣。

眼前有五線譜，一半被音符填滿。

應該再不久就能寫好了。

表現出那次舞臺的曲子。

有鋼琴。

有爵士鼓。

有次中音。

全部發出高溫，超越火紅，直達藍色的曲子。

曲名早已決定。

BLUE GIANT——

用左手彈奏。

用左手寫下音符。

又拿起橡皮擦，將它消去。
不禁慶幸，自己從前鍛鍊過左手。
沒有任何一件事情是白費力氣的。
月光照耀化為一片群青的山脈。
就在曲子總算完成的瞬間，電話響起。
是大打來的。
他此刻肯定在登機門前。他的眼睛肯定能看到飛往歐洲的飛機。沒有任何可以依靠的人脈，只靠一把麥芽糖色的次中音薩克斯風，獨自前往。
為了成為世界第一。為了吸收世界上的爵士樂。
等他吸收全部後，究竟會吹出怎麼樣的音色？
跟他嗆個聲吧。
只要你加油努力，或許就能追上我了——這樣。
還是說，罵他一聲笨蛋？
因為我實在不想跟他講謝謝。
因為我死也不想跟他說，很高興能夠和你、能夠和你們組團。

訪談　宮本大

那間公寓就位於布魯克林區日落公園附近。按下一樓的門鈴，大門便應聲打開。接著搭乘一臺小小的電梯上樓，便能看見那位絕世的次中音薩克斯風演奏家便站在電梯口迎接。招待記者進入簡樸的房間後，他立刻走向咖啡機，將咖啡注入造型完全不同的馬克杯中。詢問了一下最近的活動之後，便正式開始訪談——

那麼，請姑且自我介紹一下。

「我叫宮本大。是一位爵士樂手。」

據說您的演奏也有受到他的影響，請問您們認識當初是什麼樣的狀況？

「哎呀~他真的是個教人火大的傢伙。就只是鋼琴彈得稍微好一點，然後懂的知識很多，身高比較高，顏值也很高而已。可是那又怎麼樣呢？——我當時是這麼想的。再加上他講的話總是很正確，滿嘴大道理。雖然那表示他從平時就有好好動腦在思考就是了。這點上跟我完全不一樣，所以我們經常吵架呢。」

兩人之間那樣的關係，後來逐漸產生了變化嗎？

「後來一個毫無經驗的鼓手加入我們，那傢伙就每天苦惱著該如何讓那鼓手成長，而且總是故意用很冷淡的表情教人家喔。你難道還沒讀過這樣這樣的書嗎？還沒看過那個影片嗎？——用這樣的講話方式。代表他其實有事先拚命調查過初學者鼓手的訓練方法。根本超明顯的，但我就假裝都沒發現。而那傢伙總是用鼻子『哼！』地發出瞧不起人的聲音，卻又很細心周到地教導對方。知道他這樣的一面之後，關係想要不改變都難啊。」

可以描述一下他的個性，或者有什麼令人印象深刻的事情嗎？

「我想在三人樂團中過得最辛苦的，搞不好其實是他喔。因為他是我們之中心地最善良的，可是自尊心又很高，真的是很麻煩的傢伙。有一次，他帶我和玉田去一家豆腐店。呃，這是國際影像吧？『豆腐』大家知道嗎？啊，知道？對，我們一大早就被集合起來帶到豆腐店。那裡的老闆是我們樂團的聽眾，然後雪祈買了三份豆腐，叫我們當場吃。我問他醬油呢？結果他就生氣起來叫我們直接吃。確實是很好吃沒錯啦。可是我很疑惑為什麼要專程來吃豆腐，結果那傢伙就說：我們必須演奏出比這豆腐更棒的音樂才行。雖然我搞不清楚他講這話到底算不算很深奧，不過總覺得多少可以理解他想表達的意思。然後我們三個人就這樣去練習了。」

當年在 So Blue 舉辦最後的現場演奏時，請問您是怎麼想的？

「那傢伙現身在 So Blue 的時候啊，嗯……我也是情緒差點爆發出來。不過我勉強壓抑下去，三個人一起上臺。我走在最前面，其實超想轉頭看後面的，但還是朝著前方走去。畢竟身為職業樂手，我不希望向客人們博取多餘的同情心。我想雪祈既然會來到現場，肯定也是抱著同樣的心情。雖然他當時只剩下左手，無法保證能不能彈出職業水準的演奏就是了。」

但據說當年的演奏讓現場聽眾刻骨銘心。

「畢竟那傢伙的獨奏真的超讚，只靠著左手就做出了各式各樣的事情。明明不可能，但他卻辦到了。我原本忍住的淚水也當場潰堤，在舞臺上跟鼓手一起哭得希里嘩啦的。其實光這樣就稱不上是職業樂手了，不過客人們也跟著我們一起哭泣。

然而我們哭泣不是因為他渾身是傷只靠左手彈琴的模樣，而是他彈出來的聲音，真的很讚。」

具體來說，請問是怎麼樣的演奏？

「那傢伙當時把什麼音階啦、樂句之類的全都拋到九霄雲外，只用左手創造出很純粹的一團聲音。那一大團聲音炸開來，散到整個會場的空中，然後又變得更強而有力。而且那聲音又很豐富多彩。各式各樣的燈光都照在雪祈身上，可是我很快發現，那並不是燈光照明……就是這樣一段獨奏。雖然我後來在世界各地演奏過，但是那樣的經驗……就僅此一次。」

請問和他一起活動的經驗，在您心中具有怎麼樣的意義？

「當年能夠在他身邊，該怎麼說……真的很幸福。因為他掙扎奮鬥的模樣很美。表面上愛裝帥，實際上卻滿身泥巴。可是卻依然裝出很帥氣的樣子。不管別人怎麼評價，我認為他一直都是很閃耀的。能夠在近距離看著他那個樣子，很幸福對吧？」

最後——請問他身為鋼琴手的魅力在哪裡？

「他能夠堅持不懈地掙扎奮鬥。所以他才能獲得成功的。」

這位活躍於世界各地的次中音薩克斯風手望向窗外。屋外的景象都被褐色與灰色的大樓屋頂填滿。他接著稍微抬起視線，看到呈現淡淡一層藍色的天空。最後重新把頭轉回來的他，雙眼盈著開心的光彩，補充說道——

「那傢伙有首曲子叫『BLUE GIANT』對不對？因為實在太好聽了，我就問他是怎麼寫出來的。結果他說，他是想像著一顆綻放藍色光芒的星星。據說高溫超過某個程度就會呈現青藍色。所以雖然在日文中青色是指不成熟的顏色，但實際上那是終極的色彩。我聽了他這些話後，就莫名覺得自己不能輸……強烈覺得，我要變得更藍才行。」

本書為全新作品。

國家圖書館出版品預行編目資料

鋼琴師：「BLUE GIANT 藍色巨星」雪祈物語 / 南波永人作；陳梵帆譯. -- 一版. -- 臺北市：城邦文化事業股份有限公司尖端出版：英屬蓋曼群島商家庭傳媒股份有限公司城邦分公司尖端出版發行, 2024.07
面； 公分
譯自：ピアノマン：『BLUE GIANT』雪祈の物語
ISBN 978-626-377-941-9（平裝）

861.57　　113006166

嬉文化

鋼琴師：「BLUE GIANT 藍色巨星」雪祈物語

（原名：ピアノマン：『BLUE GIANT』雪祈の物語）

著　者／南波永人
執 行 長／陳君平
榮譽發行人／黃鎮隆
協　理／洪琇菁
執行編輯／石書豪
譯　者／陳梵帆
美術總監／沙雲佩
美術編輯／方品舒
國際版權／高子甯、賴瑜妗
文字校對／施亞蒨
內文排版／謝青秀

出　版／城邦文化事業股份有限公司 尖端出版
臺北市南港區昆陽街十六號八樓
電話：（〇二）二五〇〇—七六〇〇
傳真：（〇二）二五〇〇—二六八三
E-mail：7novels@mail2.spp.com.tw

發　行／英屬蓋曼群島商家庭傳媒股份有限公司城邦分公司 尖端出版
臺北市南港區昆陽街十六號八樓
電話：（〇二）二五〇〇—七六〇〇（代表號）
傳真：（〇二）二五〇〇—一九七九

中彰投以北經銷／楨彥有限公司（含宜花東）
電話：（〇二）八九一九—三三六九
傳真：（〇二）八九一四—五五二四

雲嘉以南／智豐圖書有限公司
（嘉義公司）電話：（〇五）二三三—三八五二
傳真：（〇五）二三三—三八六三
（高雄公司）電話：（〇七）三七三—〇〇七九
傳真：（〇七）三七三—〇〇八七

香港經銷／城邦（香港）出版集團有限公司
香港灣仔駱克道一九三號東超商業中心一樓
電話：（八五二）二五〇八—六二三一
傳真：（八五二）二五七八—九三三七
E-mail：hkcite@biznetvigator.com

新馬經銷／城邦（馬新）出版集團 Cite（M）Sdn. Bhd.
E-mail：cite@cite.com.my

法律顧問／王子文律師　元禾法律事務所
臺北市羅斯福路三段三十七號十五樓

二〇二四年七月一版一刷

版權所有・翻印必究
■本書若有破損、缺頁請寄回當地出版社更換■

PIANO MAN "BLUE GIANT" YUKINORI NO MONOGATARI
by Eito NANBA
© 2023 Eito NANBA
All rights reserved.
Original Japanese edition published by SHOGAKUKAN.
Traditional Chinese translation rights arranged with SHOGAKUKAN through THE SAKAI AGENCY

■中文版■

郵購注意事項：
1.填妥劃撥單資料：帳號：50003021戶名：英屬蓋曼群島商家庭傳媒(股)公司城邦分公司。2.通信欄內註明訂購書名與冊數。3.劃撥金額低於500元，請加附掛號郵資50元。如劃撥日起 10～14日，仍未收到書時，請洽劃撥組。劃撥專線TEL：(03)312-4212 ・ FAX：(03)322-4621。E-mail：marketing@spp.com.tw